영산강 칸타타

영산강 칸타타

초판 1쇄 인쇄 | 2026년 2월 10일
초판 1쇄 발행 | 2026년 2월 20일

지은이 | 문순태
펴낸이 | 황인욱
펴낸곳 | 도서출판 오래
　　　　04091 서울시 마포구 토정로 222, 406호(신수동, 한국출판콘텐츠센터)
　　　　전화 02-797-8786, 8787
　　　　팩스 02-797-9911
　　　　이메일 orebook@naver.com
　　　　홈페이지 www.orebook.com
　　　　출판신고번호 제2016-000355호

ISBN 979-11-5829-229-4 03800

값 18,000원

영산강 칸타타

문순태 자전적 소설

圖書出版 오래

무등에서 영산강으로

나는 2023년에 84세 노구를 이끌고 무등에서 영산강으로 마지막 삶의 터전을 옮겨왔다. 유년 시절 무등의 남쪽을 바라보며 자랐고, 11세에 6.25를 만나 광주로 나온 후부터는 무등의 북쪽 서석대를 보며 작가의 꿈을 키웠다. 이렇듯 80 평생 무등을 맴돌며 살아온 내가 졸작 『타오르는 강』의 무대인 영산강을 따라 나주에 안착하게 된 것이다. 영산강 발원지인 담양이 나의 태생적 고향이라면 영산강 중심부인 나주는 졸작 『타오르는 강』(전 9권)의 고향이다.

돌이켜보니 대학에서 정년을 마친 2006년, 내 인생의 마지막 둥지로 생각했던 무등산 뒷자락 생오지에서의 18년 삶은 자연과 더불어 행복했다. 작은 코딱지꽃을 통해 우주를 볼 수 있었던, 온전한 사운드스케이프 세상이었다. 그곳에서 도시의 치열한 경쟁적 삶으로 인해, 무감각하게 굳어버린 유채색의 감성을 회복

할 수 있었고 흥건하게 젖어온 그 감성으로 다시 시를 쓸 수 있었다. 이제 영산강은 내 인생에 또 하나의 마지막 선물이 되었다. 날마다 내 인생의 종착역인 영산강을 바라보고 강과 함께 거닐면서 무한한 생명의 환희를 느낀다. 지금 영산강은 노쇠해진 내 영혼에 뜨거운 불을 지펴 마지막 삶을 불태우려고 한다. 그래도 다행인 것은 나주 영산강에서 광주의 무등이 뚜렷하게 보인다는 사실이다.

나는 오늘 아침에도 영산강을 바라보며 어김없이 아내와 함께 커피를 내려 마셨다. 푸른 영산강을 눈에 넣고 노부부가 커피를 마시는 시간이면 짜릿한 행복감에 젖는다. 커피는 내 삶의 최애 기호품이다. 나는 커피의 단맛보다는 인생의 맛처럼 시고 쓴맛을 즐긴다. 커피의 쓴맛은 삶에 지쳐있는 내 영혼에 불을 지펴주는 부스터 역할을 해준다.

나의 커피 사랑은 고교 시절에 다형 김현승 시인으로부터 이어받았고 그 후 지금까지 그 오묘한 향기에 흠씬 젖어 살고 있다. 시가 무엇인지 깨닫게 해준 스승 다형 김현승 시인은 커피로 원초적인 고독을 이겨냈다. 그 때문에 커피를 내려 마실 때마다 선생님에 대한 그리움에 젖는다. 나는 그동안 세계 여러 나라에서 생산되는 커피를 두루 섭렵한 끝에 안띠구아만을 선택하여 즐기고 있다. 나는 과테말라 옛 수도 안띠구아는 화산지역에 있어 커피에서 독특한 향기, 즉 냇내에 사로잡히고 말았다. 그뿐만 아니라 과테말라는 군부독재 시절 커피 농민들이 대량 학살당한 아픈 역사를 갖고 있다. 그래서 나는 검은 눈물을 마실 때마다, 억울하게 죽은 커피농부들의 원혼을 생각한다.

소설『영산강 칸타타』는 커피와 영산강이 만나는 이야기다. 2년 전 모 잡지에 〈내 인생의 커피 이야기〉를 연재했는데, 이 내용을 바탕으로 나의 영산강 삶을 접목시킨 것이다. 늙은 글쟁이를 통해 커피와 영산강의 운명적 만남이랄까. 영산강을 바라보며 커피를 마시는 늙은이의 80여 성상 굴곡진 인생을 압축한 내용이다. 어쩌면 이 작품은 유서 대신 세상 사람들에게 쓴 마지막 편지라고나 할까.

이 작품은 시와 에세이가 포함된 장르파괴 자전적 소설이다. 1939년 무등산 뒷자락 담양 가사문학면에서 태어나 6.25를 겪었고, 공비토벌작전지역이라는 이유로 마을이 깡그리 불태워진 후에 고향을 떠나 이곳저곳 떠돌음하며 살아온 어두웠던 시절이며, 시를 쓰다가 소설가의 길을 택하여 살아온 굴곡진 내 삶의 이야기가 오롯하게 담겨있다. 나는 기자 생활을 통해 우리 사회의 구석구석에 중첩된 구조적인 모순을 인식하기에 이르렀으며, 5.18광주항쟁 때 분노와 슬픔으로 얼룩진 채 반체제 기자라는 덫에 씌워 해직이 된 사연이며, 무등산을 떠나 인생의 마지막 정류장으로 영산강을 선택한 연유도 포함되어 있다.

나를 시인으로 만들어주신 김현승 선생님은 1975년 세상을 뜨기 전 나에게 "소설을 시처럼 쓰라"고 하셨고 나를 소설가로 이끌어주신 김동리 선생님은 81세로 돌아가시던 해에 "소설이 무엇인지 이제야 알 것 같은데 더 이상 쓸 수 없어 안타깝다"고 하시면서, "죽는 순간까지 붓을 놓지 않아야 작가다"는 말씀을 해주셨다. 그리고 나는 두 분의 이 같은 당부를 가슴에 무겁게 새기면서 이 작품을 썼다.

이제 나는 몸도 마음도 가늠하기 어려울 정도로 심하게 비틀거려서 더 갈 곳이 없다. 내 삶의 마지막 정류장에서 지난날을 돌아보니 모든 것이 순간에서 순간으로 점철되는 것만 같다. 슬픔도 분노도 행복했던 기억도 불꽃같은 삶의 흔적도 다 부질없다는 생각이다. 그러나 높고 낮음 없이 수평 세상을 이루며 영원히 흐르는 영산강을 바라보며 깨달은 것은, 흐르는 것은 소멸이 아니라는 사실이다. 강물은 흐르고 흘러 계절 따라 아름다운 꽃을 피우고 푸른 숲을 가꾸고 있지 않는가.

2026년 새해 첫날 영산강에서 무등을 보며

1

흐르는 영산강물처럼

봄날 오후 정갈한 햇살이 찐득하게 창문을 핥아대자 차르르 차르르 강물 흐르는 소리가 더 가깝게 들려왔다. 거실 창문을 열자 벚꽃이 후루루 바람에 날리는 모습이 한눈에 들어왔다. 귀를 바짝 기울여 들어보니 그것은 강물 소리가 아닌 바람 소리였다. 강변에 살면서부터 강물 흐르는 소리와 바람 소리를 구별하기 어려워진 듯 싶다. 낯섦 때문인가, 요즈막 구산(九山)이 부쩍 예민해진 것만 같다. 날씨에 따라 강물 흐르는 소리도 변하는 것일까. 평소에도 바늘 끝처럼 신경이 예민한 그였는데 영산강변으로 이사 온 후부터, 강물 흐르는 소리 때문에 깊은 잠을 못 이루고 설칠 때가 많다.

강에서는 가끔 악기 소리가 들려오곤 하였다. 강물은 계절에 따라서 서로 다른 악기 소리를 냈다. 봄에는 느린 진양조 가락의 거문고 소리, 여름에는 스타카토가 분명한 피아노 소리, 가을에는 흐느끼는 듯한 저음의 첼로, 겨울에는 깊이 잠든 장병들을 깨우는 한밤중 비상 나팔 소리. 구산이 요즘 강을 보며 깨달은 것은 영산강은 우리와 함께 살면서, 수시로 모양과 소리가 변하는 하나의 거대한 생명체라는 사실이다.

그는 창문을 훨쩍 열고 서서 햇살을 받아 거대한 몸을 뒤척이며 은빛으로 출렁이는 영산강을 바라보았다. 그때 광주에 살고 있는 오래된 친구 손 화백한테서 전화가 왔다. 그는 뜬금없이 구산이 내려준 커피를 마시고 싶다는 거였다. 백내장 때문에 눈이 잘 보이지 않아 80세가 넘으면서부터 운전도 포기한 손 화백은 구산이 내려준 커피를 마시기 위해 자동차로 한 시간이나 걸리는 영산포까지 오겠다니, 반가움이 앞서면서도 걱정되었다. 구산이 택시를 타고 광주로 가겠다고 했으나, 손 화백은 서울에 사는 딸이 친정에 내려와 있어서 운전을 해주기로 했다면서 이미 출발을 했다기에, 전화기에 아파트 주소를 찍어주었다. 손 화백은 그 아내 장례식 이후로 만나지 못했으니 어느덧 1년이 훌쩍 지난 것 같다. 70대까지만 해도 그들은 1주일에 한 번 정도 만나서 커피를 마시곤 했었는데, 구산이 영산강으로 옮겨온 후부터는 만나기가 쉽지 않았다. 특히 아내가 3년 동안이나 병원에 있다가 세상을 뜬 후로 우울증에 걸린 손 화백은 붓을 꺾은 채 한동안 친구들조차도 만나지 않았다. 그랬던 그가 예고도 없이 불쑥 구산을 만나러 오겠다니, 손 화백한테 무슨 일이 생긴 것은 아닐까 싶었다. 단순히 커피 한 잔 마시러 먼 길을, 그것도 딸의 차를 빌어 타고 영산포까지 오겠다니 궁금하지 않을 수 없었다.

구산과 손 화백은 고등학교 동기로 60년 넘게 우정을 나누어온 오래된 친구다. 개성이 강한 인물화가인 손 화백은 80년대까지만 해도 왕성한 작품활동으로 화단의 주목을 받았었다. 손 화백 본인 말로 자신은 19세기 러시아 화가 발렌틴 세로프의 영향을 받았다고 했다. 세로프는 러시아에서 독자적인 인상파 스타일을 만들어낸 인물화가로, '햇볕에 물든 소녀' 같은 대표작을 남겼다. 구산이 보기에 손 화백의 그림은 세로프의 정제되고 단정한 인물화보다는 빈센트 반 고흐의 자화상과 같은 나르시즘적 표현에 가깝다고 생각했다.

구산은 1985년에 열린 손 화백의 인물화 개인전 때 저녁을 같이 먹으면서 그의 작품에 대해 긴 이야기를 나눈 적이 있었다. 그때 손 화백은 자신은 겉으로만 보여지는 피상적인 인물화의 외면보다는 그 사람의 내면세계를 주관적으로 보다 깊이 있게 표현하고 싶다고 말했었다. 내면에 잠재되어 있는 사랑 고독 슬픔 분노 기쁨 행복 불행 평화 불안 욕망 자존감 비굴함 잔인함 착함 등을 속속들이 파악하여, 보다 밀도 있게 표현해보고 싶다는 것이었다. 그는 그동안 자신의 작가적 세계관과 철학을 실현하는 그림들을 그려왔으며 그 같은 작품세계로 좋은 평가를 받았다.

그 무렵 손 화백은 인물화를 그릴 때 오랫동안 얼굴을 들여다보는 동안에는 그 사람의 삶에 대해서 아무 생각도 떠오르지 않는다고 했다. 그림을 완성한 다음에야 그 사람의 내면세계가 제대로 보인다는 것이었다. 인물을 화폭에 옮기기 위해 집중해서 들여다보고 있으면, 사람의 얼굴 대신에 꽃이나 나무, 또는 새나 토끼 호랑이 같은 동물로 보일 때가 많다고 했다. 때로는 젊고 예쁜 아가씨의 얼굴에서 무서운 코브라가 보이는가 하면 나이 많은 시골 할머니 얼굴에서 아름다운 한 떨기 백합을 본다는 것이었다.

"이 사람아, 그게 바로 인생이 아닌가? 사람은 다 살아본 다음에야 그 사람의 삶을 제대로 평가할 수 있지 않는가."

구산의 말에 손 화백은 긍정도 부정도 하지 않았다.

"헌데 문제는 그게 수시로 바뀐다는 거야. 처음 봤을 때는 토끼로 보였던 사람이 얼마 후에 다시 보면 호랑이로 보이기도 한다니까."

"그거야 그 사이에 그 사람 인생이 바뀌었기 때문이겠지."

"그렇게 쉽게 바뀔 수가 있어? 암턴 모르겠어. 참 알 수 없는 게 인생이야."

"내 초상화를 그릴 때 나는 뭘로 보이던가?"

"글쎄…. 욕심 많고 질투심 많은 영감탱이?"

그 말에 두 사람은 한바탕 웃고 말았다.

구산은 고희 선물로 손 화백이 그려준 인물화를 안방 벽에 걸어두고 있다. 그런데 보고 또 봐도 자신의 모습이 아니었다. 아내까지도 크리스마스 캐럴에 나오는 구두쇠 스쿠루지 영감 같다면서 당장 떼어버리라고 성화였다. 하기야 구산이 보기에도 그림이 자신을 닮지 않은 것은 확실했다. 어쩌면 손 화백에게는 구산이 자기중심적인 비정함이 내면에 깊이 감추어져 있는, 비인간적인 욕심꾸러기 구두쇠로 보였을지도 모른다. 암튼, 손 화백은 1985년도 전시회를 끝으로 절필 선언을 했다.

"결국 내가 그린 인물화의 주인공과 내 관점이 일치하지 않는다는 것을 알게 되었다네. 본인은 슬픈데 그림은 행복한 얼굴로 표현되는가 하면, 본인은 선한 사람인데 그림은 악인으로 보인다는 거지."

손 화백은 더 이상 그림을 중단하게 된 구체적인 이유는 말하지 않았다. 어쩌면 그가 추구해 온 작품세계에 회의를 느꼈기 때문인지도 몰랐다. 아니, 회의가 아닌 한계에 부딪치게 되었을지도 모를 일이었다.

아침 일찍 친정 조카들과 함께 외출한 구산의 아내는 아직 돌아오지 않았다. 오랜만에 친정 마을에 나들이 간 것이라서, 아내는 아마도 오후 늦게야 돌아올 것이다. 친정 마을에는 부모 형제들은 모두 세상을 떠나고 큰 집 사촌 조카들만 살고 있다. 아내는 또 아무도 살지 않은 친정 폐가 마루에 두 발 뻗고 퍼질러 앉아서 눈물 바람을 하고 있지나 않는지 걱정이 되었다. 그래서 친정집에 가는 것을 말렸지만 아내는 오늘도 한사코 큰 집 사촌 조카들을 따라나섰다.

두 시가 가까워지자 구산은 서둘러 아파트 주차장으로 내려가 손 화백을 기다렸다. 그는 2시가 조금 넘어 쥐색 바바리에 운두가 높은 검정 중절모를 삐뚜름히 쓰고 딸의 부축을 받으며 지팡이를 짚고 빨간색 자동차에서 내렸다. 두 사람은 서로 손을 맞잡고 한참이나 흔들어댔다. 늙고 초췌해진 아버지를 싣고 온 손 화백의 딸이 구산에게 꾸벅 인사를 했다. 친구 딸의 파마머리가 희끔한 걸 보니 얼추 환갑이 가까운 듯싶었다.

"아버지, 그럼 이따 전화 하세요."

친구 딸은 나주 금성관 근처 카페 '마중'에서 여고 동창들과 만나기로 했다면서 서둘러 차를 몰고 아파트 경내를 빠져나갔다.

구산은 어머니가 세상을 뜬 후, 서울에 내려와 혼자 남은 아버지 곁을 지키고 있는 손 화백 딸의 뒷모습을 한참이나 바라보았다.

"그래, 딸은 서울에 있는 제 집에 가지 않고 계속 자네 옆을 지키고 있는가?"

"나 혼자 살 수 있으니 제발 서울로 올라가라고 욱대겨도 말을 안 듣는다니까."

"늙은 아버지가 걱정이 되어 그렇겠지."

"오늘도 사위한테 전화해서 제발 좀 데려가라고 사정을 해보았지만 내 말을 안 듣네. 주말마다 딸내미와 사위가 서로 올라갔다 내려왔다 하니 얼마나 불편하겠는가."

"참으로 효녀일세."

"내가 요양원으로 들어가야겠네. 그래야 딸이 제집으로 돌아갈 수 있으니까."

구산은 친구의 손을 잡고 아파트로 올라오자마자 서둘러 커피부터 내렸다.

"집에 혼자야?"

"집사람은 조카들 따라서 친정 마을에 갔네."

"참, 처가가 영산포라고 했지."

"처가라고 해봐야 쓰러져가는 폐가 뿐이라네."

"아, 강이다. 눈앞에 영산강이 한가롭게 누워 있구만. 강이 손에 잡힐 듯 가깝게 보이네 그려. 서 있으면 강물이 보이고, 앉으니 강물 빛 하늘이 포근하게 대지를 감싸고 있구먼. 젊어서는 산이 좋았는데 나이가 들어서는 강이 좋아졌어. 공자님이 인자요 산 지자요수, 어진 사람은 산을 좋아하고 지혜로운 자는 물을 좋아한다고 했는데, 청년은 산을 좋아하고 노년은 강을 좋아한다고 해야 옳아. 나이가 들면 지혜로워지는 건 사실이지. 그래 고향을 떠나 나주에 와서 이렇게 날마다 영산강을 바라보며 사니까 행복한가?"

손 화백이 창문 밖 영산강을 바라보며 찍는 소리로 물었다. 그는 구산이 자기를 두고 광주를 떠나온 것을 못내 아쉬워하고 있는 듯싶었다.

"암, 흐르는 강물을 보며 산다는 건 황홀한 일이지. 내가 여기 와서 깨달은 것은 시간도 강물도 인생도 함께 흐른다는 사실이네. 그리고 흐른다는 것은 사라지는 것이 아니라는 것도 깨달았다네. 시간이 흐르는 것은 삶이 멈추지 않고 지속된다는 것이고 강물이 흘러서 바다로 가는 것은 강의 생명이 끝없이 이어진다는 거라네. 강물은 때때로 고이기도 하고 서로 으르렁거리면서 소쿠라 치기도 하지만 바다를 꿈꿀 수 있어서 흐름을 지속하는 거지. 우리 인생도 어쩌면 삶과 죽음이 하나로 이어져 영원히 흐르는 것인지도 모르겠네. 지상에서 하늘로, 하늘에서 다시 지상으로."

"그래, 자네는 무등산에 뼈를 묻겠다더니, 영산강에 와서 마지막 인생을 즐겁게 마무리하고 있구먼."

"인생을 마무리하다니?"

"그래 여기서 마지막을 잘 정리하시게. 나 같은 사람은 정리할 것도 뭣도 없지만 말야."

"이 사람아, 지금 나는 인생을 정리하고 있는 거 아니라네. 정리가 아니라 완성을 위해 꿈을 꾸는 것이지. 농부가 해마다 봄이면 씨를 뿌리듯 끝없는 완성을 위해 살아가는 거지."

"완성이라고 했는가? 인생을 완성할 수는 없지. 암턴 그러니까 자네 말은 다시 소설을 쓰기 위해 여기 왔다는 거구만. 기억력 때문에 어휘를 상실하여 소설 대신 시를 쓴다고 하지 않았던가?"

"인생의 완성이란 그런 의미가 아니라 미완의 연속성 안에 있지. 농부가 늙어서 자리에 눕기 전까지는 괭이나 삽을 들고 논밭에 서 있어야 하는 것처럼… 작가도 살아 있는 한, 잘 다듬어진 언어로 원고지를 한 칸 한 칸 메우는 거지. 농사꾼의 마음으로 시간이라는 땅속에 사장된 우리 말을 하나라도 더 캐내서 갈고 다듬어 문장을 만드는 거지. 작가는 언어의 채굴자거든. 시나 소설 따위로 어떻게 인생을 완성할 수 있겠는가. 오래전부터 꿈꾸어 왔던 거, 혹은 버킷리스트 같은 것을 이루어가는 것이랄까. 그러나 다 부질없는 짓인지 모르겠으나 암턴 나는 뭔가를 다시 써 볼 생각이네. 소설가가 늙어 힘이 빠졌다고 해서 글쓰기를 포기하는 건 슬픈 일이 아닌가. 그러니 자네도 그림을 다시 그리게. 우리가 비록 인생의 내리막길에 있다고는 하지만 살아있는 날까지는 오늘의 삶에 집중하는 것이 최선이라는 것을 알았네. 잠시도 흐름을 멈추지 않은 강물을 보면서 깨달았어. 자네한테 부탁이니 제발 화가의 삶을 멈추지 말게. 부디 내가 떠나기 전에 마지막으로 자네가 그린 영산강을 보며 눈감을 수 있게 해주게나.”

“나는 이제 틀렸으니 구산 자네나 열심히 쓰시게. 아내가 하늘로 가버린 후로 내게는 모든 것이 의미가 없어졌다네. 산다는 것 자체도. 이별은 슬프다고들 하는데 다시 볼 수 없다는 게 너무 고통스러워.”

손 화백의 그 말에 구산은 더 이상 할 말을 잃고 말았다. 이상하게도 손 화백의 말투가 예전 같지 않았다. 말끝마다 불만스럽게 툭툭 쏘아댔다.

“나는 최근에 자식들에게 유언장을 쓸 생각을 했다네. 그런데 생각이 바뀌었어. 유언장 대신 독자들에게 유서 같은 긴 편지를 쓰기로 했네.”

“유언장 대신 편지를?”

“그렇다네. 세상 사람들에게 긴 편지를 쓰기로 했다네. 내가 살아온 이야기부터 내가 꿈꾸었던 세상을, 세상 사람들에게 바라는 희망 사항들을 부끄럼 없이 토해내기로 했다네. 나는 지금 편지를 쓰면서 하루하루 작가의 삶을 살아가고 싶다네. 자네도 마지막 날까지 화가의 삶을 살기 바라네.”

구산의 말에 손 화백은 아무런 대꾸도 없었다.

“부탁이니 포기하지 말게 손 화백. 포기는 패배와 같으니까. 인생은 결과가 아니라 과정이라네. 한 걸음 한 걸음 최선을 다해서 살아가는 게 중요한 거라고. 자네 아내도 자네가 그러길 바라실 거네."

"인생에 무슨 성공과 실패가 있겠나. 욕망의 그릇을 다 채우는 삶과 못 다 채우는 삶의 차이랄까... 그런 차이가 있을 뿐이지. 하지만 결국은 저마다 강물처럼 흐르다 사라져가는 거지."

친구의 그 말에 구산은 더 이상 대꾸를 하지 않았다. 괜한 말로 그를 불편하게 하고 싶지 않았기 때문이다.

"그나저나 오늘은 무슨 바람이 불었는가, 뜬금없이 여기까지 어쩐 일이여?"

구산은 소파에 앉아서 조붓한 아파트 내부를 탐색하듯 두리번거리는 친구에게 물었다.

"바람은 무슨 바람. 불현듯 자네가 내려준 커피를 마시고 싶어서 왔다니께. 어젯밤에 문득 자네 생각을 하다가 잠을 설치고 뒤척이는데 갑자기 자네가 내려준 커피 생각이 나더라니깐."

"그래, 커피 한 잔 마시려고 먼 길을 왔단 말인가?"

"그렇다니깐. 자넨 내 심정 모르겠지. 자네는 그럴 때 없어? 갑자기 누군가를 만나고 싶을 때, 왈칵 보고 싶을 때, 이야기하고 싶을 때 없어?"

"하긴... 헌데, 시력이 더 나빠졌다면서 안과는 가봤어?"

"80여 년을 살아오면서 볼 것 못 볼 것 다 보았는데... 이제는 더 보고 싶은 것도 없네."

어딘가 적막함과 허무감에 젖은 손 화백의 말에 구산은 드리퍼에 물을 붓다 말고 한참 동안 탐색하는 눈빛으로 친구의 얼굴을 바라보았다. 그러고 보니 친구의 눈은 초점을 잃었고 핏기 없이 주름이 깊은 얼굴은 낙엽처럼 건조해 보여, 마음이 무겁게 가라앉으면서 쓸쓸해졌다. 구산은 커피 두 잔을 쟁반에 받쳐 들고 친구 옆에 앉았다. 친구는 허리를 굽히고 목을 길게 빼서는 탁자 위에 놓인 커피잔에 코를 처박은 채 코를 벌름거리며 향기를 깊숙이 빨아들였다.

"안띠구아가 아니구먼."

"맞아. 자네 혀도 이젠 제법이야. 게이샤를 어렵게 구했다네. 선뜻 내려 마시지 못하고 귀한 사람과 함께 마시려고 아껴둔 거라네. 로스팅한 지 일주일째 아껴두고 있다가 자네가 온다기에 큰 맘 먹고 개봉을 한 거네. 파나마 게이샤는 많이 마셔봤지만 에티오피아 게이샤는 처음이야. 자네 커피 품평회에서 어떤 심사위원이 게이샤 커피 안에서 신의 얼굴을 보았다고 한 말 알고 있는가? 그만큼 최고의 커피라는 게야."

"역시 자네가 내려준 커피 맛은 최고야. 죽는 날까지 자네 커피 맛 잊지 못할 걸. 자네가 내려준 커피를 마실 수 있었다는 건 내 생애 최고의 추억이야. 이 세상 떠날 때 쇼팽의 녹턴 들으며 자네가 내려준 커피 한 모금 마시면서 꼴까닥 눈 감으면 얼마나 행복할까."

"아니야, 죽을 땐 베토벤 교향곡 7번 중에서 느리고 비장하고 아름다운 2악장이 최고야."

"아, 나는 갑자기 녹턴이 듣고 싶네. 내가 죽으려고 이러는가?"

"나보다 먼저 죽겠다고? 커피 한 잔에 취해서 또 무슨 소리야."

"아니지. 살아보니, 하찮은 것이 더욱 감동적일 때가 있지 않던가? 인생은 그런 거야. 이른 봄날 마당 귀퉁이에 숨어서 피는 손톱만한 코딱지 꽃을 발견했을 때 느끼는 순간의 간질간질한 감동이 평생 간다는 거."

구산은 미소와 함께 잔을 들고 향기를 맡다가 한 모금 입에 넣었다. 진한 과일 향 때문인지 산미(酸味)가 무겁게 느껴졌지만 뒷맛은 약간 달달하고 깔끔했다. 역시 게이샤는 신맛 조절하기가 까다롭다. 원래 게이샤 커피는 에티오피아의 게샤 지역에서 생산된 것으로, 훗날 게이샤로 불려지게 되었다고 전한다. 그러니까 파나마 게이샤의 고향은 에티오피아인 셈이다. 그리고 1999년 커피 곰팡이병이 휩쓸어 모든 커피나무가 죽어버렸는데 유일하게 에티오피아 게이샤만이 살아남게 되었다고 한다.

"오늘 구산 만나러 오는 길에 차 속에서 무슨 생각을 한 줄 아나?"

손 화백이 생각에 젖은 채 천천히 잔을 기울이다 말고 입을 열었다.

"무슨 생각 했는데?"

"차를 타고 오면서… 자네와의 만남이 마지막 순간까지 좋은 추억으로 기억되기를 바랐다네. 커피 한 잔의 마지막 그리움과 추억으로 말이야."

　구산은 친구의 말에 피식 웃음을 삼키며 말없이 커피잔만 기울였다. 친구의 말이 화살처럼 가슴 깊숙이 박혀온 듯 잠시 기분이 먹먹했다. 마지막 여행과 마지막 추억이라는 말이 가슴 속을 마구 후벼팠다. 어쩌면 오늘 커피 한잔의 만남이 마지막 추억이 될 수 있을지도 모른다는 생각 때문이었다. 구산은 말없이 한참 동안 창백한 친구의 얼굴을 가까이 들여다보았다.

　"자네 무슨 일 있지? 숨기지 말고 말해보게."

　구산이 친구의 얼굴을 찬찬히 살피며 조심스럽게 물었다.

　"일은 무슨... 나이 탓인지... 그냥 외롭고 삶이 허망하게 느껴질 뿐이라네."

　"외롭고 허망하다고?"

　"지난주에 서울 사는 경석이가 세상을 떴다드만... 그리고 며칠 전 재철이가 요양병원으로 들어갔다네."

　"나도 알고 있네. 서울이라 조문도 못 가고... 재철이 그 친구 치매가 심해서 친구들도 못 알아본다고 했지. 어디 재철이뿐인가. 며칠 전 동창회 간사하고 통화를 했는데 우리 동기 중에 요양원이나 요양병원에 있는 친구들이 꽤 여러 명 된다드만."

　동창회 간사 이야기로는 고등학교 동기 졸업생 7개 반 485명 중에서 죽은 사람이 280명에 가깝고 90여 명은 연락이 가능하나 나머지는 확인마저 어렵다고 했으니 살아 있는 친구가 2개 반도 못 된다고 했다.

　"그러고 보니 자네 죽은 경석이 때문에 우울한 거구만. 너무 슬퍼하거나 집착하지 말게. 우리 나이가 되면 늦가을 낙엽처럼 어느 바람에 흩날리게 될지 모르지 않은가."

"울적한 게 아니라, 오늘은 그냥 문득 입맛이 살아 있을 때 자네가 내려준 커피가 마시고 싶었어."

"문득? 입맛 살아 있을 때?"

"생각 같아서는 죽기 전에 마지막으로 살아 남아 있는 친구들을 한 사람씩 모두 만나보고 싶어."

"나도 남은 시간에 기억 속에 살아있는 사람들을 다 만나고 싶지만 그건 부질없는 집착이고 애착이야. 이 나이에 속세의 인연에 너무 집착하는 건 좋지 않아."

그들은 그날 친구들의 근황에 대한 이야기를 입이 마르도록 주고받았다. 손 화백은 에티오피아 게이샤를 한 잔 더 마시고 싶다고 했고 구산은 커피 두 잔을 내려 같이 마셨다. 오후 3시가 넘어 커피를 두 잔 마신 것은 드문 일이다. 그 사이에 손 화백의 딸한테서 전화가 왔고 그는 코트에 모자를 삐뚜름하게 쓰고 천천히 일어섰다. 주차장에 내려갔을 때는 손 화백의 딸이 미리 와서 기다리고 있었다. 그는 차에 오르기 전 두 팔에 힘을 주어 구산을 껴안았다.

"자네가 내려준 에티오피아 게이샤 맛 잊지 않겠네. 오늘 영산강에 와서 게이샤 마시고 참 행복했다네. 고마우이 친구."

손 화백이 두 팔로 구산을 힘주어 안은 채 속삭이듯 말했다. 손 화백이 구산을 껴안은 건 처음이었다. 구산은 그가 타고 있는 빨간 자동차가 서서히 움직이기 시작할 때까지 그 자리에 한참 동안 서 있었다. 잠시 후 차가 멈추더니 손 화백이 자동차 문을 열고 내려 휘청거리며 다시 구산에게 가까이 왔다.

"나는 말이시. 요새 가까운 사람과 헤어진다는 게 너무 무섭다네. 친구들과도 그렇고... 나는 죽음이 두려운 게 아니라 영원히 헤어진다는 게 무섭도록 슬프다네. 정말 죽는 것보다 헤어지는 게 끔찍하게 무서워."

그가 구산의 귀에 대고 똑 같은 말을 낮은 목소리로 속삭였다.

"언젠가는 우리 모두 헤어진다네. 그건 숙명이고 순리야. 운명은 앞에서 날아오는 돌이라 피할 수 있지만 숙명은 뒤에서 날오기 때문에 피할 수 없다지 않은가."

구산의 말에 손 화백은 씁쓸하게 미소를 떠올리더니 손에 힘을 주어 다시 악수를 하고 차에 올랐다.

2

노부부의 영산강 사랑

구산의 아내는 손 화백이 돌아가고 한참 후, 영산강에 일몰의 황혼이 치자 빛으로 타오르기 시작할 무렵에야 돌아왔다. 아파트 문을 열어주면서 구산이 얼핏 아내의 표정부터 살폈더니, 뜻밖에 4월의 배꽃처럼 활짝 밝아 보였다.

"그래, 오늘도 황폐한 옛집에서 부모님 생각에 또 울었는가?"

"울긴요. 오늘은 슬픔 대신 이상하게 화가 치밀어 오릅디다."

"왜? 조카들이 서운하게 했어?"

"그런 거 아니라, 폐가를 보니 무담시 화가 납디다. 추하게 늙은 내 모습을 보는 것 같기도 하고... 그냥 확 불을 질러 불고 싶었지만 포도시 참았당께요."

아내는 억지로 쓴웃음을 흘리면서 말했다. 구산은 그런 아내의 심사를 가늠하기 힘들어 애매한 눈빛으로 한참이나 바라보았다. 아무도 살지 않은 친정집에 갔다 올 때마다 눈물 바람을 하던 아내였다. 그 때문에 구산은 아내의 마음을 달래주기 위해 얼마 전엔 처가의 폐가를 허물고 그 자리에 아담하게 새집을 지을까 하는 생각도 해보았다. 그렇게 해서라도 아내를 기쁘게 해주고 싶었기에 기회를 봐서 그의 생각을 말해볼 계획이었다.

"당신한테 시집오기 전까지 부모님들과 정을 붙이고 찐덥지게 살았던 그 집이 너무 흉물스러워서 괜히 화가 나더라고요. 우리 자신도 이제 너무 늙어서 폐가 모양으로 흉물스럽지는 않은 건지... 갑자기 인생이 초라하고 허무해지면서 더럭 화가 납디다."

구산은 그런 아내 심정을 이해할 수 있을 것 같았다.

"오늘은 과수원도 둘러봤어?"

구산은 조심스럽게 아내의 표정을 살피며 물었다. 그의 아내는 영산포에 오자마자 옛날 부모님이 일구어온 과수원부터 둘러보고 싶다고 했다. 아버지가 1941년 딸의 출생을 기념해서 심은 배나무 과수원이라서 특별히 애착이 간다고 했다. 구산도 한때 처가댁 과수원 오두막집에 머무르며 소설 『타오르는 강』을 썼기에, 마을에서 떨어진 한갓지고 고즈넉한 그곳을 잊을 수가 없었다. 그렇지만 아내는 아직 과수원에 가보지 않고 있다.

"속상해서 과수원엔 가기 싫어요."

구산의 아내는 영산포에 오기 전에는 과수원에 꼭 가보고 싶다는 말을 버릇처럼 중얼거리곤 했었는데, 막상 이곳에 와서는 이미 폐가가 된 친정집에는 가끔 가면서도 오래 전 주인이 바뀐 과수원 쪽으로는 아예 발걸음도 하지 않았다.

"나는 처가댁 과수원을 생각할 때마다 '티파니에서 아침을'이라는 영화에서 오드리햅번이 불렀던 노래 '문리버'가 생각난다니까."

그랬다. 1964년 봄이었던가 신혼부부였던 그들은 배꽃이 흐드러지게 핀 처가댁 과수원에서 진한 꽃향기에 취했다. 그 무렵 그의 아내는 첫아이를 임신하고 있었다. 부부가 과수원 배꽃 그늘 밑 평상에 앉아 있었는데 라디오에서 문리버 노래가 흘러나왔다. 그때 아내는 뱃속 아이가 딸이면 이름을 문리버라고 짓고 싶다고 했고 구산은 손뼉까지 치면서 환영했다. 그렇게 해서 큰딸

이름이 문리보(文梨寶)가 되었다.

"그래, 손 화백은 뭣 땜에 갑자기 왔답디까?"

한참 후에 아내가 옷을 갈아입고 저녁 준비를 위해 앞치마를 두르며 지나가는 말투로 뚜벅 물었다.

"뚱단지 같이... 갑자기 내가 내려준 커피가 마시고 싶어서 왔다는데, 나도 잘 모르겠어. 그 친구 마지막이라는 말을 자주 하는 거 보니 오래 못 살겠더라고."

"그래요? 어디 아프답디까?

"글쎄... 아내를 잃은 후 내내 절망에 빠져 있는 것 같았어. 꼭 다시 돌아올 수 없는 먼 길 떠나는 사람처럼.... 그 친구 시선이 아득하게 느껴지더라고. 시선이 멀어지면 죽을 날이 가깝다는데..."

"당신도 나 먼저 죽으면 손 화백처럼 절망에 빠질까요?"

"그렇지. 나도 그렇겠지."

친구의 방문 때문에 우울해 있었던 구산 부부는 그날 밤 싱가폴에서 대학에 다니는 손자 준철이한테서 걸려 온 전화를 받고 한껏 기분이 좋아졌다. 손자는 영상통화에서 손을 흔들어대며 활짝 웃는 얼굴로 사랑한다는 말을 되풀이했다. 요즈막 그들 부부가 큰 소리로 사랑한다는 말을 할 수 있는 대상은 오직 손주들뿐이다. 그리고 보니 지금까지 살아오는 동안 누구인가에 큰 소리로 사랑한다는 말을 할 수 있었던 기회가 별로 없었던 것 같았는데, 손자가 멀리 떨어져 있게 된 후부터 전화를 통해 서로 사랑한다는 말을 자주 하게 된 것 같았다. 누구에겐가 사랑한다는 말을 할 수 있고 또 들을 수 있다는 것은 행복한 일이 아닐 수 없다. 요즈막 그들 부부는 간절한 마음으로 그립다거나 보고싶다고 말할 수 있는 대상도 손자이고 기다림의 대상도 오직 손자다. 지금 그들에게는 그 대상이 존재하는 것만으로도 행복하다. 손자는 지난 주말에 자카르타에 여행을 가서 만델링 커피를 사서 보냈다고 했다. 구산은 손자가 보낸 만델링 마실 생각에 오달지게 입맛을 쩝쩝 다셨다.

구산은 손 화백이 다녀간 지 일 주일쯤 지나 그간의 소식이 궁금해서 전화를 해보았다. 그의 딸이 받았다. 손 화백은 그를 만나고 간 후 2, 3일 동안은 기분이 무척 좋아 보였다고 했다. 그런데 나흘째 되는 날 집을 나가서 밤늦도록 돌아오지 않았고 통화도 안 되었는데, 어제 아침에야 파출소에서 연락이 와서 집으로 모셔왔다는 것이었다. 친구는 집에서 가까운 공원으로 산책을 나갔다가 집을 찾지 못하고 밤새도록 헤맸다는 것이었다. 친구와 통화를 할 수 있느냐고 물었더니 지금 깊이 잠들었다고 했다. 저녁에 다시 전화를 해보았으나 받지 않았다. 다음 날 오후 다시 전화를 했다. 또 그의 딸이 받았다. 아침에 일어나보니 아버지가 보이지 않아서 집 주변을 뒤지고 돌아다니며 찾았는데, 양말도 신지 않고 공원 벤치에 혼자 우두커니 앉아 있더라는 것이었다. 아침 일찍 공원에는 왜 나와 있느냐고 물었더니 친구를 기다리고 있다는 거였다고 했다. 딸은 아무래도 아버지가 치매인 것 같다면서 깊은 한숨을 쉬었다. 손 화백이 치매라니… 구산의 슬픈 예감은 빗나가지 않았다.

햇살 다사롭고 바람 살랑 부는 봄날 오후 구산 부부는 영산강변 산책에 나섰다. 쥐색 점퍼에 가벼운 운동화를 신은 구산은 먼저 현관에 나가 헛기침을 하며 아내가 나오기를 기다렸다. 한참을 서성거리고 있는데 현관으로 나온 아내는 누가 기다리는 것도 아닌데 왜 채근이냐면서 사뭇 얼굴을 찡그리며 짜증을 냈다. 이날 그의 아내는 남색 바바리에 연둣빛 천연염색 스카프를 목에 두르고 하얀 털모자를 썼다. 아내는 80이 넘으면서부터 백발을 가려야 한다면서, 밖에 나갈 때는 한사코 짙은 밤색 모자를 깊숙이 눌러썼다. 구산의 아내는 가까운 마트에 가거나 집 근처를 산책할 때도 한결같이 정장 차림이었다. 늙을수록 옷차림에 더 신경을 써야 한다는 게 아내의 지론이다. 그런 아내의 성격을 잘 알고 있는 터라, 구산은 아내의 옷차림에 군말을 덧붙이지 않았다. 어쩌다가 아내의 옷차림을 보고 "산책길에 너무 튀지 않아?"라고 말했더니 아내는 "앞으로 나는 죽는 날까지 튀는 옷차림을 할 거니까 군소리 말아요. 공자님도 칠십이면 종심이라면서 마음 내키는 대로 살아도 된다고 했담서요. 이 나이에 내가 남의 눈치 보며 살고 싶지 않다구요." 하고 버럭 화를 냈다. 그 후부터 구산은 아내의 옷차림에 대해서 언급하지 않기로 결심한 바 있다.

아파트에서 나온 구산 부부는 영산교를 건너기 위해 왼쪽 둑길로 휘어들었다. 끝이 보이지 않을 정도로 널따란 강변에는 노란 유채꽃밭이 바람과 함께 너울너울 군무를 추듯 일렁였다. 노란 꽃물결이 쪽빛 강물과 대조를 이루면서 한 폭의 거대한 수채화처럼 빛났다. 그들은 다리 아래에 펼쳐진 또 하나의 그림 같은 세계에 눈이 팔려 발목을 붙잡힌 듯 여러 차례 걸음을 멈추며 천천히 걸었다. 구산은 강물이 흐르는 것을 바라보며 얼핏 시간이라는 것을 생각했다. 강을 비롯 삼라만상은 한결같이 그 자리를 지키며 그대로 있는데 시간은 왜 자꾸 그의 모습을 바꾸려고 성화인지 그 연유를 모르겠다 싶었다. 눈에 띄게 하루하루 변해가는 자신의 모습이 초라하고 구차스럽게 느껴지기까지 했다.

부부는 다리 건너 홍어거리에 이르러 등대 쪽으로 꺾어 들었다. 선착장에는 황포돛배를 타기 위해 찾아온 관광객 여남은 명이 서성거리고 있었다. 부부는 한참 동안 선착장 부근에 서서 강 하류 쪽을 바라보다가, 커피를 마시기 위해 영산나루 쪽으로 방향을 틀었다. 오후 산책길에 나설 때는 집에서 커피를 마시지 않고 되도록 동네 카페를 이용했다. 카페 영산나루 앞마당에는 3백 년이 넘은 팽나무며 1백 년도 더 돼 보이는 동백나무 옆에, 일제강점기 때 붉은 벽돌로 지은 동양척식회사 영산포 지점의 서고가 그대로 남아있다. 구산이 영산나루를 자주 찾은 이유는 3백 년 넘은 팽나무 때문이다. 한때 거의 죽은 듯싶어 안타까움에 마음을 조렸으나 가지를 치고 정성스럽게 치료를 한 결과 신비스럽게도 새잎이 파릇하게 돋아나기 시작했다.

구산의 아내는 아메리카노 투 샷을, 구산은 에스프레소를 주문했다. 여자 종업원에게 드립커피도 겸하라고 권해보았으나 아직 핸드드립을 원하는 손님이 별로 없거니와, 바리스타도 따로 구해야 하기 때문에 그냥 머신 커피로 만족한다고 했다. 구산은 영산강변 뷰가 좋은 곳에 겔러리를 겸한 핸드드립 커피집이 하나쯤 있었으면 하고 바랬다.

"여보, 우리가 핸드드립 커피집을 낼까? 스페셜티 핸드드립 카페 말야."

"미쳤어요? 이 나이에 커피숍이라니."

아내는 그가 농으로 한 말이라는 것을 알면서도 벌컥 화를 냈다.

"커피 맛 어때?"

그는 서둘러 화제를 돌렸다.

"투 샷이라 괜찮아요."

"그러고 보니 우리가 육십여 년 전 영산포에서 처음 만났을 때 커피를 마셨던가?"

"영산포 역전다방에서 커피를 마셨지요. 난 그때 커피 처음 마셔봤어요."

"맞아. 당신은 그때 커피에서 담배꽁초 냄새가 난다고 했었지."

그랬다. 1963년도 그들이 처음 만났던 곳은 영산포역이었다. 벌써 62년 전의 일이다. 그때 구산은 23살이었고 그의 아내는 순백색의 배꽃 같은 21살이었다. 구산은 고등학교 문예부 시절 짝꿍이었던 하준호라는 친구의 소식을 알아보기 위해, 생뚱맞게 일면식도 없는 지금의 아내에게 만나달라는 편지를 보냈었다. 학창 시절 짝꿍 친구는 입버릇처럼 한동네에 산다는 친척뻘 되는 여학생 이름까지 들먹이며 그에게 소개시켜주겠다고 말했었다. 그러나 친구는 고등학교 졸업 후 소식이 끊겼다. 구산이 한 번도 만난 적이 없는 낯선 여자에게 편지를 보낸 것은 단순히 친구의 소식을 알고 싶어서였다. 대학에 들어간 후 세 차례나 친구의 집으로 편지를 보냈으나 끝내 아무 소식이 없었던 것이다. 친구가 살았던 집으로 직접 찾아가 볼까도 했으나, 그에게 소개해 주겠다던 여자의 이름이 떠오르는 순간, 먼저 편지를 쓰기로 용기를 냈다. 그는 '친구의 소식을 알고 싶을 뿐'이라는 것을 여러 차례 강조하고 영산포역에서 만나자는 편지를 보냈다. 물론 낯선 여자가 그의 편지를 받고 나올 것이라고 큰 기대는 하지 않았었다.

구산은 그날 광주역에서 기차를 타고 약속 시간보다 2시간 먼저 영산포역에 도착, 이름만 알고 있는 여자의 얼굴을 상상하면서 역대합실 의자에 앉아 출입구에 시선을 못 박고 있었다. 30분이 지나도록 상상 속 여인이 나타나지 않기에, 그 길로 친구가 살았던 마을로 찾아가볼까 하고 자리에서 일어서려고 했을 때, 대합실 안으로 들어서는 한 여인의 모습이 그의 눈길을 확 사로잡았다. 갸름한 얼굴에 눈이 크고 짙은 갈색 생머리를 뒤로 단정하게 묶고, 검정 구두에 소복을 입은 키가 크고 마른 체격의 여자. 배꽃처럼 희고 청초한 얼굴이 천천히 그에게로 다가오자, 그는 자신도 모르게 벌떡 일어서고 말았다. 여자의 얼굴에서 시선을 떼지 못한 채 빳빳하게 서 있던 그는 두어 발짝 다가가서 약간 떨리는 목소리로 자신의 이름부터 밝혔다. 여자는 희미한 미소를 떠올리며 꼿꼿하게 서 있었다. 그는 역 앞에 있는 다방으로 가자고 했고 여자는 서너 걸음 떨어져서 그를 따라왔다. 고즈넉한 다방에는 한창 유행하던 박재란의 노래 '산 넘어 남촌에는'이 나지막하게 흘렀다.

"아버지 상중이라… 못 나올 형편인데… 은호 친구라기에 어렵게 나왔어요."

두 사람이 다방 구석에 자리를 잡고 마주 앉자 여자가 한사코 그의 시선을 피하며 낮은 목소리로 말했다. 그때야 그는 그녀가 소복 차림인 이유를 알고 약간 당황스러웠다.

"아, 미안합니다. 그런 것도 모르고…"

주문한 커피가 탁자에 놓여 있었으나 두 사람은 마실 생각은 하지 않고 어색한 눈빛만 주고받았다. 어색한 분위기를 느끼자 그가 먼저 커피잔을 들었다. 설탕을 많이 넣은 탓인지 너무 달았지만 단숨에 홀랑 마셨다. 그녀는 아주 천천히 커피를 몇 모금 마시더니 반쯤 남은 잔을 탁자 위에 놓았다. 서로 어색한 분위기 속에 무거운 침묵이 흘렀다. 잠시 후 그들은 다방을 나왔고 그가 영산강 둑길을 걷고 싶다고 하자 여자는 적당한 거리를 두고 말없이 그의 뒤를 따라주었다. 그는 제과점에라도 들어가고 싶었지만 커피 두 잔 값으로 60원을 계산하고 나니 겨우 광주 가는 기차표 값이 남았기에 둑길을 걷자고 한 것이었다.

다방을 나와 한참 걷다가 여자는 그의 친구가 미국으로 이민을 갔다고 했다. 그는 친구에 대한 이야기는 더 묻지도 않고 생뚱맞게 그 자신의 이야기에 열을 올리고 있었다. 고등학교 시절 소설가 오유권 선생을 만나기 위해 두 번 영산포에 왔었는데 생각보다 포구에 배들이 많았었다는 등... 그는 또 대학을 서울로 옮겨 편입을 했으며 시를 쓰고 있다는 것과, 아버지가 신장 수술로 입원했는데 상태가 좋지 않다는 것 하며, 대학을 졸업하면 영산강이 보이는 시골 학교에서 교사를 하고 싶다고 이야기했다. 그는 걸음을 멈추었다가 보폭을 맞추며 시를 좋아하느냐고 물었지만 그녀는 대답 대신 조용히 미소만 지었다. 영산강 둑길을 따라 한참 걷자 벚나무가 에두른 창랑정에 이르렀고 강바람이 불 때마다 흐드러지게 핀 벚꽃이 바람에 후루루 날렸다. 바람처럼 시간이 빠르게 흘렀다.

"벚꽃이 지면 우리 과수원에 배꽃이 핀답니다. 배꽃이 피면 세상이 온통 달빛에 물든 것 모양으로 환해지지요."

그는 여자가 혼잣말처럼 하는 소리를 듣고 그녀가 과수원집 딸이라는 것을 알았다. 그들은 다시 영산포역으로 되돌아왔고 역 광장에서 헤어졌다. 처음 만난 여자의 인상은 상냥함보다는 차분하고 순수하며 조금은 차가운 듯싶었다. 4월의 배꽃처럼 해맑으면서도 차가운 분위기가 마치 아침 이슬처럼 맑은, 한편의 낭만적인 시가 되어 그의 마음을 사로잡은 듯했다. 그 후 구산은 일주일이 멀다 하고 줄기차게 장문의 편지를 계속 보냈다. 10통쯤 보내고 난 다음에야 "보내주신 편지 잘 받았으나 답장을 못해 미안하다"는 내용으로 조금은 건조하고도 짤막한 답장이 왔다. 답장을 받은 날 정오 쯤에 그는 편지를 손에 쥔 채 우체국으로 달려가 '오늘 3시 영산포역 도착'이라는 전보를 쳤고, 흥분을 가라앉히지 못한 채 그 길로 영산포행 기차를 탔다. 그 무렵 그는 의지가 강한 편은 아니었지만 생각이 많고 한번 마음먹은 일이라면 포기하지 않고 끝까지 밀고 나가는 열정적인 청년이었다. 그의 꿈은 시인이었지만 현실적 삶에도 충실하기 위해서 교사가 되는 것이었다. 시인으로 살아가기 위해서는 현실적 삶에 충실해야 한다는 것이 삶의 지향점이었다.

영산나루에서 커피를 마시고 나온 부부는 강변 산책길 벤치에 앉아 강을 바라보았다. 봄날 오후의 강물이 잔조로운 바람에 은빛으로 일렁였다. 구산의 아내는 한참 동안 말 없이 강물만 바라보았다. 강물을 바라보는 아내의 눈가에 슬픈 그림자가 맴돌고 있었다.

"그 많던 강변 모래톱은 다 어디로 사라졌을까."

한참 후에 아내가 꿈을 꾸듯 시선을 멀리 던진 채 혼잣말로 중얼거렸다.

"느닷없이 모래톱이라니?"

"옛날에는 강변에 넓은 모래사장이 있었는데.... 여름이면 광나루 쪽 모래사장에는 모래찜질하는 사람들로 넘쳤다고요. 저기 등대 앞에 고깃배들이 가득했을 때까지만 해도 선창에 사람들로 벅신거렸는데… 그리고 내가 중학교에 다닐 때까지만 해도 이쪽 강변에서 조개를 잡았고 오빠들은 낚시로 장어를 한 바케스씩 잡아 오곤 했는데… 그 넓던 모래톱이며 고깃배들, 그리고 선창으로 몰려들었던 사람들은 다 어디로 사라졌을까? 아마 죽었겠지요?”

구산의 아내는 여전히 시선을 강 쪽으로 던진 채 소중한 것을 잃어버리기라도 한 듯 비감에 젖은 목소리로 중얼거렸다. 하기야 구산이 처음 영산포를 찾아왔을 때까지 만해도 선창에는 고깃배들 수십 척이 들어차 있었다.

“그래서인지 영산강을 바라보고 있으면 괜히 화가 나고 슬프기도 해요. 도대체 무엇 때문에 화가 나는 건지 모르겠다니까.”

“헌데… 강을 바라보면 왜 슬프지?”

“친정집 폐가를 볼 때와 똑같은 기분이라구요.”

그는 아내의 말에 천천히 고개를 끄덕였다. 한때 애착을 느꼈던 대상이 퇴영적으로 변했을 때 우리를 슬프게 하는 것은 너무나도 당연했다.

“참, 당신을 만나기 전…. 그러니까 고2 때 소설가 오유권 선생님을 만나기 위해 영산포에 왔었다는 거 이야기 했었지? 그 무렵에는 우리 지역에서 소설 쓰는 사람이 오유권 선생님 밖에 없었거든.”

그는 물에 빠진 듯 축축해진 아내의 기분을 살리기 위해 말을 바꾸었다. 아내는 대꾸하지 않았다.

"당신도 오유권 선생님 알지?"

"오 선생님을 통해서 여러 번 당신 전화 받았었잖어요"

그랬다. 그 시절에는 집에 전화가 없어 우체국에 가서 장거리 전화를 받아야만 했다. 그는 그녀에게 미리 전보를 쳐서 몇 시에 전화를 할테니 우체국에 근무하는 오유권 선생님을 찾아가라고 알려주었다. 그는 그녀와 약속 시간에 오유권 선생님께 전화를 하면 미리 와서 기다리고 있던 그녀와 통화를 할 수가 있었다, 특별히 급한 일도 없는데도 목소리가 듣고 싶은 그는 그렇게 오유권 선생님을 통해 과수원집 처녀와 전화를 주고받곤 했다.

부부는 강둑을 따라서 새끼내까지 걸어갔다가 해넘이 무렵에야 집으로 돌아왔다. 아내가 저녁을 짓는 동안 구산은 시를 썼다.

오늘도 강을 따라 걷는다
갈 곳을 잃은 사람에게
강은 길이 되고
파트너가 된다
낯선 길 따라 걸으며
흘러간 시간을 헹군다
때묻은 욕심 흘려보내고 나니
원망도 미움도 사그라지고
발걸음이 가벼워진다

이제 서두르거나
미련 쌓아 올리지 않고
강물과 함께 걷는 것만으로도
내 삶은 더 깊고 푸르다
강을 따라 걷는다는 것은
일곱 가지 무지개 빛깔
꿈을 쫓는 것과 같다

요즈막에 들어 구산의 아내는 자신이 하루가 다르게 부쩍 늙어가는 것 같다면서 버릇처럼 자꾸만 한숨을 토했다. 아내의 늙어가는 모습이 구산에게는 그렇게 슬프지만은 않았다. 머리에 흰 눈이 내려 덮이고 고운 얼굴에 잔주름이 늘어나는 것이 조금은 안타깝고 애잔한 마음이 들기는 해도, 결코 추해 보이지는 않았다. 오히려 자연스럽게 나이에 잘 어울려 보였다. 자연스럽게 늙어가는 모습이 마치 바람 소슬한 늦가을에 단풍 물들어 가는 것처럼 고즈넉하게 아름답기까지 했다. 한 여자와 늙도록 마주 보고 살면서, 머리가 희고, 주름이 생기고, 볼이 쳐지고, 기억이 깜빡깜빡해지는 것을 보는 것은 결코 슬픈 일만은 아니다. 부부가 같이 늙어가면서 손잡고 하나로 동화되어 마지막 정류장에 가까이 가고 있는 기분이 드는 것처럼 편안할 따름이다. 노화는 어쩌면 순화(醇化. 잡스러운 것을 없애고 순수한 것이 되게 함)일지도 모른다. 헛된 욕망 때문에 더러워진 세속의 때를 말끔히 벗기고 다이아몬드처럼 빛나는 본디 존재가 되는 것. 아니면 늙는다는 것은 꽃잎이 시들어 가는 순서대로 색깔이 연화하는 것인지도. 진홍색이 연분홍으로, 진초록이 연초록으로 옅어지고, 뾰쪽한 것이 뭉뚝하게, 강파른 것이 여유롭게, 각진 것이 둥그스름하게 변하는 것이 아닌가 싶다. 늙음은 본디 자연으로 되돌아가는 과정의 하나인 육신의 산화(酸化)가 아니겠는가. 그러기에 생성과 소멸의 뿌리가 같다는 것을 알고 사는 사람들은 노화를 자연스럽게 받아들일 수가 있다. 그래서 구산은 발버둥치며 늙어가는 것을 거부하는 사람들을 보면 안타깝고 슬퍼진다.

아내는 스물셋에 가난한 대학생인 구산한테 시집와서, 9대 종갓집 종부 노릇 하랴, 편모 모시랴, 삼 남매 키우고 뒷바라지 하랴, 얼마나 고단한 삶을 살아왔겠는가. 궁핍했던 1960년대 초, 그들 신혼살림은 너무도 남루하고 구차스러웠다. 첫애를 낳고 먹을 것이 없어 친정으로 식량을 얻으러 갔다가, 차마 말을 꺼내지도 못하고 눈물범벅이 되어 돌아오고 말았다는 아내의 말에 구산의 마음은 찢어지는 듯했었다. 첫 아이를 임신했을 때 길가에서 파는 삶은 고구마가 먹고 싶어 병이 났다는 아내였다.

1980년 5월, 반 체재 기자로 찍혀 신문사에서 해직이 된 구산은 팔이 아파 시내버스 손잡이를 잡지 못할 정도로, 성공한 기업체 회장의 자서전을 대필하거나 잡지에 잡문을 써서 가까스로 먹고 살았다. 그 가난 속에서 세 아이들 모두 서울로 대학을 보내고 이만큼 살 수 있게 된 것도 모두 그의 아내 덕이다. 그러나 지나온 삶의 마디마디마다 켜켜이 쌓인 고통스러웠던 기억마저도 지금은 보랏빛 아름다운 추억이 되고 있었다. 그래서 아내의 주름이 훈장처럼 더욱 빛나 보였다. 그러면서도 한편으로는 아내가 늙어가는 것을 보면서 구산은 마음의 부채가 더욱 커졌다.

아내 고희 때였다. 자식들이 잔치를 하겠다기에 차라리 현금으로 달라고 했다. 그는 아내의 고희를 기념하여 '인연'이라는 제목으로 시를 짓고 자식들이 준 그 돈으로 생오지 집 마당 귀퉁이 자그마한 연못 옆에 시비를 세웠다.

무엇이 우리를 맺어주고 있나요
전생의 낯선 모퉁이에서 한 번이라도 스쳐 간 적 있나요
윤회의 뜨락 서성이다가 눈빛이라도 마주친 적 있나요
이슬과 햇살이 만나 꽃을 피우고
하늘과 땅 사이 두 줄기 강물로 흐르다가 멈추었나요
유성처럼 끝도 없이 떠돌다가 구름 딛고 떠내려왔나요
피안의 깊은 골짜기 억겁을 돌고 돌아
먹구름으로 맴돌다가 비바람 되어 내려왔나요
어느새 날이 저물었는데 이제 우리 어찌할까요
그대와 나 꽃과 구름으로 만났다면
그대 아침에 이슬로 맺힐 수 있겠지요
이 세상 떠나는 마지막 그날 나란히 손잡고
두려움 없이 이승의 강 건널 수 있겠지요

구산의 아내에게 가야금을 가르쳤던 금당 선영숙 선생은 이 시에 곡을 붙여 노래를 불렀다. 60년 넘게 같이 살면서 아내를 고생시켰던 것에 비하면 재주 없는 문사의 졸문이 얼마나 위로가 될 수 있겠는가마는, 시비를 세운 날 오랜만에 참으로 오랜만에 아내 얼굴이 환한 배꽃으로 활짝 다시 피어났다.

한여름 오후, 늙은 아내는 구산 옆에서 피멍이 든 손가락으로 가야금을 뜯고, 구산은 친구가 보내준 시집을 읽었다. 바람이 건 듯 불자 앞산 소나무 숲이 굼실거리면서 솔 향기가 솔솔 풍겨왔다. 가야금 산조 가락과 솔바람 소리, 새소리, 매미 소리가 한데 어우러져 한편의 시가 되어 늙고 헐벗은 마음을 흥건히 적셨다. 구산은 산골 마을에서 이렇게 아내와 함께 자연스럽게 늙어간다는 것이 참으로 행복했다.

그날 저녁 손 화백 딸한테서 전화가 왔다. 아버지가 갑자기 치매가 심해져서 시도 때도 없이 밖으로 나가려고 성화여서 요양병원에 입원시켰다는 것이었다. 구산은 그가 입원했다는 요양병원 주소를 적어 놓았다. 친구가 그를 기억하고 있을 때 한번 찾아가 볼 생각이었다.

구산은 오늘 아침에도 어김없이 아내와 함께 안띠구아 커피를 내려 마셨다. 그들 부부는 구산이 대학에서 정년을 마친 2006년부터 아침과 점심을 먹은 후에는 어김없이 커피를 내려 함께 마신다. 그동안 케냐와 예가체프 콜롬비아를 주로 마시다가, 5년 전부터 콜롬비아 슈프리모에서 과테말라 안띠구아로 바꿨다. 두 나라 커피가 모두 고지대 화산지역에서 생산되기 때문에, 매콤한 듯 스모키한 향기의 풍미를 느낄 수 있다. 구산 입맛에는 콜롬비아보다 과테말라 안띠구아가 조금 더 냇내가 강하고 목 넘김이 묵직해서 좋았다.

"이제 이 영산강이... 우리가 마지막 머무는 정류장이 되겠지요?"

아내가 영산강 쪽을 보며 커피를 마시다 말고 가볍게 말했다.

"당신은 마지막에 고향으로 돌아온 셈이구만. 고향이 있다는 건 지쳐있을 때 돌아갈 집이 있는 것처럼 마음 든든한 일이야."

"부모 형제도 없이 폐가만 남은 고향으로 돌아왔네요."

"여기가 우리 인생의 종착역이야. 여기서 손잡고 미련 없이 떠나야지. 이제 시간도 별로 남지 않았지만..."

"참 그동안 철새처럼 여기저기 많이도 옮겨 다녔네요."

"유목민처럼 떠돌며 살았지."

그랬다. 구산은 태어나서 80이 넘은 이날까지 노마드적 삶을 살아왔다. 그는 그동안 여기저기 부초처럼 떠돌아다니며 살아왔던 곳들을 얼추 돌이켜보았다. 태어나서 6.25 전쟁이 터질 때까지 12년을 살았던 무등산 너머 담양 땅 작은 골짜기 마을 구산리, 1년 동안 피난살이를 했던 신안군 비금면의 바닷가 갯마을, 섬을 떠나 3년 동안 외가 살이를 했던 화순군 북면 백아산 밑 맹리, 1983년부터 5년 동안 교직 생활을 했던 순천, 1954년부터 47년을 살았던 광주, 18년을 살았던 생오지까지. 이제 생오지를 떠나 처가 동네인 나주 영산포까지 왔다. 여섯 곳을 떠돌다가 마지막으로 영산강변에 안착한 셈이다. 47년 동안 광주서 살면서도 월산동, 계림동, 양동, 학동, 서석동, 양림동, 방림동, 농성동, 진월동, 첨단단지 등 10여 곳을 옮겨 다녔다.

이들 지역 중에서 굴곡진 그의 영혼이 꿈을 키울 수 있었던 공간은 6.25가 터지기 전까지 12년 동안 유소년 시절을 보냈던 무등산 뒷자락 골짜기 고향 마을과, 역사적으로 암울했던 1970~1980년대 공포와 아픔을 겪으면서도 소설가의 길을 찾을 수 있었던 광주 양림동 시절이다. 그리고 가장 행복했던 공간은 65세 정년을 마치고 18년 동안 오로지 창작에 전념할 수 있었던 탯자리 옆 마을 생오지다. 솔바람 소리마저 향기로웠고 작은 들꽃을 통해 우주를 볼 수 있었던 생오지에서의 나날은 행복했다. 유소년 시절을 보냈던 고향에서는 무한한 자유를 누렸고 교회 종소리를 들으며 암울한 시절을 보냈던 양림동은 고통 속에서도 문학의 꿈을 다졌던 공간이었다. 사운드스케이프 푸른 세상에서 노년을 보냈던 생오지는 나름대로 꿈을 완성 시키기 위해 마지막 영혼을 불태웠던 곳이었다.

되돌아보니 그는 참으로 오랫동안 태생지를 등지고 살아왔다. 그의 나이 스물세 살 때 47세로 세상을 뜬 아버지의 유언은 '절대 고향에 가지 말라'는 것이었다. 아버지에게 고향은 견딜 수 없는 고통의 상처뿐인 공간이었던 것이다. 가까운 집안의 젊은이들이 빨치산이 되었는가 하면, 동생의 행방불명 때문에 아버지는 형사들에게 지목의 대상이었다. 그 때문에 여러 차례 경찰서에 붙들려가서 심한 고문을 당했고 등짝의 상처 때문에 한동안 바로 눕지 못하고 엎드려 지내야만 했었다.

아버지가 세상을 뜬 후, 유품을 정리하다가 유서를 발견한 구산은 가슴이 먹먹하여 한동안 불면에 시달려야만 했다. '아들 보아라'로 시작된 아버지의 유언장에는 '한동네 산 이○○가 무고한 나를 세 번씩이나 모략을 하여 견딜 수 없는 고통을 겪었느니라. 부디 네가 원수를 갚아달라.'는 내용이었다. 한동안 구산은 아버지의 유언장을 가슴에 품고 지냈다. 그리고 몇 번이고 신분을 감추고 고향에 가서 아버지를 모략했다는 사람을 눈여겨 살펴보고 오기도 했다. 그는 평범한 농사꾼으로 살고 있었고 구산이 대학을 졸업하던 해에 병들어 죽었다. 그의 죽음을 확인한 구산은 아버지의 유언장을 불태웠다.

구산은 80여 년을 살아오면서 단 한 번도 전라도 땅을 떠난 적 없다. 젊었을 때 절친 이성부 시인이 몇 번이고 서울로 올라오라고 재촉했을 때도 그는 '고향을 사랑하기 때문에 떠날 수 없다'면서 고집을 부렸다. 그때마다 성부는 '이 촌놈아, 사랑과 함께 있는 것도 좋지만 멀찌막이 떨어져서 그리워하는 것이 더 절실하고 아름다울 수 있다'는 말로 그를 꼬드기곤 했었다. 그때마다 그는 '그래 나는 끝까지 고향을 지키는 시골 촌놈으로 버틸 거다'라고 응수하곤 했다.

구산은 고향에 대해 다시 생각해 보았다. 노스탈지어니 향수니 하는 말은 이미 퇴영적 언어가 된 지 오래되었는데도 왜 사람들은 고향을 잊지 못하는가. 우리에게 고향은 무엇인가. 많은 사람들이 남북 분단으로 이산가족이 되었고 산업사회와 도시화 과정에서 농촌을 떠났다. 농업 근대화를 위한 댐 조성으로 고향이 수몰되었는가 하면 홍수 등 자연재해로 삶의 터전을 잃어버린 사람들이 많다. 더욱이 AI 시대에 일자리를 찾아 유목민 같은 삶을 살아가고 있는 정보화시대에 고향은 무슨 의미가 있는가. 그는 잠시 눈을 감고 12살 때 떠났던 고향의 정경을 머릿속에 그려보았다. 무채색의 을씨년스러운 모습이 희미하게 떠오르는 순간 울컥 슬픔이 구산의 마음을 산만하게 휘저었다. 고향은 무엇인가. 고향을 떠올리면 조상과 부모님이 살았던 곳 외에 명절, 가난, 노인들, 빈집, 불알친구, 사랑방, 제사, 운동회, 당산나무, 정자, 고샅, 깜깜한 밤, 허수아비, 우물, 아궁이, 담장, 텃밭, 논두렁, 쟁기질, 공동체, 옛정 같은 단어가 떠올랐다. 남북 분단으로 많은 사람들이 고향을 잃어버렸는가 하면 1960년대 이후 산업화 도시화 과정에서 많은 사람들이 고향을 떠났으며 자연재해로 삶의 터전을 옮기기도 했다.

구산은 사람들에게 고향이 무엇이냐고 묻고 싶었다. 최근 대학생들 상대로 조사를 했더니 고향이 없다고 대답한 학생들이 24%나 되고, 사는데 고향이 필요하다고 답한 학생은 28%에 지

나지 않는다는 것에 비해, 고향에 가고 싶다는 대답은 56%였다
는 기사를 읽은 적이 있다. 어쩌면 우리가 살아가는데 고향이 필
요하지 않을지도 모른다. 그런데도 고향에 가고 싶다는 학생이
56%나 되는 것은 어떤 의미로 받아들여야 할지 모르겠다.

"그래도 당신은 고향에 오니 좋지?"

"아무도 없는 쓸쓸한 고향인데요 뭐."

아내의 목소리는 메아리처럼 슬프고 쓸쓸했다.

3

1957년 김현승 시인을 만나다

구산은 오후 늦게 광주에 있는 김현승시인기념사업회로부터 온 전화를 받았다. 김현승 시인 문학제 때 '고독과 커피의 시인 김현승'이라는 주제로 한 시간 동안 이야기를 해달라는 요청이었다. 김현승 시인 제자들이 거의 이 세상 사람이 아니거나 건강이 좋지 않아, 스승의 개인사적 삶에 대해 구체적으로 이야기해 줄 사람이 구산밖에 없다는 것이었다. 흔쾌히 승낙한 그는 스승에 대한 그리움 때문에 밤이 깊도록 잠을 이루지 못했다.

누구인가 죽을 때까지 세 사람을 가슴에 품고 살아갈 수만 있다면 그 인생은 행복하다고 말할 수 있다고 했다. 그 세 사람은 사랑하는 사람, 존경하는 스승, 믿을 수 있는 친구다. 생각하기에 따라서는 그렇게 어려운 문제가 아닌 것 같겠지만, 살다 보면 결코 쉽지 않다는 것을 깨닫게 된다. 세상에는 이 셋 중에서 단한 사람도 간직하지 못한 사람이 얼마나 많은가. 사랑하는 단 한 사람이라도 평생토록 가슴에 간직하고 살기가 얼마나 어려운가를 아는 사람은 안다. 하물며 존경하는 스승과 믿을 수 있는 친구를 갖기란 더더욱 어려운 일이다.

당신은 지금 세 사람을 가슴에 품고 있느냐고 묻는다면 구산은 과연 어떻게 대답할 수 있을까. 사랑하는 사람은 아내라고 자신 있게 말할 수가 있다. 지금까지 영혼에 불꽃이 튀길 정도의 황홀한 사랑을 느끼지는 못했지만, 스물세 살 때 연인으로 만나 60년 넘게 희로애락을 함께 하며 살다 보니, 지금 그에게 아내만큼 소중한 존재는 없다.

세 사람 중에서 존경하는 스승을 가슴에 품고 사는 것도 그리 간단한 일이 아니다. 학교에서 혹은 사회에서 가르침에 따라 정신적으로 많은 영향을 받는 사람을 만나게 되지만, 그렇다고 평생 스승으로 모시고 살만한 대상은 결코 흔하지가 않다. 마찬가지로 제자 노릇 하기도 쉽지 않다. 마음속에 존경하는 스승을 모시고 있을지라도 제자다운 도리를 다할 때, 비로소 사제 간의 아름다운 관계가 이루어질 수가 있는 것이 아닌가. 말로만 존경한다고 하면서 스승의 인격과 모범적인 삶을 영향받고 실천할 줄 모른다면 진정한 제자라고 할 수가 없는 것이다. 스승의 편에서 보아 훌륭한 제자일 때 비로소 훌륭한 스승을 모시게 된 것이라고 말할 수가 있기 때문이다. 그렇다면 구산에게 존경하는 스승은 있는가. 그에게 문학의 길을 열어준 고등학교 국어 선생님이었던 수필가 송규호 선생과 시를 쓰도록 지도해 주셨던 김현승 시인, 소설가로 이끌어 준 김동리 작가를 말할 수 있지만, 제자 노릇을 제대로 다 하지 못해 부끄러울 뿐이다. 세 분 모두 이승을 떠난 지 오래되었다.

노랗게 물든 은행잎이 미련 없이 한순간에 옴씰하게 떨어져 바람에 흩어져 날리는 모습을 바라보며, 구산은 커피와 고독의 시인 김현승 선생 생각에 몰입했다. 1957년 가을, 구산은 광주 양림동 김현승 시인 댁에서 그의 생애 처음으로 시인이 직접 내려준 커피를 마셨던 기억을 떠올렸다. 광주 고등학교 1학년생이었던 그가 처음 마셨던 원두커피 맛은 소태처럼 썼다. 너무 썼지만 차마 뱉지도 못하고 얼굴을 찡그리며 억지로 홀짝홀짝 마셨다. 그런 그를 보며 빙긋이 미소를 지었던, 66년 전 스승의 깡마른 얼굴이 선명하게 떠오르자, 그때가 너무 그리워 구산은 자신도 모르게 선생님, 하고 마음속으로 되뇌었다.

윤기 자르르한 햇살이 묶음으로 내려꽂히는 초가을 일요일 아침, 구산은 광주고 문예부 절친 이성부와 함께 박봉우 선배 시인을 만나기 위해 충장로로 향했다. 박봉우 시인은 1년 전 23살 나이로, 조선일보 신춘문예에 시 〈휴전선〉이 당선되어 일약 유명해졌다. 그 무렵 박봉우 시인은 전남대 정외과에 입학하여 1학년을 마치고 휴학 중이었다. 그는 시 쓰는 후배들과 어울리기를 좋아했다. 주말이면 광주 몇몇 고등학교 문예반 학생들을 모아, 들로 산으로 데리고 다니면서 시 낭독도 하고, 미니 백일장을 열어 자신의 시집 『휴전선』을 상품으로 주기도 했다. 그동안 이성부와 구산은 학동 기마장 옆에서 홀어머니와 살고 있는 박봉우 시인 댁을 서너 차례 찾아간 적이 있었다. 박봉우 시인은 승주 군수를 지낸 박병모 씨의 아들로, 순천에서 비교적 부유한 환경에서 태어났으나 어찌 된 일인지 유년 시절부터 광주로 옮겨와 어렵게 살았다.

이날 박봉우 시인과 만나기로 약속한 장소는 충장로 우체국 옆 '전봇대'라는 탁주집이다. 단출하고 조붓한 술집 안으로 들어섰을 때 박봉우 시인은 혼자 탁주를 마셔 거나하게 취해 있었다.

한참 후에 세 사람은 광주천 건너 양림동으로 향했다. 김현승 시인 댁은 광주 양림동 윗 교회 아래턱, 학강초등학교 언저리에 있었다. 초록색 철 대문을 밀고 안으로 들어서자 포도 넝쿨 그늘 아래 기다란 나무 의자가 놓여 있고 넓은 마당 귀퉁이에는 잘 정돈된 화단에 국화가 흐드러지게 피어 있었다.

미리 약속하고 갔기 때문에 김현승 시인은 서재에서 그들을 기다리고 있다가 가벼운 미소로 맞아주었다. 처음 인상은 호리호리하고 큰 키에 근육질 얼굴이 영락없이 발라놓은 대추 씨 같았다. 대추 씨는 박봉우 시인이 붙여준 별명이다.

"봉우는 벌써 한 잔했구먼."

김현승 시인이 박봉우를 밉지 않게 흘겨보며 가볍게 나무랐다. 구산은 이성부를 따라 서재로 들어서면서 김현승 시인을 향해 꾸벅 인사를 했고 김현승 시인은 빙긋이 웃기만 했다. 안방 쪽에서는 스타카토가 분명한 피아노 소리가 쾅쾅 들려왔다. 수피아여고 음악 선생인 사모님이 피아노를 연주하는 것이라고 성부가 귀띔해 주었다. 구산은 먼저 서재 책장에 꽂혀 있는 많은 책을 보고 압도당하고 말았다. 안방 쪽에서 들려오는 피아노 소리에 자꾸만 귓바퀴가 벌름거리는 것 같았다. 그는 피아노가 있는 집에 와 본 건 처음이었다. 넓고 깨끗하게 정돈된 김현승 시인 댁과, 단칸방의 좁고 괴죄죄한 자신의 집이 자꾸만 비교되면서 얼굴이 화끈거렸다. 그의 집은 하천 위에 지은 낡고 방이 하나뿐인 판잣집이었다. 그곳에서 아버지 어머니가 만두와 찐빵을 팔아 네 식구가 살았다.

이성부가 구산의 시작 노트를 받아 김현승 시인에게 전하며 시를 쓰는 친구라고 소개했다. 김현승 시인은 한참 동안 그를 바라보다가 말없이 노트를 책상 위에 올려놓았다. 김현승 시인이 노트를 펼쳐 들고 자신의 시를 읽어주기를 마음 조리며 기다렸던 그는 다소 실망했다. 김현승 시인은 그들이 앉기를 기다렸다가 캔에서 커피콩을 꺼내 커피 그라인더에 넣고 천천히 갈기 시작했다. 요란한 분쇄기 소리와 함께 커피 향이 방 안에 가득 차면서 코끝을 간질였다. 구산은 자꾸만 재채기가 터져 나오려는 것을 애써 참느라 두 손바닥으로 입을 틀어막고 꼴딱꼴딱 마른침을 거푸 삼켰다.

"선생님 저는 커피 안 마십니다. 커피 대신 탁배기 마시고 왔거든요."

박봉우 시인이 넓데데한 얼굴에 능글맞은 웃음을 가득 피우며 말했다.

"봉우는 지금도 하루일과가 산책하고 자고 시 쓰고 술 마시고 그러는가? 제발 그러지 말고…. 커피 마시고 산책하고 시 쓰고 자고… 이렇게 바꾸게."

"저는 커피보다 술을 마셔야 시가 술술 나옵니다."

그러자 김현승 시인은 말을 끊고 커피콩 가는 것에만 열중했다. 정성을 들여 분쇄한 커피를 하얀 도자기 드리퍼에 담아 천천히 물을 부어내리더니, 간장 종지보다 조금 큰, 놋그릇 보시기에 가득 담아서 앉은뱅이 차탁에 놓았다. 구산은 목이 말랐던 터라 잽싸게 잔을 들어 한 모금 홀짝 마셨다. 어찌나 쓰던지 하마터면 그대로 쏟아 놓을 뻔했다. 그런 구산을 보고 이성부가 쿡쿡 웃었다.

"커피 처음 마셔보는 거로구만. 맛과 향기를 음미하면서 천천히 마셔야지. 한 잔의 커피를 최소한 네 번 쉬어가며 마신다고 하지. 첫 번째는 커피를 내릴 때 확 풍기는 향기를 코로 음미하고, 두 번째는 커피잔에 넘실거리는 까만 빛깔을 보면서 천천히 눈으로 마시고, 세 번째는 스푼으로 잘 저은 커피를 한 모금 혓바닥 위에 올려놓고 조금씩 굴려 가면서 맛과 향기를 함께 음미하며 마시고, 네 번째는 목을 넘긴 후에 다시 한번 맛의 여운을 느끼는 거라네."

김현승 시인은 그러면서 커피 마시는 시범을 보여주기라도 하는 것처럼 지그시 눈을 감고 깊은 생각에 잠기듯 아주 천천히 한 모금 마신 다음 커피잔을 차탁 위에 올려놓았다. 이성부도 그대로 따라 했다. 구산은 쓴맛 때문에 더 마시고 싶지가 않았지만 눈치를 봐가며 이성부를 따라 홀짝홀짝 조금씩 잔을 기울였다. 커피 한 잔 마시는데 시간이 꽤 오래 걸렸기에 조금은 지루하기까지 했다.

이날 구산의 기억에 남은 김현승 시인의 말은 '사상이 없는 시는 무정란과 같다.' 면서 시를 쓰는 사람은 사상부터 단단히 다져야 한다는 것이었다. 구산은 '사상을 다져야 한다'는 말의 뜻을 잘 이해할 수가 없었다. 이날 김현승 시인은 시에 대한 이야기보다는 커피 이야기를 더 많이 했다.

"결국 시의 맛이나 커피 맛이나 인생의 맛이나 고독의 맛이나 다 똑같다는 거야. 좋은 시는 좋은 커피 맛이고 고독은 커피의 쓴맛과 같단 말이지,"

그날 이후, 구산과 이성부는 한 달에 한 번 어김없이 시작 노트를 들고 김현승 시인을 찾아갔고 그때마다 시인이 손수 내려주는 커피를 마셨다. 처음에는 쓴맛 때문에 얼굴을 잔뜩 찡그리며 억지로 마셨지만 차츰 익숙해졌다. 지금 생각해보니 그때 김현승 시인이 내려주었던 커피는 여러 가지 원두로, 블랜딩(blending)한 것을 미군 px를 통해 구입한 것이 아닌가 싶다. 물론 무슨 커피를 어떤 비율로 블랜딩 한 것인지는 모른다. 암튼 그 시절에는 커피 원두를 쉽게 구입할 수가 없었으며 서울 남대문시장에나 가야 px 물건을 살 수 있었다. 그 무렵에는 원두 구입하기가 어려워 다방에서는 콩 껍질을 태운 가루나 담배꽁초를 조금씩 넣는다는 소문까지 나돌았다. 그래서인지 그 무렵엔 다방 커피를 꽁피라고 부르기도 했다.

김현승 시인이 댁에 없을 때 그들은 시내 다방으로 찾아 나서기도 했다. 김현승 시인은 조선대 강의가 끝나면 바로 귀가를 하거나, 커피를 마시러 다방에 가는 것으로 하루의 행로가 딱 정해져 있다시피 했다. 광주에서 단골로 다니던 다방은 제일극장 옆

'신성', 충장로 우체국 앞에 양식당을 겸한 '나 하나', 지금의 5.18 기록관 뒷골목의 '세븐', 충장로 3가 '아카데미', 옛날 동구청 옆 골목에 있었던 '오아시스' 등이었고, 서울 숭실대 교수로 옮겨가기 직전에는 충장로 파출소 옆 용아빌딩 지하 '노벨'다방 등이었다. 김현승 시인은 커피 맛을 찾아서 자주 다방을 옮겨다녔다. 특별히 '세븐'은 주인 마담이 미인이라서 자주 찾아간다고 박봉우 시인이 귀띔해 주었다.

그날도 구산과 성부는 양림동 댁으로 갔다가 헛걸음을 하자, 곧장 시내로 나가 김현승 시인을 찾기 위해 다방순회를 시작했다. 다방으로 찾아갈 때도 교복 차림 그대로였다. 세 번째 금남로에 있는 다방 안으로 들어서자 베토벤의 '운명'이 꽝꽝 흘러나왔다. 김현승 시인은 차이콥스키 '비창'을 좋아했다. 김현승 시인은 오아시스 다방 구석에 혼자 앉아서 책을 보고 있었다. 친구가별로 없는 김현승 시인은 늘 혼자가 아니면 제자들과 함께였다. 친구들이나 지방 문인들보다는 제자들과 더 자주 어울렸다. 이날 두 사람은 김현승 시인이 사준 칼피스를 처음 마셨다.

"칼피스 맛은 첫사랑 맛이란다. 그래 첫사랑 맛이 어떠냐?"

그 물음에 구산과 성부는 그냥 마주 보며 히죽 웃었을 뿐이었다. 처음 마신 칼피스는 시원하고 달달하면서도 톡 쏘는 맛이었다. 물론 구산은 아직 첫사랑 맛이 어떤 것인지 몰랐다.

그날도 성부와 구산은 점심을 먹고 김현승 시인 댁을 찾아갔다.

"성부 너 사모님 얼굴 알아?"

양림동 오거리를 지나면서 구산이 물었다. 1년이 넘도록 여러 차례 선생님 댁을 찾아갔으나 구산은 그때까지도 아직 사모님 얼굴을 본 적이 없었다.

"아니 못 뵈었어. 왜 그러는데?"

"너도?"

"올 때마다 피아노만 치고 계셨어."

"인사를 드리고 싶은데…. 우리가 애들이라 그러시는가?"

"사모님에게는 우리가 신경 쓸 정도의 손님은 아니지."

"헌데 너 요즘 소설도 쓴다며?"

그때까지도 구산은 시를 쓸 것인지 아니면 소설을 써야 할 것인지 결정을 못하고 있었다. 소설을 써볼까 싶어서 지난 봄 영산포로 오유권 소설가를 만나러 갔었다. 그날 오유권 선생은 강가에 앉아 소주 한 병을 순식간에 비우고 나서는 그에게 술 한 병을 더 사 오라고 심부름까지 시켰다. 앉은 자리에서 안주도 없이 소주 두 병을 마신 오유권 선생은 한동안 말없이 영산강만 바라보았다.

"나는 우리말 사전을 두 번 외우고 소설가가 되었다. 소설가한테는 어휘력이 최고 자산이야. 그러니까 너도 소설가가 되려면 우리말 사전을 외워라."

오유권 작가는 강물을 바라보며 혼잣말처럼 낮게 말했다. 구산은 오유권 작가의 술과 김현승 시인의 커피가 자꾸만 교차 되어 떠올랐다. 아직 고등학생인 구산은 술보다 커피가 더 좋았다.

어느날 김현승 시인은 대문 옆 포도덩굴 그늘 밑 나무의자에 앉아 책을 읽고 있었다. 무슨 책인가 궁금해서 얼핏 표지를 보았더니, 밀로만 들었던 아리스토텔레스『시학』이었다.

"자네들은 대학에 가서나 이 책을 읽게. 이 책을 읽기 전에 C.D 루이스의『시학입문』을 먼저 읽도록 하게."

그러면서 김현승 시인은 의자에서 일어나 서재로 향했고 그들도 뒤따라 들어갔다. 김현승 시인은 서재에 들어서자마자 전기곤로 위에 물 주전자를 놓고 물부터 끓였다. 기실 구산은 처음으로 전기곤로를 구경하고 적이 놀랐었다. 그때까지만 해도 가정집에서 전기곤로를 이용해서 물을 끓이는 것이 흔한 일이 아니었다.

"마침 교회 장로님한테서 일본 커피를 선물 받았으니 오늘은 일본 커피 맛을 보게나. 일본은 오래전부터 커피 대중화가 시작되었다네."

김현승 시인은 1888년에 도쿄 긴자 '우에노에' 일본 최초의 커피하우스 '깃사텐'이 문을 연 것이며, 1900년도 초부터 브라질에서 대량으로 커피를 수입하면서 커피 대중화가 시작되었다는 이야기를 해주었다. 특히 김현승 시인은 키(key)커피가 등장하면서 일본 커피산업이 본격적으로 시작된 것까지도 알고 있을 정도로, 커피에 대한 상식이 풍부했다. 그러나 그들은 시인의 커피 이야기에는 별 관심이 없었다. 아직 두 사람에게 커피는 너무 썼기 때문인지도 몰랐다.

"1868년 메이지 정부가 들어서면서부터, 일본인의 왜소한 체격을 키우기 위해 우유나 육류를 많이 먹도록 권장했는데, 기름기의 느끼함을 없애기 위해 커피를 많이 마시게 되었다는구먼."

김현승 시인은 간장 종지에 크림과 설탕을 담아 내놓으면서 커피에 타 먹고 싶으면 스푼으로 넣어 마시라고 했다. 구산과 성부는 설탕을 네 스푼이나 넣어 마셨다. 달달한 맛이 입술에 짝짝 달라붙었다. 이날 김현승 시인이 내려준 일본 커피는 부드럽고 단맛이 조금 강한 대신 산미가 약한 듯싶어 구산 입맛에 딱 맞았다.

구산은 그로부터 57년 후인 2015년 초가을에 아들 손자를 따라 일본에 갔을 때, 고배에서 유명한 커피샵 '에비앙'에 들러 즉석에서 수작업으로 로스팅하여 내린 커피를 마셔봤다. 한국에도 잘 알려진 이곳 카페에서 마신 커피 맛은 쓰고 시고 단 맛이 한꺼번에 입속에서 어우러져 향미가 넘쳤으나 바디감은 별로 없었다. 그렇지만 손님들이 바글바글한 '에비앙' 커피집에서 마신 커피 한잔의 맛은 그의 기억 속에 오래 감돌았다.

"자네들, 음악의 아버지 바흐 알지?"

"모차르트 베토벤과 함께 역사상 가장 위대한 음악가라고 한 바하 말입니까?"

구산이 거침없이 대답을 하자 김현승 시인은 빙긋이 미소를 흘렸다.

"그럼 칸타타는 아나?"

두 사람은 마주 보며 고개를 흔들었다.

그날, 김현승 시인은 커피를 좋아하는 예술가들에 대해서 이야기해 주었다. 18세기 음악가 바흐와 베토벤의 커피 사랑을 이야기할 때는 목소리가 사뭇 높아지고 약간 흥분한 모습을 보여주기도 했다. 일찍 부모를 잃은 바흐는 라이프찌히 교회에서 오르간 연주로 생계를 이어갔는데, '짐머만 카페'에서 열린 정기 연주회를 위해 '커피 칸타타'를 작곡했다. 당시 독일은 카페가 일종의 사교장 역할을 했으며 중산층 사람들이 카페에서 비싼 커피를 마시는 것이 유행했다. 또한 베토벤도 하루에 30잔 이상의 커피를 마셨는데, 그의 테이블 위에는 언제나 악보와 커피잔이 놓여 있었다. 발자크는 '검은 석유'라고 일컬을 정도로 짙은 커피를 마시고 소설을 썼다고 한다. 그는 밥은 굶어도 커피를 안 마시면 소설을 쓸 수 없다는 말을 자주 했단다.

또한 헤밍웨이는 쿠바에 머무르면서 『노인과 바다』를 쓸 때, 정확히 60알의 커피콩을 직접 갈아 한 잔을 만들어 마셨다. 60알이면 8~10g 쯤 되는 데 하루에도 몇 번씩 커피콩을 갈아서 에스프레소 한 잔을 만들어 마시곤 했다. 특히 그가 즐겨 마신 커피는 '크리스탈 마운틴'으로 우리나라에서도 맛 볼 수가 있으나 값이 비싸다. 이들 정도면 이들은 애호가라기보다는 커피 탐닉자라고 해야 옳을 듯하다. 헤밍웨이 때문에 쿠바는 커피로 유명해졌고 남동부 지방의 커피농장 경관이 뛰어나 콜롬비아 농장과 함께 유네스코 세계문화유산으로 등재될 정도다. 쿠바는 전 국민이 커피를 좋아해서 정부에서 매달 1인당 100g의 원두를 배급해 주기도 했단다. 시인 랭보도 커피광으로 알려졌고 화가 고흐도 커피를 좋아했다. 이 때문에 세계 여러 곳에는 바흐, 베토벤, 발자크, 헤밍웨이, 랭보, 고흐의 이름을 딴 커피집들이 많다. 우리나라 이상 시인도 커피를 좋아해서 자신이 '제비'라는 다방을 직접 경영할 정도였다.

다음날 구산과 성부는 수업이 끝나자 충장로 서점에 들러 장만영 시인이 번역한 C.D 루이스의 『시학입문』을 사 들고 사직공원 숲속에 앉아서 해가 떨어질 때까지 정신없이 읽었다. 구산은 지금도 이 책의 서문 한 대목을 잊지 못하고 있다. '많은 사람들이 나에게 당신은 왜 시를 씁니까, 하고 물을 때마다 나는, 무지개가 있는 세상에서 살기를 원하니까 시를 씁니다 라고 대답하곤 한다.'라는 부분에서 한동안 눈을 감았다가 고개를 들고 오랫동안 하늘을 쳐다보았다. '무지개가 있는 세상에서 살기를 원하니까 시를 쓴다.'라는 대목을 이해할 것 같으면서도 이해할 수가 없었다. 사전적 의미로 무지개는 물방울의 입자가 프리즘처럼 작용하여 태양광의 가시광을 분산하고 굴절시키는 물리적 현상일 뿐이다. 무지개가 밥을 먹여주는 것도 아닌데 무지개가 있는 세상에서 살기를 원한다? 머릿속에 무수히 많은 물음표가 밤하늘의 별처럼 반짝였다.

"야, 성부야, 무지개는 그냥 무지개 아냐?"

"아니지, 그건 메타포어, 그러니까 은유가 아닐까?"

"은유라고? 그렇다면 무지개는 희망. 꿈. 이상. 사랑 같은 거
야?"

"그렇지."

"그렇다면 루이스는 무지개가 있는 세상에 살기를 원해서 시
를 쓴다고? 아주 근사하지 않냐?"

그때야 두 사람은 김현승 시인이 왜 C.D 루이스의 『시학입
문』을 읽으라고 했는지 알 수가 있을 것 같았다.

구산이 전남대 철학과에 입학했던 1960년, 김현승 시인은 조
선대에서 모교인 숭실대로 옮겨갔다. 그 후로 한동안 김현승 시
인이 내려준 커피를 마실 수 없었다. 더욱이 성부를 비롯해서 문
예부 4인방이었던 김석학 윤재성 등 세 친구들이 모두 서울로 대
학 진학을 하여, 광주에 혼자 남게 된 구산은 너무 건조하고 외
로운 나날을 보냈다. 김현승 시인과 친구들이 없는 광주가 온통
텅 빈 듯 싶었다. 그 해 겨울 그는 서울로 올라가 성부와 함께 신
촌에 거처하고 있던 김현승 시인을 찾아갔다. 그리고 3년 만에
김현승 시인이 내려준 커피를 마시고 가슴이 벅차도록 짜릿했
다. 숨을 가다듬고 커피를 음미하던 구산은 울컥한 기분에 잠시
눈을 감았다.

서울로 올라간 구산은 광주에서 그랬던 것처럼 성부와 함께
주말마다 신촌 김현승 시인 댁을 찾아다녔고 시인이 내려준 커피
를 다시 마실 수 있었다. 이 무렵 김현승 시인은 종지기가 아닌

사기로 된 진짜 커피잔으로 커피를 내려 마셨다. 이때 김현승 시인의 커피 철학도 들을 수 있었다. 그는 후각과 미각이 예민한 10대부터 목사인 아버지를 따라다니면서 외국인 선교사들이 제대로 끓여주는 커피를 마셨으며, 그때 느꼈던 맛과 향기를 어른이 되어서도 오롯이 간직하고 있다고 했다. 그 때문에 커피의 빛깔만 봐도 맛과 향기가 어떤 수준인지를 알 수 있게 되었다고 했다. 커피 내리는 것도 선교사들한테서 배웠다고 했다. 그러면서 김현승 시인은 낮보다는 밤에, 그것도 10시가 넘은 늦은 밤에 커피 마시는 것을 좋아했다. 보통 사람은 밤에 커피를 마시면 잠이 오지 않는다고 하는데 김현승 시인은 진한 커피 향이 뇌혈관의 실핏줄을 타고 전두엽에 퍼지면, 머릿속에 별이 뜬 것처럼 정신이 해맑아지고 집중력이 높아져서 책을 읽거나 시를 쓴다고 했다.

"내가 술과 담배를 가까이 하지 않는 것도 실은 오래 간직해 온 커피 맛과 향기를 순수하고 온전하게 보전하여 즐기기 위해서라네."

그 무렵 구산은 우연히 김현승 시인이 쓴 '나의 커피 이야기'를 읽은 적이 있다.

"나는 다방 커피를 마시고 만족을 느끼지 못할 때마다 이런 생각을 하게 된다. 값을 더 올려도 좋으니, 서울 넓은 천지에 단 한 곳만이라도 커피를 정량과 정식으로 끓이는 다방이 있으면 좋겠다. 서울 인구라면 그런 다방 하나 둘 쯤은 소화할 수 있을 것 같다."

이 글은 '리베' 커피를 맛보기 전에 쓴 것 같다. 왜냐하면 김현승 시인은 '리베' 커피야 말로 지금까지 마셔본 커피 중에서 최고라고 입버릇처럼 말했으니까. 한동안 김현승 시인은 신촌에 있는 '리베 다방'의 커피를 좋아해서 자주 들른다고 했다. 그는 신촌에서 수색으로 이사를 한 후에도 한잔의 '리베' 커피를 마시기 위해 시내버스를 타고 신촌까지 간다고 했다. 아, 눈 내리는 이 밤에 문득 다형 시인의 '무등다' 마지막 구절, 차 끓이며/끓이며/외로움도 향기인 양 마음에 젖는다/가 가슴에 맺히는 것은 선생님에 대한 목마른 그리움 때문일까.

세상을 뜨기 1년 전인 1974년, 김현승 시인은 잠시 광주에 내려와 제자인 진헌성 시인의 병원 진내과에 입원했다. 이 무렵 구산은 매달 서울로 김동리 작가를 찾아다니며 소설 공부를 하고 있었다. 이때 병실로 김현승 시인을 찾아간 그는 소설을 쓰고 있다고 고백했다. 김현승 시인은 왜 시를 포기했느냐고 묻지 않았고 구산도 그 이유를 말하지 않았다. 다만 그 무렵 구산은 그의 가슴안에 생생하게 살아 있는 아픈 이야기들을 쏟아내기 위해서는 시보다 소설이 적당하다고 생각했을 뿐이었다. 6.25 때 그가 보고 겪었던 고통스러웠던 이야기들을 그대로 품고 살았다가는 언젠가는 박수무당이 될 것만 같았다. 그는 오래전부터 평생 농사를 짓고 살아오다가 좌우익 이념의 갈등 사이에서 억울하게 죽어간 마을 사람들의 이야기를 세상에 알리고 싶었다. 언젠가는 그들을 위해서 진혼곡을 불러주고 싶었던 것이다.

“소설도 좋지, 다만 소설을 쓰되 시처럼 쓰게.”

김현승 시인의 그 말은 문학의 본질이 서정성에 있다는 의미로 받아들였다. 김현승 시인은 그로부터 1년 후인 1975년 4월 11일 62세로 세상을 떠났다. 조문을 위해 수색에 있는 댁으로 찾아간 구산은 꼬박 이틀 밤 날새기를 하고 돌아와, 장티푸스로 석 달 동안을 앓았다. 김현승 시인과 영원히 헤어진다는 것이 그에게는 그렇듯 큰 고통이었음을 깨달았다. 그 후 그는 김현승 시인이 내려준 커피를 다시 마실 수가 없었다.

4

커피를 마시는 이유

내가 커피를 마시는 이유는

목마름 때문이 아니다

코와 혀와 목구멍을 열어

소름 돋는 향기와 맛으로

메마른 영혼 칼칼하게

헹구기 위함이다

그러므로 커피를 마시려면

젊음의 단맛과 노년의 신맛과

불면의 쓴맛까지도

즐길 줄 알아야 한다

구산과 그의 아내는 영산강을 따라 오후 산책을 마치고 홍어 거리 끄트머리에 있는 카페 브리츠에서 에스프레소를 마셨다. 창가에 앉아 흐르는 강물을 바라보며 커피를 마실 때는 언제나 간질간질한 행복감에 젖게 된다. 영산강을 바라보며 커피를 마실 때마다 문득 독일 중세도시 하이델베르크를 가로지른 네카강의 강변 카페 쾨셀에서 커피를 마셨던 기억이 무채색 꿈처럼 떠오르곤 했다. 구산은 1972년도에 1년간 독일의 뮌헨대학 부설 괴테 연구소에서 독일어 공부를 하고 있을 때, 두 차례나 하이델베르크에 갔었다. 그러고 보니 영산강이 하이델베르크 도시를 관통하며 흐르는 네카강을 닮은 것 같다는 생각이 들었다.

강을 좋아한 그는 세계여행을 할 때는 되도록 강가에 있는 카페를 찾아 커피를 마셨다. 런던에서는 템즈강의 뷰가 좋은 카페 람베쓰 피어에서 스퀘어 마일 커피를 마셨고, 파리에서는 세느강을 끼고 있는 생루이 카페에서 에스프레소에 물을 탄 프랑스식 아메리카노를 마셔보았다. 프랑스 아메리카노는 너무 썼다. 독일 라인강변 마인츠 카페에서는 달마이어 대신 야콥스를 처음 마셨는데 묵직한 초콜렛 향을 느낄 수 있었다.

구산은 또 1983년 혜초 스님의 발자취를 더듬는 KBS TV의 8부작 '신왕오천축국전'을 취채하기 위해 10개월 동안 인도에 머물렀었다. 그때 갠지스강변에서 커피를 마시면서 보았던 충격적인 광경을 아직도 잊을 수가 없다. 힌두교 성지 바라나시의 작은 카페에서 커피를 마시다가, 갠지스강변의 가트에서 동시에 많은 시신을 화장하는 장면을 보았다. 여기저기에 쌓여 있는 장작더미와 색깔이 짙은 천과 꽃에 묻힌 시신들이며, 시끌벅적한 노랫소리와 함께 꼬리를 흔들며 길게 치솟는 회색 연기와, 완전히 타지도 않은 뼈를 강물에 던지는 광경을 잊을 수 없다. 그 아래서 목욕하고 강물을 마시는 사람들 모습이 왠지 낯선 세상처럼 보였다. 이 놀라운 광경을 가까이서 바라보며 마셨던, 인도 커피 맛까지도 낯설게 느껴졌다.

인도 커피에는 각 지역의 지명이 붙어 있는데 이날 마신 것은 몬순 말라바르라는 고급 커피였다. 이 커피는 자연적으로 숙성이 되어 맛이 묵직하고 신맛이 강하다. 그날은 충격적인 화장 장면 때문에 무슨 맛을 느꼈는지 기억에 남지 않았다. 인도를 떠올릴 때마다 그는 커피 맛보다 깡마른 몸매의 성자 사두들과 바라나시 화장터 장면이 낡은 흑백 필름처럼 머릿속에 가득 떠오르곤 했다.

영산강을 바라보며 커피를 마시던 구산은 잔을 비우고 나서도 강물 흐름에 취해 오랫동안 자리를 뜨지 못했다. 나이가 들수록 하루 일과 중에서 강물을 바라보며 커피를 마실 때마다 간질간질한 행복감에 젖는다. 그는 행복감에 젖어 강을 바라보면서 행복은 여유로움에서 비롯된 것이라는 생각을 했다. 기호식품 하나쯤 품고 살아간다는 것도 여유로움에서 오는 행복이 아닐까 싶었다. 슬픔에 젖어있을 때라도 여유롭다면 행복을 느낄 수 있지 않겠는가. 앞만 보고 숨차게 달려야 하는 전쟁 같은 치열한 경쟁사회에서, 커피 한 잔으로도 그만큼 삶의 여유와 향기를 느끼고 살 수 있기 때문이다. 그는 커피를 통해서 인생의 여러 가지 색깔과 향기를 온몸으로 느낄 수 있게 된 것을 행운으로 생각하고 있다. 되돌아보니 행복은 이성으로 인식하는 것이 아니라 감성으로 느끼는 것이라는 생각이 들었다.

그러고 보니 특별히 커피가 간절해지는 시간과 장소가 따로 있는 것 같기도 하다. 버스도 오지 않은 무등산 뒷자락 깊은 산골짜기 생오지 마을에 살면서부터, 구산은 몸과 마음으로 민감하게 계절의 변화를 체감하게 되었고, 그 같은 변화를 경건하게 받아들일 때마다 커피가 더욱 간절해지곤 했다.

얼어붙은 대지가 풀리면서 세상이 연둣빛으로 변하고 개나리와 진달래가 흐드러지게 꽃을 피우는 계절, 봄비가 부슬부슬 내려 마음을 흥건히 적실 때 더욱 커피가 간절해지기 마련이다. 아침에 일어나 창문을 열면 앞산의 야청색 신록이 눈 앞에 펼쳐지면서 후터운 바람이 훅 덮쳐 오는 여름이면, 커피를 마시지 않고는 길고 지루한 하루를 견딜 수 없다. 늦은 가을 은행잎이 한 줌의 미련도 없이 옴씰하게 떨어져 마당을 노랗게 물들일 때나, 눈이 불불 날리는 겨울 아침이면 더욱 커피가 간절해지는 것은 또 무슨 연유인지 알 수 없다. 자연의 변화가 그를 그토록 목마르게 하는 연유는 무엇 때문일까.

구산은 또 밀폐되거나 어두컴컴한 공간보다는 확 트인 밝은 공간에서 커피 마시기를 좋아한다. 그래서 생오지에 살 때는 아내와 함께, 되도록 하늘이 잘 보이는 데크 탁자에 마주 앉아 눈빛으로 자연과 대화를 나누면서 커피를 마셨다. 자연과 함께 숨을 고르면서 천천히 마시면 느긋하게 여유를 즐길 수가 있다. 커피는 서둘러 마시면 안 된다. 서두르지 않고 서서히 변해가는 색깔과 대화를 나누듯, 자연과 마주 앉으면 훨씬 더 여유롭고 자유로워질 수가 있는 것이다. 그래서 그는 카페에 갈 때는 밖을 볼 수 있는 창가에 자리를 잡는다. 어쩌면 그가 커피를 마시는 것은 결코 목이 말라서가 아니라 자연과 더불어 삶의 색깔과 향기를 음미하면서 , 그 의미까지 찾기 위해서인지도 모른다.

"헌데 당신은 왜 교직을 박차고 신문기자가 되었어요? 되돌아

보면 당신 기자 시절이 가장 힘들었던 것 같아요. 학교에 그대로 있었으면 안정되게 살 수 있었을 텐데…”

아침 커피를 마시다 말고 그의 아내가 생뚱맞게 과거 이야기를 꺼냈다.

“글쎄… 인생은 기회와 선택이 중요하다고 생각해. 살다 보면 예고도 없이 기회가 찾아오기 마련인데, 그 기회를 놓치면 삶에 변화가 없고… 또 선택에 따라서 삶이 달라질 수가 있거든. 우리 집은 육이오 전쟁 때문에 폭삭 망하게 되었지. 무등산과 백아산 사이에 있는 내 고향이 빨치산 토벌 작전지역이 되면서 80호 쯤 되는 마을이 일시에 불살라졌어. 나는 그때 온 세상이 모두 불바다가 된 것 같은 공포를 느꼈어. 소개를 당해 2년 동안 여기저기 떠돌아다니면서, 헐값으로 전답 팔아 겨우 연명하고 나자, 결국 우리는 빈털터리가 되었지. 외가에 붙어살면서 나는 학교도 포기하고 아버지를 도와 농사를 짓고 있었어. 그때 내 나이 열세 살이었어. 어느 여름날 논에 잡초를 뽑고 점심을 먹은 후에 혼자 마을 앞 팽나무 그늘 밑에서 마크 트웨인의 『왕자와 거지』라는 소년소설을 읽고 있었는데, 지나가던 소금 장수가 그늘에 들어와 쉬다가 나를 보더니, 몇 학년이냐고 물었고 나는 육이오 이후 학교에 다니지 않는다고 했지. 소금 장수는 애잔해하는 표정으로 나를 보며 혀를 차더니, 광주에 가면 말 키우는 응세중학교라고 있는데 먹여주고 재워주며 공부도 가르쳐준다고 했어. 다음 날 새벽에 나는 부모 몰래 집을 나와 무등산을 넘고 육십 리 길을 걸어서 그 학교를 찾아갔지. 말 여남은 마리가 풀을 뜯고 있는 풀밭을 지나 단층 판잣집이 기다랗게 늘어선 학교 안으로 들어가 교무실을 찾아갔었지. 그리고 큰 소리로 여기서 공부하고 싶다고 했었지. 초등학교 졸업장을 가져오라기에 졸업을 못했다고 하자, 졸업장이 없으면 들어올 수 없다고 하더라고. 크게 낙심하고 목장 같은 학교에서 나오다가 보니 초등학교 건물이 보이더구만. 그게 광주중앙초등학교야. 무턱대고 교장실로 들어가서 5학년 때 육이오를 만나 학교를 다니지 못했다면서, 이 학교에서 졸업할 수 있게 해달라고 울며 떼를 썼지. 교장 선생은 이 학교는 자리가 없으니 새로 생긴 학강초등학교로 가보라면서 가는 길을 가르쳐주더라고. 나는 교장 선생이 알려준 대로 광주천 다리를 건너고 있는데, 다리 밑에 거지들 한 패거리가 모여서, 바가지에 동냥질해 온 밥을 허겁지겁 손으로 집어 먹고 있더라고. 그때가 두 시쯤 되었을 거야. 집에서 아침밥도 못 먹고 나왔으니 얼마나 배가 고팠겠어. 너무도 배가 고픈 나는 당장 다리 밑으로 뛰어 내려가서 거지들에게 같이 좀 먹자고 사정하고 싶더라고. 아마 그때 배고픔을 참지 못하고 다리 밑으로 내려갔더라면 나도 그들과 함께 영락없이 거지가 되었겠지. 그러나 나는 배고픔을 꾹 참고 힘을 내서 학강초등학교 교장실로 찾아갔고 마침내 편입 허가를 받았지.”

“그 이야기는 귀가 아프게 들었네요.”

“그래도 내 인생을 바꾼 운명적인 선택이었어. 소금 장수의 그

한마디가 내게는 도전의 기회였고 결정적 선택이었으니까. 그 말 한마디 때문에 어렵사리 학업을 계속할 수 있었고 대학까지 나올 수 있었지. 그 시절 우리 마을에서 대학 나온 사람은 나 하나뿐이었어. 대학을 졸업하고 독일어 교사 시험을 봐서 합격했고 고등학교에 발령을 받았지. 당신 말마따나 학교에 그대로 있었으면 따박 따박 월급받고 안정된 생활을 할 수 있었겠지. 그런데 참 인생이란 예측할 수 없는 거거든. 하찮은 정치적 현실이 내 운명을 다시 한번 바꿔놓은 거야. 국회의원선거 때 우리 군에서 야당이 당선되었는데, 그 보복으로 지서에서 야당 표가 많이 나온 마을을 골라 다니면서 솔가지며 밀주 조사를 했거든. 우리 마을에서도 여러 집이 적발되어 조사를 받게 되었지. 마을 사람들은 나를 찾아와 해결을 부탁했는데, 고등학교 선생인 내가 무슨 힘이 있겠어. 아무런 도움도 줄 수 없었지. 그리고 또 한 번은 우리 문중이 무등산에서 시제를 모셨는데 너무 추워서 불을 피우다 또 단속되었어. 그때도 문중 어른들이 나를 찾아와서 해결을 부탁했지만 내가 무슨 힘이 있겠어. 아무것도 도와줄 수 없는 무력감에 고향 사람들 보기가 부끄럽더라고. 그래서 고향 사람들 민원을 해결 해주고 싶어서 신문사로 옮겼지. 기자가 되면 도움을 줄 수 있겠다고 생각했지. 그건 핑계일지도 몰라. 학교에 있다 보니 너무 답답하기도 했고 또 글이 쓰고 싶더라고. 신문사에 들어가면 원대로 글을 쓸 수 있겠다고 생각했었지."

"하이고, 어리석은 양반, 신문 기사 나부랭이하고 영혼으로 쓰는 소설하고 같으요?”

“암턴, 나는 결과적으로는 잘 선택했었다고 생각해. 내가 살아오면서 선택을 잘 한 것은 첫째, 13살 때 시골에서 농사를 짓다가 혼자 광주로 뛰쳐나가 학업을 계속한 것이야, 그때 뛰쳐나오지 않았다면 평생 농사꾼으로 살았겠지. 두 번째는 친구 이성부와 김현승 시인을 만나 문학의 길을 걸을 수 있었던 것, 세 번째는 이상주의자인 내가 현실주의자인 당신을 아내로 선택한 것이야. 당신을 만나지 못했더라면 난 거렁뱅이가 되었을 지도 몰라. 네 번째는 대학에서 정년을 하고 깊은 골짜기 생오지로 돌아간 것, 다섯 번째는 85세에 내 인생의 마지막 기항지로 영산강을 택한 것이야.”

“그럼 잘 못 선택한 건 뭐지요?”

“잘 못 선택한 것? 글쎄... 당신 말대로 고등학교에서 교편을 잡고 있다가 신문기자를 선택한 것? 그 때문에 당신이 고생을 했으니까. 허지만 결국에는 대학 교단으로 다시 돌아갔으니 결과는 마찬가지지.”

“하이고, 잘도 둘러대네요.”

그러면서 아내는 어처구니없다는 듯 큰 소리로 한바탕 웃었다.

“참, 당신은 죽을 만큼 배고파 본 적이 없었겠지?”

구산은 문득 열세 살 때 광주천 다리를 건너다 말고 너무 배가 고파서 쓰러질 것만 같았던 때를 떠올리며 탄식하듯 물었다.

“당신한테 시집오기 전까지는 배고픈 것 모르고 살았지요.”

"배고파 본 사람과 배고파 본 경험이 없는 사람의 세상 살아가는 방법은 큰 차이가 있어. 배고파 본 사람은 언제나 현실보다는 내일을 꿈꾸며 살고, 배고파 보지 않은 사람은 변화보다는 현실에 안주하기를 좋아하지. 나는 육이오 때문에 엄청 배를 곯았어. 그 시절을 떠올리면 배고프지 않은 지금이야말로 아무 것도 부러울 게 없이 행복할 뿐이지. 나는 그 시절에 너무 배가 고파서 양조장에 들어가 술찌갱이를 훔쳐먹고 취해서 혼난 적도 있어. 술찌갱이 먹고 취해서 무슨 생각을 한 줄 알아? 후담에 어른이 되면 쟁기로 나라를 확 갈아엎어 배고픈 사람이 없는 세상으로 만들겠다고 결심했어."

"그걸 말이라고 해요?"

"나는 배고파 본 사람만이 거듭날 수 있다고 생각해. 사람은 고통을 겪고 나야 거듭날 수 있다고 믿어. 배고파 보지 않은 금수저들은 죽었다 깨어나도 거듭날 수 없지."

"그래서 당신은 거듭났다는 거요?"

"그렇다는 건 아니지만…"

"당신은 걸핏하면 애들한테 배고팠던 시절을 자랑삼아 이야기하는데 그 이야기 제발 그만 좀 해요."

아내 말대로 그는 신문기자 시절에 배가 고팠다. 배고픔 때문이었는지 세상에 대한 갈증 때문이었는지 그 시절 그는 배가 부르도록 다방 커피를 많이 마셔댔다. 1966년 독일어 교사로 있다가, 답답한 일상에서 벗어나기 위해 신문기자가 된 후부터, 왠지

늘 목이 탔던 그는 물을 마시듯 다방 커피를 마셨다. 커피를 즐겨서라기보다는 타는 듯한 갈증 때문에 목을 축이기 위해서였는지도 모른다. 5.16쿠데타 이후 한동안은 원두 수입이 금지된 터라, 몇 년 동안은 그나마 다방 커피도 마시기가 어려웠다. 다방에서는 커피 원두를 구하기가 어려워지자 원두는 조금만 넣고 톱밥이나 콩가루, 계란껍질, 심지어는 담배꽁초까지 섞어 가짜 커피를 팔기도 했다.

1964년 10월에서야 특정 외래품 명단에서 커피가 제외되었고 1966년 11월부터는 커피 원자재 수입이 완전 자유화되면서부터, 커피 대중화 속도가 빨라졌다. 그러나 수입자유화라고는 하지만 어디까지나 커피 원자재로 제한했기 때문에, 로스팅 된 완제품은 아니어서 미군 PX를 통해 불법 유통되었다. 물론 다방에서 파는 커피는 인스턴트였다. 그런데도 담배 연기가 자욱하고 음악 소리가 요란한 다방에는 배고픈 사람들과 목 마른 사람들로 늘 벅신거렸다. 다방은 거리의 사랑방으로 만남의 장소 역할을 했다. 구산도 이 무렵 누구와 만날 약속이 있을 때마다 낮에는 다방, 밤에는 술집을 택했다. 그 시절 기자들은 서둘러 퇴근을 하지 않고 어둠이 내리기를 기다렸다가 스탠드 바로 몰려다니면서 술을 퍼마시곤 했다.

그 무렵 다방은 음악감상실 역할까지 하여 젊은이들도 즐겨 찾았다. 60년대 광주에는 충장로 1가 조선대 인서관 건물 2층에 전문 음악실 '카네기'가 있었는데, 구산도 대학 시절 한 때는 그곳에서 살다시피 했다. 주로 클래식을 들려주었는데 40원을 내고 입장을 하면 커피나 홍차 한잔 마시고 종일 앉아서 음악을 감상할 수가 있었다. 그 무렵 가난한 대학생이었던 구산은 거금 8백 원을 내고 월권을 끊어 거의 날마다 ’카네기’에 드나들었다. 베토벤의 ‘운명’이나 차이코프스키 ‘비창’ 드보르작 ‘신세계’를 자주 들었다. 특히 베토벤 3번 영웅, 5번 운명, 9번 합창 등 3대 교향곡을 좋아했으며 기분이 우울할 때는 9번 ‘환희의 송가’를 몇 번이고 되풀이해서 듣곤 했다. 당시 8백 원이면 자장면 20 그릇 값으로, 가난한 대학생한테는 결코 적은 돈이 아니었다.

1960년대 커피 한 잔 값은 30원(자장면 40원)이었다. 자리에 앉으면 레지가 살랑거리는 걸음으로 짙은 화장품 냄새를 풍기며 재떨이를 들고 다가와 주문을 받았다. 그리고 잠시 후 레지는 다시 쟁반에 커피를 받쳐 들고 와서 프림과 설탕 종지기를 놓고 간다. 아침에는 모닝커피라고 하여 계란 노른자위를 동동 띄워 내온다. 커피 맛은 묵직한 드립커피 향기와는 거리가 먼, 짭짤한 향기에 가루로 된 프림과 설탕 맛이 한데 어울려 부드럽고 달달한 맛이었다. 구산은 출근하자마자 다방에 들러 모닝커피부터 마시곤 했다.

그 무렵 다방은 얼굴이 반반한 중년의 가오마담(얼굴마담)과 젊고 예쁘장한 레지라고 부르는 아가씨들이 있었다. 손님 중에는 커피 맛보다는 마담이나 레지를 보기위해 들락거리는 경우도 많았다. 마담은 단골손님 옆에 찰싹 붙어 앉아 애교를 떨며 함께 차를 마시기도 했다. 레지들도 매상을 올리기 위해 돈이 있어 보이는 손님 옆에 엉켜붙어 차 한잔 사달라며 아양을 떨어댔다. 이 무렵부터 차 배달도 했는데, 여관이나 사무실에서 차를 주문하면 배달 오토바이가 레지를 싣고 가서, 차를 다 마시기를 기다렸다가 찻값과 팁을 받아 돌아왔다.

신문사에 근무할 때, 그는 하루에 보통 5잔 이상 커피를 마셨다. 낮에는 신문사로 찾아오는 손님들을 만나기 위해 종일 다방을 들락거리며 시도 때도 없이 커피를 마셔댔으나 중독되지는 않았다. 커피 본연의 맛을 즐기는 것이 아니라 이유 모를 갈증을 풀고 물배도 채우고 피로감을 없애기 위해 자주 마셨는지도 모른다. 늘 참을 수 없는 갈증으로 마음이 불탔고 하루하루 살아가는 것이 피곤했다. 커피를 마시고 나면 카페인의 각성감 때문에 약간 정신이 맑아지는 것도 같았다. 하루에 많게는 10잔 이상 마셨으나 불면에는 영향이 없었다. 어쩌다가 일요일 집에서 쉬는 날이면 커피를 마시지 않은 탓인지 몸이 무겁게 가라앉으면서 불안감 때문에 안절부절못했다. 그럴 때는 아무 일이 없는데도 하릴없이 집을 나가 다방으로 직행하여 동료들을 불러내 커피를 마시곤 했다. 커피 맛을 따지지 않고 마셨다. 맛의 결정은 물의 양에 있는 것 같았다. 적당한 농도를 유지하기 위해서 설탕과 프림으로 맛을 조정했다. 오후에는 프림과 설탕을 많이 넣어 마셨기 때문에 입 안이 텁텁했다.

　1972년 어느 가을날 아침, 마감 시간으로 정신 없을 때 서울에서 이성부가 신문사로 구산을 찾아왔다. 구산과 가장 가까운 문학적 도반인 이성부는 이미 등단을 해서 시집을 두 권이나 내고 권위 있는 상도 받아, 문단에서 주목을 받는 시인이 되어 있었다. 문학을 거의 포기하다시피 했던 구산은 이성부가 좋은 시를 발표하여 주목을 받는 기사를 읽을 때마다 부러움과 함께 질투심 때문에, 얼마 동안은 기분이 휘청거렸고 그때마다 폭주를 하곤 했다. 이성부는 문학을 포기하다시피 한 구산을 잊기라도 한 듯 한동안 광주에 내려와도 만나지 않았었다.

　“너, 그동안 돼지처럼 똥배가 불룩 나오고 피둥피둥 살이 찐 걸 보니 잘 먹고 잘 사는구나. 그래, 네 인생의 목표가 이거였냐?”

　신문사 지하다방에 마주 앉아 커피를 마시다 말고 이성부가 약간 비아냥거리는 말투로 비쭉거렸다. 구산은 커피잔을 내려놓고 친구 얼굴을 뜨악하게 바라보며 어색한 웃음을 날릴 뿐이었다.

　“무슨 말이야? 예고도 없이 찾아와 무슨 말이 하고 싶은 건데?”

　“네 인생의 목표가 이거였냐고? 똥배 만드는 게 목표였냐고?”

　성부가 기분 나쁘게 비아냥거리며 묻는 말이 구산의 속을 후벼파는 것처럼 들려 기분이 상했다. 구산은 할 말을 잊었다. 이성부가 예고도 없이 불쑥 찾아와서 왜 이러는지 알 수가 없었다.

　“그래, 구산, 넌 뭣 땜시 사는데?”

　“나? 먹고 살기 위해서 산다 왜?. 처자식 먹여 살릴려고 아둥

바등 산다. 됐냐?”

“아, 그래? 그렇구나.”

“그래. 성부 너는 무지개가 있는 세상에서 사니까 행복하냐?”

“김현승 선생님과 한 약속 잊었어?”

“아, 무지개가 있는 세상 만들겠다는 약속? 무지개는 사람이 만들 수 있는 거 아니야. 그냥 자연이 빚은 물리적 현상일뿐이라고.”

구산이 어깃장을 놓자 이성부는 그를 비웃듯 묘한 미소를 지으며 한동안 공허한 눈빛으로 바라보기만 했다. 그 미소 뒤에는 친구를 비웃는 것 같기도 하고 안타까워하는 것 같기도 했다. 이성부는 한동안 말없이 그냥 앉아 있다가 벌떡 일어서서 구산과 메마른 악수를 하고 뻣뻣한 걸음으로 다방을 나갔다.

구산은 성부와 헤어진 후에도 한참이나 혼자 그 자리에 허수아비처럼 생각 없이 앉아 있었다. 목이 후끈거려 단숨에 커피 한 잔을 더 마셨다. 부끄럽기도 하고 그 자신에 화가 나기도 했다. 그런 일이 있은 후 구산은 한동안 더욱 타는 듯 목이 말라 우울한 나날을 생각 없이 그냥 기계적으로 살아냈다. 그의 일상은 그런대로 바쁘게 돌아갔다. 신문사 편집국과 다방, 술집을 전전하며 나름대로 고장나지 않은 기계처럼 시간에 쫓기면서 바쁜 나날을 보냈다. 뭔가 허전하기는 했으나 그런대로 세 아이들이 커가는 것을 보며 소소하게 사람 사는 재미도 느낄 수 있었다.

이 무렵 다방은 구산의 유일한 놀이터였다. 1960년대 후반기부터 우후죽순처럼 다방이 늘어났다. 시간에 쫓기면서도 다방에서 커피를 마시며 유유자적 물 흐르듯 하루하루를 보냈다. 마침내 1976년 동서식품에서 세계 최초로 커피 믹스를 개발하고 이에 발맞춰 즉석 전기온수기 등장으로, 다방에 가지 않고도 사무실이나 가정에서 커피를 마실 수 있게 되었다. 이때부터 다방이 영업적 타격을 받기 시작했다. 커피와 프림 설탕이 적당한 비율로 배합된 봉지 커피가 등장하여, 뜨거운 물만 있으면 어디에서나 즐길 수 있게 된 것이다. 사무실마다 믹스 커피와 전기 온수기를 비치했다. 구산도 이때부터는 집에서 아침이면 믹스 커피를 타 마시고 출근을 했다.

이 무렵 대부분 사람들은 달달한 양촌리 커피를 즐겼다. 믹스 커피의 대명사가 된 '양촌리 커피'의 양촌리는 최불암 김혜자가 주인공으로 나오는 '전원일기'라는 TV 드라마 배경이 된 김포 실재 마을 이름이다. 이 드라마에서 마을 사람들이 마신 커피를 '양촌리 커피'라고 일컬었고 시청자들이 영향을 받아, 연유와 우유 커피가 어울려 달짝지근한 커피를 좋아했다.

계묘년 섣달 그믐날 아침이다. 하룻밤 지나면 구산이 영산포에 와서 처음 맞게 되는 설날이다. 남도의 설은 봄과 함께 서둘러 손잡고 온다. 어느덧 순천 금둔사 납월홍매(臘月紅梅) 꽃망울이 도톰하게 맺히고 영산포 가야산 골짜기에는 복수초 잎이 파릇하게 돋아나기 시작했다. 남쪽에서 불어오는 영산강 바람도 한

결 다사로워졌다. 마을마다 '귀성 환영' 플래카드가 펄럭이는가 하면, 텅 비어있던 마을 앞 공터에는 오랜만에 자동차들이 빈틈없이 꽉 들어찼다. 노인들만 외롭게 남아 을씨년스러웠던 집에 웃음소리가 넘치고 기름진 음식 냄새가 솔솔 담을 넘는다. 오랜만에 사람 사는 집 같다.

올 설에는 예년에 비해 귀성객이 한껏 늘었다고 한다. 삶이 고달플수록 고향으로부터 위로받고 싶은 마음이 더욱 절절한 탓일까. 동구 밖 느티나무 밑에 까치발을 딛고 서서 자식을 기다리는 어머니 마음이 함박꽃처럼 활짝 핀다. 아무리 귀성길이 멀고 고달플지라도, 고향으로 향한 마음은 어머니를 떠올리는 것처럼 포근하고 순결하다. 조상과 가족, 친지를 만나기 위한 민족의 대이동은 자랑스럽고 아름다운 미풍양속의 행렬이 아닌가.

세상은 숨 가쁘게 돌아가지만 고향의 남루하고 호젓한 모습은 변하지 않은 흙냄새처럼 옛 모습 그대로다. 마을 앞 늙은 느티나무며, 오래된 정자, 조붓한 고샅과 낮은 돌담, 흉물스러운 폐교, 허물어져가는 빈 집, 질컥거리는 마당, 처마 밑의 장작더미, 헛간의 녹슨 농기구 등 별로 변한 게 없다. 그렇다고 변화 없는 모습에 한탄할 필요는 없다. 고향은 우리들의 본디 마음이며 양심이기 때문에 변하지 않은 모습이 더 값지고 애틋하다. 세배 행렬, 때때옷 설빔, 북 장고 놀이문화는 사라졌지만 가족 중심의 정은 예나 다름없이 도탑다. 주변을 둘러보면 변한 것도 더러 있다. 외국에서 시집온 며느리들 덕분에 오랜만에 아기들 울음소리가 들리고 노란 통학버스도 보인다. 그런가 하면 나주 빛가람혁신도시 효과로 나주 인구도 해마다 조금씩 늘어나고 있다고 한다.

남도의 설은 전라도 길 붉은 황톳빛처럼 질박하고, 판소리 육자배기 가락처럼 구성지고 신명이 난다. 소외되고 퇴락한 듯하지만, 만나서 정겹고 어우러져 흥겨운 아날로그식 고향 축제. 시골에는 아직 두레 살이 원형인 대동세상의 미덕이 남아 있다. 그래서 조상과 부모 형제, 함께 살아왔던 이웃과 친구들을 다시 만나는 시간의 빛깔도 무채색이다. 오랜만에 격의 없이 정담을 나누고 푸짐한 음식과 술로 서로를 위로하며 새롭게 출발할 수 있는 열정을 재충전하는 시간이기도 하다. 그러기에 돌아갈 고향이 있다는 것은 참 행복하다. 또 고향에서 돌아올 사람을 기다리는 것도 간질간질한 희망이다. 자식들을 기다리는 노부부의 마음은 무지갯빛 꿈으로 타오른다. 그러나 찾아가는 마음 또한 행복하다.

고향은 고달픈 영혼의 안식처다. 철학자 하이데거의 말처럼 어쩌면 현대인들은 고향을 상실한 디아스포라인지도 모른다. 농경사회에서처럼 한 곳에 오랫동안 뿌리내리고 살아가기보다는, 삶을 위해 여기저기 떠돌아다니는 유목민들. 이들은 부초처럼 정처 없이 떠돌다가, 설날 고향에 돌아와 삶에 지친 영혼의 안식과 평화를 누리고자 한다. 타향에서의 삶이 고단할수록 고향에 대한 그리움이 크기 때문이다.그런 의미에서 고향은 존재론적 공간이고 시간이다. 마음속에 자리 잡은 또 하나의 이상세계이며 잊을 수 없는 유년의 기억들이 퇴적해 있는 그리움의 창고다. 어머니 뱃속에서 태어난 것이 생물학적인 탄생이라면 고향에서 태어난 것을 공간적 탄생이라고 할 수 있다. 그래서 어머니와 고향은 같은 이미지가 된다.

21세기를 피로사회라고 한다. 성과주의 때문에 죽기 살기로 일을 해서 모두가 피로에 지쳐있다. 특히 욕망과 불안의식으로 가득 찬 도시에서, 전쟁 치르듯 살아온 도시 사람들은 살아남기 위해 몸도 마음도 피폐 되어 있다. 이들에게 필요한 것은 휴식의 가치를 일깨우는 일이다. 보다 건강한 내일을 위해서는 고향을 생각하며 잠시 숨을 가다듬고 자신을 되돌아볼 필요가 있다.

설날을 맞아 자신을 에두르고 있는 사람들을 한번 둘러보자. 모두가 나를 믿고 사랑하는 존재들이 아닌가. 이들은 나의 적이 아니라 든든한 지원군들이다. 나를 위해 평생 고생해 온 늙은 부모와 나의 피와 살이 되어준 고향집 마당과 텃밭, 평화와 안식을 심어준 산과 들, 냇물과 숲을 넉넉한 마음으로 쓰다듬어 줄 필요가 있다. 지금 고향은 비록 가난하고 남루하지만, 영혼이 맑은 사람들이 남아서 지키고 있다. 우리 마음자리가 오롯이 숨 쉬고 있는 고향에서 설을 맞아, 쌓인 피로와 때 묻은 마음을 정갈하게 씻고 나면, 다시 활력을 얻어 새 삶에 도전할 수 있지 않겠는가.

설을 맞아 서울에서 아들딸들과 손자들이 내려온다고 하여 구산은 세뱃돈부터 준비했다. 자식들이 자라는 동안 제대로 세뱃돈을 주어본 적이 없어 미안한 생각으로 마음 한구석이 늘 찜찜

했던 것이 사실이다. 그 시절에는 먹고 살기가 곤곤하여 세뱃돈에 신경을 쓸 여유가 없었다. 돌아가신 어머니는 설날 아침만 되면 머리가 아프다고 자리에 누워, 아픈 사람한테 세배하면 죽으니까 세배하지 말라고 손사래를 치시곤 했었다. 어머니가 손자들에게 세뱃돈을 줄 수가 없어 핑계를 대고 있다는 것을 알았기에 모른척했다. 돌이켜보니 사랑하는 손자들에게 세뱃돈을 주지 못한 어머니 마음이 얼마나 아프셨을지 명치끝이 아려온다.

그래도 구산에게 유년시절의 무채색 설 풍경은 아름다운 추억으로 살아있다. 설빔을 차려입고 떡이며 고기 등 설음식을 배불리 먹을 수가 있었다. 집집마다 떡이며 곶감, 대추, 엿, 한과 등 먹을 것을 내놓았으며, 배가 부르면 조끼 주머니가 미어지도록 그것들을 담고 다녔다. 그 시절에는 열 살 미만의 아이들도 마을 어른들에게 세배하는 것을 마땅히 지켜야 할 도리라고 생각했다. 종일 세배를 다녀야만 하는 날도 있었다. 특히 마을에서 나이도 많고 학식이 높으며 사리를 정확하게 판단하여 잘잘못을 가리고 따지는 마을 어른에 대해서는 절대 세배를 빠트리지 않았다. 마을에 그런 어른이 계시는 것을 자랑으로 생각하기도 했다. 세배를 통해 어른을 공경하며 마을공동체의 결속을 다지고 이웃들과 정신적 유대감을 굳히는 아름다운 시절이었다.

6.25 때 고향을 떠난 후부터 구산은 세배할 어른마저 없어 안타까웠다. 그가 다시 세배를 하게 된 것은 고등학교 시절 이성부와 함께 설날 김현승 시인댁을 찾아다니던 때부터였다. 그들은

설날 김현승 시인 댁에 세배를 가서 떡 대신, 초콜릿과 시인이 손수 내려준 커피를 마셨다. 대학교 다닐 때는 친구였던 화가 오승윤의 아버지 오지호 화백님 댁에 세배를 가서는 동애정과를 맛보기도 했다. 그리고 사회인이 되어서는 한국 화가 허백련, 광주의 인권 변호사 홍남순 선생님과 송광사 불일암 시절의 법정 스님께 세배를 다녔다. 작가가 된 후에는 서울 동대문구장 뒤에서 사시던 김동리 선생님댁에 세배하러 가서 송순주를 얻어 마시기도 했다. 그분들이 모두 세상을 떠나고 나니, 설이 되어도 세배하러 갈 어른이 없다. 세배하고 싶은 어른이 없으니 사람의 도리를 못하고 사는 것만 같아 죄스럽고 허전하고 쓸쓸했다. 동시대를 살아가면서 존경하는 어른께 세배하는 것은 전 생애를 통해 명작 몇 권 읽은 것보다 더 큰 교훈을 얻을 수 있고 오래 기억되는 값진 일이다.

지금 우리 사회에 어른다운 어른이 없다고들 한다. 진정 어른은 누구인가. 나는 어른인가? 자기 분야에서 성공하여 일가를 이룬 사람들은 얼마든지 많다. 그러나 그들은 개인에게 인생의 멘토는 될 수 있겠지만 시대의 어른은 아니다. 평생 개인의 명리에 휘둘리지 않고 이타행(利他行)을 실천한 사람, 시대정신을 꿰뚫어 보고 역사의 바른길을 걷는 사람, 소외와 가난으로 고통을 겪고 있는 사회적 약자들에게 희망을 주는 사람이야말로 진정한 시대의 어른이 아니겠는가. 그러나 지금 정신적 지주가 되는 그런 어른이 우리와 함께 살고 있을까. 내 평생 함석헌 선생, 문익환 목사 같은 어른께 세배하지 못한 것이 아쉽고 부끄럽다. 이분들이 살아 있다면 이제라도 당장 세배하러 달려가고 싶다.

80여 성상을 살아오는 동안 구산보다 먼저 세상을 뜬 인물들 중에서 잊을 수 없는 만남의 기회를 주었던 시대의 어른들을 떠올려본다. 1980년 5월, 윤공희 대주교 방에서 그 간의 광주 소식을 상세하게 말씀드렸던 김수환 추기경을 비롯해서, 인터뷰를 위해 동교동 자택 서재에서 만났던 김대중 전 대통령, 1970년대 송광사 불일암으로 자주 찾아가 무소유에 관한 이야기를 귀가 닳도록 들었던 법정 스님이 생각난다.

5

영산강에서 생오지를 그리며

초여름이 되자 연둣빛에서 야청빛으로 산색이 두꺼워지기 시작했다. 햇살이 다사롭고 바람이 살랑 불자 갑자기 18년 동안 살아왔던 생오지가 왈칵 그리웠다.

"여보 오늘은 생오지에 다녀옵시다."

"엊그저께 갔다 왔잖어요."

"그래도 오늘 또 가고 싶어. 생오지 뒷산에 올라가서 새 소리랑 솔바람 소리 좀 듣고 싶어."

"당신은 산보다 강이 더 좋다면서요?"

"나는 지혜롭기도 하지만 어진 사람이기도 하니까, 산과 강을 다 좋아하나 봐."

영산강을 조리질하며 훑는 바람 소리에 일찍 잠이 깬 구산은 우스갯소리를 해가며 아침부터 생오지에 가자고 아내를 졸라댔다. 그들 부부는 나주 영산포로 옮겨온 후 처음 몇 달 동안은 생오지를 잊지 못해 주일에 한 번은 찾아가곤 한다. 그런데도 때로는 일주일을 참지 못하고 이틀이나 사흘 만에 다시 찾아가기도 했다. 졸작 『타오르는 강』의 고향이 나주라면 생오지는 그의 생물학적 육신의 고향이다. 그래서 작가적 영혼이 영산강 흐르는 나주에 있다면, 그의 태생적 존재 근원은 무등산 아래 있는 생오지라서, 차마 잊을 수가 없는 것이다. 그는 아내를 설득하여 사흘 만에 다시 생오지에 가기로 했다. 생오지 뒷산에 핀 들꽃들이 그를 소리쳐 부르는 듯하여, 생오지에 찾아가 하룻밤을 새우고 다음날 아침 산에 오르기로 했다.

　2006년 대학에서 정년을 마치고 그가 태어난 구산리 장단마을 이웃에 자리 잡은 생오지로 옮겨와 18년 동안 살면서부터, 구산은 아침이면 알람 대신 새소리나 풀벌레 소리에 잠에서 깨곤 했다. 생오지는 무등산 뒷자락 새끼발가락쯤에 해당하는 깊은 골짜기, 버스도 들어오지 않은 궁벽진 오지 마을이다. 자연 생태계의 소리가 옴씰하게 살아있는 사운드스케이프(Sound scape, 소리 풍경) 공간이기도 하다.

　생오지에 살 때, 철쭉꽃이 산등성이를 발갛게 물들인 초여름까지만 해도 그는 집 앞 전깃줄에서 쉬지 않고 울어댄 찌르레기 소리에 눈을 뜨곤 했었다. 참새만큼 흔한 찌르레기는 제비와 참새가 사라진 후 개체 수가 늘어난 듯, 이른 봄부터 초여름 사이에 아침 일찍부터 먹이를 찾느라 대밭이나 논밭 전깃줄에 떼 지어 앉아 성가시게 울어댔다. 새들은 자기 이름대로 노래한다고 했던가. 찌르레기는 찌르-찌르-찌르, 제비는 지지배배, 종달새는 종달종달하고 울었다. 구산의 귀에는 별로 아름다운 소리가 아닌데도 모차르트가 피아노 협주곡 17번 3악장 테마 노래로 찌르레기 소리를 악보에 적고 나서 '아름다워라'하고 감탄했다니 모를 일이다. 새가 우는 것은 짝을 부르는 소리이다. 그러므로 새가 우는 것은 '나는 혼자 있어 외롭다.'라고 소리치는 것과 같다. 사람도 외로울 때 노래하고 싶은 것인지도 모른다. 어쩌면 노래를 하는 것은 그리운 사람의 이름을 간절하게 부르는 것인지도.

　참매미 소리에 눈을 떠보니 5시 48분이다. 맴- 맴- 맴- 웨엥-

장마철에는 한동안 울지 않다가 더위가 꺾이고 하늘이 맑아지면 참매미가 좁은 골짜기 안을 쥐흔들곤 했다. 이슬 아침부터 매미가 낭자하게 울어대는 것을 보니 오늘 하루도 햇살이 짱짱할 것 같다. 안개나 구름이 끼지 않은 맑은 날 매미는 해뜨기 전부터 왕성하게 울어댄다. 여름에 우는 매미는 참매미와 말매미를 비롯해서 유지매미, 애매미, 쓰르람매미다. 도시에서 주로 우는 매미는 말매미로 수컷들이 한꺼번에 집단으로 떼지어 울기 때문에 매우 시끄럽다. 말매미는 가로수 길의 푸라타나스 같은 활엽수를 좋아해 도시에 많이 몰려든다.

5년에서부터 길게는 11년이나 유충으로 땅속에 있다가 지상에 올라와 우화(羽化)하고 기껏 2주나 4주 동안 살면서 목청껏 암컷을 불러대는 이 절절한 세레나데. 짝짓기가 끝나면 죽고 마는 매미의 짧고도 슬픈 삶을 생각한다면 '시끄럽다'고 소리칠 일이 아니다. 구산은 매미의 짧은 삶이 슬프다기보다는, 어미도 없이 애벌레 혼자 긴긴 세월 어두운 지하에서 지상에 오를 날을 기다리는, 그 처절한 인내와 고통을 생각하면 가슴이 먹먹해진다. 그에게는 언제 매미처럼 기나긴 기다림과 인내의 시간이 있었던가. 문득 금선탈각(金蟬脫殼)이라는 말이 생각난다. 금빛 매미가 껍질을 벗는 것은 오랜 기다림과 인내 끝에 새로운 세상에 적응을 위한 아름다운 변신을 의미한다. 우리는 매미의 화려한 변신을 통해 생존의 원칙을 깨달아야 하지 않겠는가 싶다. 여름은 매미 울음으로 시작하여 울음이 그칠 때 가을로 접어들게 되리라.

구산은 아침 산행을 위해 등산화를 신고 집을 나섰다. 생오지
에 온 이듬해인 2007년 앞마당 모퉁이에 심은 호두나무 가지에
서 참매미가 뒤통수에 대고 나를 잊지 말라고 아우성치듯 울어댔
다. 쪽대문을 나서 산책길로 접어들자 뜬금없이 먼 산에서 소쩍
새의 배고픈 목소리가 아련하게 들려온다. 자규, 접동새, 두견
새, 귀촉도라고도 부르는 소쩍새는 야행성이지만 가끔은 낮에도
운다.

유년시절 어머니한테서 가난한 집 며느리가 굶어 죽어 소쩍새
가 되었다는 이야기를 들었다. 그래서 며느리의 혼이 '솥 적다,
솥 적다' 하고 우는 거라고 했다. 밥을 짓는 솥이 적다는 것은 먹
을 것이 부족하여 배가 고프다는 이야기다. 소쩍새 우는 소리는
언제 들어도 슬프다. 1970년대 말 송광사 불일암으로 법정 스님
을 찾아갔을 때 암자 뒤 소나무 숲에서 소쩍새가 구슬프게 울어
댔다. '간밤에 가슴을 후벼 파는 듯한 저 소리 때문에 한잠도 못
잤다' 면서, 전생에 깊은 사연이 있었나보다고 했던 법정 스님의
이야기도 떠오른다.

편백나무가 빼꼭히 들어찬 첫 번째 산굽이를 돌아서자 꾀꼬리
가 맑은 목소리로 애절하게 울었다. 구산은 발걸음을 멈추고 서
서 참나무 가지 끝에 앉아있는 꾀꼬리를 지켜보았다. 유리왕이
자신의 외로운 처지를 꾀꼬리에 빗대어 읊었다는 〈황조가〉가 떠
올랐다. 꾀꼬리 소리는 아름답지만 가끔 괴성을 지르는 등 기분
에 따라 32가지의 소리를 낸다고 한다. 바람이 살랑 불 때마다

가지가 너울너울 흔들렸고 꾀꼬리는 울음을 멈추었다.

생오지로 들어왔던 첫 해 봄 구산은 이 산길에서 처음 꾀꼬리 우는 소리를 들었다. 황금빛 꾀꼬리의 우아한 자태에 매혹된 그는 그후 꾀꼬리 둥지를 찾아서 온 산을 헤맸다. 그는 어려서 어른들이 단란하고 행복한 가족을 '꾀꼬리 가족'이라고 한다는 말을 자주 들었다. 그래서인지 둥지 속의 행복한 꾀꼬리 가족이 더욱 보고 싶었다. 꾀꼬리는 10m 이상 높은 곳에 둥지를 틀기 때문에 쉽게 찾을 수가 없었다. 어쩌다 산비탈 단풍나무 가지 끝에 대롱대롱 매달린 꾀꼬리 둥지를 훔쳐볼 수 있었다. 마른 풀을 모아 바구니 모양으로 엮은 둥지 속에는 새끼 네 마리가 '나요 나요' 하며 서로 주둥이를 내밀고 흔들어댔다. 꾀꼬리는 보통 알을 4개, 많은 경우 드물게 5개를 낳는다. 사람도 꾀꼬리 가족처럼 행복한 가족이 되기 위해서는 네댓 명의 자식을 가져야 하는 것인지도 모르겠다.

꾀꼬리는 새끼가 자라서 둥지를 떠날 때까지 새끼의 똥을 먹고 배고픔을 참으면서도 새끼들한테 골고루 먹이를 나눠주는 모성애가 지극하다. 산등성이 소나무 숲속 둘레길 쉼터 의자에 앉아 무등산을 바라보니 아직도 산은 옅은 갈맷빛으로 출렁이고 있었다. 늦은 밤이나 새벽이면 소나무 가지 사이로 보이는 규봉암에서 울리는 새벽 종소리가 생오지까지 들려와 그의 마음속 번뇌를 깨부수고 마음을 정갈하게 씻겨주곤 했다.

깃대봉 쉼터에 앉아 쉬다가 운 좋게 홀딱벗고새 소리를 들었다. 구산은 생오지에 와서 처음 이 소리를 듣고 황당해서 마을 사람들한테 새 이름을 물었다. 모두 홀딱벗고새라고 했다. '카- 카- 코- 코' 하고 우는데 앞 세 음절의 높이가 같고 마지막 한 음절이 낮아 '홀딱 벗고'로 들렸다. 농촌에서는 홀딱새 울면 모내기를 시작한다고 했다. 이 새는 원래 두견이과 검은등뻐꾸기인데 슬픈 전설을 갖고 있다. 깊은 산 절집에 젊은 스님이 있었다. 어느 날 이 절집에 어여쁜 여자가 부처님께 기도를 하러 왔는데 스님이 한번 보고 반해 상사병에 걸려 죽었다. 스님은 새로 환생하여 숲속에서 '홀딱 벗고, 홀딱 벗고' 하고 울었다. 그런데 그 울음은 '번뇌도 홀딱 벗고 욕망도 홀딱 벗고 인연도 홀딱 벗고, 나처럼 되지 말고 성불하라'는 내용이란다.

구산은 한참 동안 홀딱벗고새 우는 소리에 취해 있다가 천천히 일어서서 백 년쯤 된 소사나무 밑으로 갔다. 옛날 생오지 사람들이 광주로 나무를 팔러 다닐 때 이 나무 밑에서 쉬어, 나무꾼 쉼터라고도 한다. 3년 전 그는 이곳에서 처음 휘파람새 소리를 들었다. 실연의 아픔을 노래한 이문세의 노래 '휘파람'을 떠올리며 자주 찾곤 했지만 최근에는 다시 들을 수 없어 안타깝다. 이 새는 겁이 많아 마을 가까이 내려오지 않고 깊은 숲속에 은둔하듯 외롭게 살고 있다. 3년 전에 처음 들었던 휘파람새 소리는 높고 맑고 아름다웠다. 마치 사람의 휘파람 소리와 비슷했다. 서울 가는 금호고속 버스를 타면 휴게소를 예고할 때 휘파람새 소리를 들을 수가 있었다.

한 시간쯤 지나 마을로 내려오는데 묵정밭 쪽에서 여치가 뚜르르-뚜르르 울었다. 요즘에는 농약 사용으로 마을 가까이에서는 여치 등 풀벌레 소리를 들을 수 없고 논밭과 떨어진 산자락에서나 가능하다. 집 주변에서는 귀뚜라미 소리를 들을 수 있다. 그는 화살나무 잎에 붙어 있는 여치를 잡으려다 그만두었다. 어렸을 때 보릿대로 여치 집을 만들어 마루 위 처마 끝에 걸어놓고 여치를 기르기도 했다. 한번은 참매미를 잡아다 여치 집에 넣어주었더니 여치가 매미 등에 올라타 머리통부터 뜯어먹는 것을 보고 진저리를 쳤다. 여치가 울기 시작하자 베짱이도 스이딱- 스이딱 베 짜는 소리를 내며 울었다. 여치와 베짱이는 메뚜기목 여치과에 속해 겉모습으로 구별하기가 어렵다. 더듬이와 몸통이 짧은 여치에 비해 베짱이는 긴 편이다.

구산은 베짱이 소리를 들을 때마다 밤이 새도록 베틀에 앉아 베를 짜던 어머니의 모습이 떠오르곤 했다. 어렸을 적 새벽에 베짱이 소리에 눈을 떠보면 어머니는 부티를 허리에 두르고 베틀에 앉아 베를 짜고 있었다. 날 틈으로 꾸리가 든 북을 오른손과 왼손으로 번갈아 옮겨가며 베의 날을 고르기 위해 오른발로 바디를 잡아당겨 툭툭 칠 때마다 스이딱 스이딱 베짱이 우는 소리가 났다. 지금도 베짱이 소리를 들으면 어머니의 베 짜는 소리가 가슴을 후빈다.

초여름 생오지 골짜기는 새벽부터 매미며 새들, 풀벌레 소리로 넘쳤다. 자연이 살아있는 소리의 고향, 완전한 사운드 스케이프 공간이다. 바람도 물소리도 살아있는 자연 생태계 그대로다. 도시의 바람은 빌딩 사이를 돌고 돌아 칼바람 소리를 내지만, 생오지에서는 대밭과 소나무 숲을 흔들며 흐느끼는 여인의 가냘픈 울음처럼 슬프기까지 하다. 자연 그대로의 아름다운 소리. 물 흐르는 소리 또한 판소리 가락처럼 고저장단이 분명하다. 장마철 비가 많이 와서 계곡이 넘칠 때는 거칠고 다급하게 쿨쿨 콸콸 소리를 내지만, 장마철엔 출출 촬촬 거칠게 흐르고 가뭄이 들면 고였던 물이 땅속으로 스며드는 소리가 한숨처럼 아스라이 들렸다. 기계음이라야 경운기 소리와 예초기로 풀 베는 소리가 고작이고 80% 이상이 자연의 소리였다. 인간이 살아가기 최적의 공간인 셈이다.

산업사회에서는 시각적 풍경인 랜드 스케이프(Land-scape)에 관심을 가졌다면 이제는 귀로 듣는 풍경, 즉 사운드스케이프 세상을 동경하게 되었다. 케나다 작곡가 머레이 쉐퍼(Murray Schafer)가 환경운동에 대한 음악적 대답으로 사운드스케이프 운동이 시작된 것이다. 자연의 소리를 녹음하고 조합해서 만들어 낸 음악. 소리의 가치를 생산하는 공간과 풍경을 디자인하는 세계. 지금은 자연 생태계의 살아있는 소리에 대한 해석과 소리의 가치를 디자인하고 새롭게 창조할 때이다. 음악은 본질적으로 자연을 닮게 된다. 하기야 음악의 시조는 새소리이고 인간이 노래를 부르기 시작한 것도 새소리를 흉내 내면서부터라고 하지 않은가. 숲에서는 숲을 담는 음악을, 바다에서는 바다를 담는 음악이라야 한다. 소리에는 계절의 변화가 담겨있고 지역이나 개인의 삶과 역사가 반영된다. 생오지의 소리도 사계절이 다르게 변화한다.

산을 내려오자 구리철사 같은 햇살이 뾰쪽뾰쪽 퍼져 그늘 속에 가려있던 꽃들이 비로소 명징하게 보이기 시작했다. 산에 오를 때는 귀가 열렸고 내려올 때는 눈이 트인 것일까. 산책길 주변에 꽃들이 저마다 색깔 있는 미소로 다급하게 그를 불러 세웠다. 어머니 눈물 같은 싸리꽃, 달님을 기다리는 노란 낮달맞이꽃, 가난한 쑥부쟁이꽃, 순결한 참나리꽃, 천덕꾸러기 망초꽃, 길바닥에 더글더글하게 핀 칡꽃이 저마다 자기 이야기를 들어달라고 그에게 매달리는 것 같았다.

구산이 생오지에서 새삼스레 알게 된 것은 지상의 모든 생물은 이름이 있고 이름을 가진 것들은 반드시 이야기가 있다는 사실이다. 봄이면 눈에 잘 띄지 않은 흰 별꽃이며 코딱지꽃에서부터 아름드리 느티나무, 크기가 고작 1미리인 작은 노랑개미에서부터 덩치 큰 멧돼지에 이르기까지 모든 생명 있는 존재는 이름과 함께 삶의 이야기가 있다. 대부분 그것들의 이야기는 슬프다.

그가 오늘 생오지 산책길에서 만난 여름꽃들도 저마다 슬픈 이야기가 있다. 쑥부쟁이꽃은 가난한 대장장이 딸이 사랑하는 사냥꾼을 기다리다 지쳐 죽은 혼이 꽃으로 피어났고, 참나리꽃은 혼인을 약속한 처녀를 고을 원님 아들이 탐을 내자 순결을 지키려고 자결했다는 이야기가 있다. 달맞이꽃은 달을 사랑하는 요정이 달님을 기다리다가 죽은 넋이 피어난 것이고, 싸리꽃은 어머니가 게으른 아들한테 농사일을 채근하기 위해 꽃으로 화신했다고 했다.

구산은 생오지에 살면서 많은 풀과 나무와 꽃과 새와 풀벌레들을 알게 되었다. 이름 하나하나와 저마다의 이야기를 알아갈 때 세상을 알아가는 것 같아 참으로 행복했다. 생오지 생활 18년 동안 그는 자연을 통해 참으로 많은 것들을 알게 되었다. 도시에서 살 때는 식물도감이나 동물도감을 옆에 두고 있으면서도 생강나무와 산수유나무, 굴참나무와 졸참나무를 구별할 줄 몰랐다. 휘파람새 소리나 홀딱벗고새 소리를 한 번도 듣지 못했었다. 생오지에 살면서 그의 공부는 풀 이름 나무 이름을 알아가는 것이었고 새소리를 듣고 그들이 갖고 있는 이야기를 기록하는 일이었다. 그의 독서는 종이책도 e-북도 아닌, 하루하루 자연을 속속들이 들여다보고 눈을 떠서 하나씩 알아가는 일이었던 것이다.

인문학의 기초는 우리 땅의 풀이름 나무 이름 새 이름과 그들의 이야기를 아는 것부터 시작해야 한다고 생각한다. 아이들은 단군신화에 나오는 곰은 동물원에서 보고 알아도 곰과 관련이 있는 쑥은 모른다. 손자 준철이가 유치원생일 때 생오지에 왔다가 잠자리가 창문으로 방에 들어오자 까무러치게 놀라 소리치던 일이 있었다. 도시 아이들이 곤충이 무서워서 시골집에 가기 싫어한다는 이야기를 들을 때마다 가슴이 아프다.

마을 가까이 내려오니 배롱꽃이 집집마다 붉게 어우러졌다.

그의 집에도 50년쯤 된 배롱나무가 있는데 파슬파슬한 꽃잎이 올해 유난히 더 곱다. 백 일 동안 세 번 졌다 피면 쌀밥을 먹는다는 자미화. 옛날에는 흔치 않았는데 요즘에 전라도 지방에서는 곳곳에 가로수로 등장했다. 소설가 이청준이 땅에 묻히던 날 장흥 가는 길에도 붉은 만장처럼 자미화가 흐드러지게 피었었다. 아무리 자미화가 흔해도 아직 이 세상에는 꽃이 부족하다. 꽃이 더 많이 피어 더러운 세상을 향기롭게 물들였으면 좋겠다.

구산은 오늘 예초기로 마당의 풀부터 베기로 했다. 마당의 고욤나무에서 게고마리가 게엑게엑 토악질하듯 거칠게 울어댔다. 여기저기서 참매미와 베짱이들도 합창하듯 목청껏 울어대는데도 아무도 시끄럽다고 소리치지 않았다. 개고마리가 우는 것을 보니 어느새 저만큼 가을이 다가올 준비를 하고 있나 보다. 햇살이 한풀 꺾이자 그는 예초기로 마당의 풀을 베기 시작했다. 날카로운 기계음이 골짜기를 위협하자 매미와 새들이 약속이나 한 듯 일제히 노래를 멈추었다. 사운드스케이프 파괴자의 칼 끝에 살기가 춤추듯 돌아가고 쑥, 강아지풀, 망초꽃, 애기똥풀꽃, 아기 달맞이꽃들이 기관총을 맞은 듯 우우우 쓰러졌다. 그는 무더기로 핀 금계국에 칼날을 들이대려다 주춤 물러섰다. 말로는 이 세상에 꽃이 부족하다고 떠들어대면서도 꽃을 베고 있는 자신이 부끄러웠다. 지금 무슨 짓을 하고 있는 거지? 망설임 끝에 그는 예초기 엔진을 끄고 금계국꽃 앞에 털썩 주저앉고 말았다. 기계음이 멎고 얼마나 지났을까, 개고마리와 참매미와 여치와 여름 귀뚜라미들이 일제히 노래하기 시작했다. 골짜기는 아름다운 합창으로 다시 살아나고 있었다.

"생오지에서 하루만 더 있다 가고 싶은데… 내일 가면 안 될까? 이제 더 늙어서 운전도 못하면 오기 어려울 텐데…"

골짜기에 황혼이 내려앉기 시작할 무렵 구산은 아내의 표정을 살피며 말끝을 흐렸다.

"하룻밤 잤으면 됐어요. 내일은 비가 온다니까 어서 갑시다."

아내가 먼저 차에 오르며 그를 재촉했다.

"당신은 역시 당신 고향 영산포가 좋은 모양이구먼. 나는 생오지도 좋은데…"

"만나고 싶은 한 사람, 가고 싶은 한 곳을 마음 속에 간직하고 사는 것도 좋지 않아요?"

"그렇지, 이제 생오지는 가고 싶은 곳으로 마음에 간직하고 살아야겠구만."

"만나고 싶은 사람은 누굽니까?"

아내의 물음에 그는 서둘러 자동차에 올랐다. 앞마당 자두나무 가지 끝에서 산까지가 가지 말라고 붙잡듯 사납게 울어댔다.

6

20년 만에 만난 5.18 시민군

영산강변에 유채꽃이 조개구름처럼 어울려 휘덮인 5월 19일 아침, 커피를 내리고 있는데 전화가 울렸다. 구산은 물 주전자를 식탁에 놓고 전화를 받았다. 5.18 때 꼬마 시민군이었던 조 기사였다.

"구산 선생님, 저 시방 영산포에 다 왔습니다. 유채꽃을 배경으로 선생님 사진을 찍고 싶어서요. 이제부터는 영산포를 배경으로 촬영을 하고 싶습니다. 10분이면 도착하니 주소 좀 찍어주셔요."

구산은 아파트 주소를 찍어준 다음 다시 주전자를 들고 커피를 내리기 시작했다.

"사진작가라고 해야 하나, 택시 기사라고 해야 하나. 암튼 그 친구가 영산포에 도착했다는구먼."

그와 아내는 식탁에 앉아 커피를 내려 마시면서 잠시 조 기사에 대한 이야기를 나눴다. 44년이 지난 지금도 그들 부부의 눈에는 총부리가 땅에 닿을 정도로 키가 작고 왜소한 소년이 그의 집 2층 옥상에서 밤을 새우며 총을 쏘아대던 모습이 생생하게 되살아났다. 당시 그의 집 농성동 외곽도로 건너편에는 계엄군이 진을 치고 있었고 집 쪽으로는 시민군이 맞서 띄엄 띄엄 잠복을 하고 있었다.

잠시 후 초인종이 울려 문을 열어보니 겨릅대처럼 깡말라 보이는 조 기사가 힘겹게 사과 상자를 들고 서 있었다. 조 기사 뒤에는 스무 살 정도의 낯선 아가씨가 카메라 가방을 메고 꼿꼿하게 서 있다가 꾸벅 허리를 굽혔다. 야리야리한 체격에 얼굴이 희고 눈이 큰 아가씨였다.

"제 여식입니다. 구산 선생님 사진 찍으러 간다니까 한사코 따라나서지 뭡니까."

조 기사는 사과 상자를 현관 안에 들여놓고 나서 딸의 팔을 붙잡아 끌고 들어섰다.

"다시 인사드려라."

아버지 말이 떨어지기가 바쁘게 조 기사 딸이 허리를 90도로 꺾고 인사를 했다. 아내가 아가씨 손을 붙안으며 옆에 앉혔다. 그 사이에 구산은 조 기사 부녀를 위해 서둘러 커피를 내렸다.

"그러니까 네가 바로 금자 딸이구나. 눈매며 코가 엄마를 그대로 빼 박았네."

"올해 미술대학 회화과에 들어갔습니다. 고등학교 때 미술대회에서 여러 번 상도 탔답니다."

조 기사가 딸 옆에 앉으며 은근히 딸 자랑을 했다.

"그럼, 화가가 되겠네?"

"그런데... 구산 선생님의 작품을 읽고 나서 소설가가 되겠다지 뭡니까. 오늘도 꼭 선생님을 뵙고 싶다면서 한사코 따라 왔답니다요."

구산은 조 기사의 말에 커피를 내리다 말고 힐끔 조 기사의 딸을 살펴보았다. 요즘 애들답지 않게 약간 부끄러워하는 눈빛으로 다소곳이 고개를 무겁게 떨군 모습이 아담한 화병에 꽂힌 접시꽃처럼 정갈하고 예뻤다. 깊으면서 맑고 날카로운 눈빛이 예사롭지 않아 보였다. 그는 커피 두 잔을 부녀가 앉아 있는 소파의 탁자에 놓고 옆에 앉았다.

"아, 오늘도 감격스럽게 선생님이 손수 내려주신 커피를 마시게 되네요. 선생님이 내려주신 커피를 마실 때마다, 저는 이 사회에서 충분히 대접받고 사는 기분을 느낍니다. 대접받고 산다는 게 얼마나 행복하고 뿌듯한 일인데요. 감사합니다."

"나도 자네 같은 젊은 사람이 늙은 우리 부부를 찾아와 줄 때마다 세상으로부터 대접받는 기분이라네. 참, 학생은 드립커피 마시나? 너무 찐하면 물을 더 타줄까?"

"드립커피는 처음이지만 마셔보겠습니다."

구산은 조 기사의 딸이 다소곳이 앉아서 커피잔을 두 손으로 받쳐 들고 한 모금 마실 때까지 눈여겨 살펴보았다. 그녀는 천천히 아버지의 눈치를 살피며 잔을 기울였다. 생소한 맛에도 미간을 찡그리거나 마시는 것을 중단하지 않았다.

"어떠냐? 처음 마셔본 드립커피 맛이?"

"저는 쓴맛이 좋아요. 커피의 쓴맛이 핏줄을 타고 찌릿찌릿 온몸으로 퍼지는 기분이어요."

"그래? 쓴맛이 좋다니, 넌 특별하구나. 보통 이삼십 대는 단맛을 좋아하고 사오십 대는 신맛을, 그리고 노년에 가서야 쓴맛을 좋아하는데... 너는 좀 특별하구나. 보통 사람들은 단맛 신맛 다 맛본 다음에야 쓴맛을 즐길 줄 아는데 말야."

구산은 그렇게 말하며 조 기사의 딸을 유심히 바라보았다. 눈빛이 날카로우면서도 일찍 세상을 알아버리기라도 한 것처럼, 우수에 잠긴 듯한 눈시울이며 나이에 비해 슬거워 보이는 태도가 그에게는 좀 특별하게 느껴졌기 때문이다.

"헌데, 회화과에 들어갔는데도 소설가가 되고 싶다고?"

구산은 조심스럽게 물으면서 학생의 표정을 살폈다.

"수능 준비하면서 선생님이 쓰신 소설 『생오지 눈사람』을 읽고 나서 소설이 그림보다는 강하다는 것을 알게 되었어요. 그 작품에서 선생님은 자살 사이트에서 만난 두 젊은이를 살려냈잖아요. 그림과는 다르게 문학은 죽어가는 사람을 살리는 힘이 있는 것 같아요."

"그래? 그렇게 느꼈다니 다행이구나."

"선생님, 커피 다 마셨으니 사모님이랑 함께 어서 나가시죠. 오늘은 유채꽃밭에서 선생님 사진을 찍고 싶어요."

조 기사가 서둘러 자리에서 일어서며 말했다. 조 기사는 2,000년 5월, 그러니까 20년 만에 구산을 다시 만난 후, 해마다 봄 여름 가을 겨울, 1년이면 4차례, 계절마다 어김없이 그를 찾아와서 세월 따라 변해가는 구산의 모습을 기록하겠다면서 촬영을 했다. 그러니까 올해로 24년째 이 일을 거르지 않고 실행해 오고 있는 터였다. 본업이 택시 기사인 그는 사진작가로도 활동하면서 토요일과 일요일은 사진 촬영에만 전념하고 있다고 했다.

"약속대로 구산 선생님 90세 되는 생신날에 선생님 인물 사진

전을 꼭 열거니까요. 이제 5년 남았네요. 그때까지 건강하셔야
합니다.”

　그랬다. 1980년 5월, 광주 농성동 외곽 도로변에 있는 그의 집
옥상에서 사흘 밤을 밤새도록 총을 쏘아대던 꼬마 시민군은 그날
후로 소식을 알 수 없었다. 그러던 2000년 5월 19일 조 기사는
신문에 쓴 구산의 칼럼을 읽고 집으로 찾아왔다. 그의 말로는 감
옥에서 풀려나자마자 구산의 집을 찾아왔었다는데 그때는 그가
이미 세 번씩이나 이사를 한 후였기 때문에 만날 수 없었을 것이
었다. 20년 만에 조 기사는 구산이 쓴 신문을 들고 상기된 얼굴
로 찾아왔었다.

　〈잊을 수 없는 1980년 5월의 소년 시민군〉

　〈내게는 시간이 흐를수록 더욱 생생하게 되살아나는 아픈 기억
이 있다. 6.25와 5월 광주항쟁이 그렇다. 열한 살 때 덮친 6.25
는 무서운 공포의 기억으로, 마흔 한 살 때 광주에서 겪은 5월의
그날은 슬픔과 분노의 기억으로 남아있다. 아마도 내 인생에서
가장 큰 놀라움과 고통이었기에 잊혀지지 않고 세월이 흐를수록
더욱 선명하게 되살아나는 것인지도 모른다. 금남로 분수대 앞
에서 만났던 사람들의 얼굴도 생생하게 떠오른다. 당시 나는 J신
문사 편집 부국장이었기 때문에 매일 신문사에 출근하듯 시민군
의 트럭을 타고 도청 앞으로 나갔다. 도청 앞에서 기자들을 만나
취재 지시하는 것을 잊지 않았다.

‘미국이 민주주의를 수호하는 나라라면 꼭 우리를 도울 것이
네.’ 분수대 앞에서 만난 송수권 시인이 공포와 분노와 슬픔 때
문에 잠을 잘 수가 없다면서 울먹이던 목소리가 귀에 쟁쟁하고,
1980년 6월2일자 전남매일에 실렸던 ‘아, 광주여 우리들의 십자
가여’라는 시를 1시간 만에 써 들고 숨을 헐근거리며 편집국으로
뛰어 들어오던 김준태 시인의 모습도 보인다. 계엄사령부의 검열
에서 절반 이상이 잘려 나간 채 실린 신문을 사기 위해 몰려든 시
민들이 푸른 대나무처럼 눈앞에 일렁이는 모습도 눈에 선하다.

무엇보다, 사흘 밤 동안 우리 집 옥상에서 총을 쏘아대던 소년
시민군을 나는 잊을 수가 없다. 중학생처럼 앳되어 보인 교복 차
림의 두 소년은 자신의 키보다 더 길어 보이는 장총을 버겁게 들
고 사흘 낮과 밤 우리 집 옥상을 지켰다. 우리 집 도로 건너편에
는 계엄군이 진을 치고 있었다. 외곽도로가 경계선이 된 것이다.
두 소년은 밤새도록 총을 쏘아댔다. 우리 식구는 총소리 때문에
잠을 잘 수가 없었다. 나는 참다못해 우유와 삶은 고구마를 가지
고 옥상으로 올라가서 애원하는 말투로 제발 잠 좀 자게 총을 쏘
지 말라고 부탁했다.

“총을 쏘지 않으면 너무 무서워서 단 한 시간도 버틸 수가 없
어서 그래요.”

“무서워서 총을 쏜다고?”

“숨죽이고 있으면 진짜로 너무 무서워서 도망치고 싶어요.”

나는 소년 시민군의 그 말에 뒤통수를 얻어맞은 기분이었다.

얼마나 무서웠으면 어둠 속에서 허공을 향해 공포를 쏘아댈까 싶어 와락 그들을 안아주고 싶었다. 그렇게 무서우면 아래층으로 내려와 같이 있자고 해도 듣지 않고 사흘 밤을 그렇게 총을 쏘아대며 외곽도로로 계엄군이 들어오는 것을 지켰다. 끼니때가 되면 나는 옥상으로 올라가 우리와 같이 밥을 먹자고 했으나 그 자리를 지켜야 한다면서 꼼짝을 하지 않았다. 할 수 없이 나는 사흘 동안 끼니때마다 먹을 것을 들고 옥상으로 올라가야만 했다. 그리고 한밤중이면 어김없이 잠들지 말라고 봉지 커피를 타 주기도 했다.

나흘째 되는 날 아침, 그들은 우리 집 옥상을 떠나며, 그동안 굶지 않도록 먹을 것을 준 것에 대해 고맙다는 말과 함께 손전등이 있으면 빌려달라고 했다. 살아남게 되면 꼭 전등을 되돌려주겠다고 했는데 그들은 다시 오지 않았다. 아마 죽었을지도 모른다고 생각했다.

나는 해마다 5월이 오면 이들 소년 시민군들이 떠오르면서 살아남은 자로서의 부끄러움으로, 저절로 고개가 숙여지고 가슴에 울혈이라도 생긴 듯 답답해 왔다. 이들을 기억하는 것조차도 역사의 부채감으로 나를 짓눌렀다. 기억만으로 무엇을 할 수 있다는 말인가. 더 이상 기억 안에 갇혀 있게 해서는 안 된다는 것을 깨달았다. 이제는 기억의 차원을 넘어, 기억의 재생으로 정신의 뼈대를 세우고 새로운 힘과 거대한 희망의 깃발로 영원히 펄럭여야 할 때가 아닌가. 기억의 재생 없이는 역사 속에서 정신의 게

양은 어렵다.

올해로 5월 광주항쟁 스무 번째를 맞는다. 광주항쟁은 치유되지 못한 아픔으로 해마다 되살아나고 있다. 5.18은 끝난 것도 아니고 특정 지역의 푸념이나 한풀이는 더더욱 아니다. 이 땅의 민주주의와 인간의 존엄을 지켜내고 아름다운 공동체적 사랑의 연대를 위해, 광주 5월은 현재진행형이다. 그러나 광주항쟁은 여전히 정치인들의 이용물이 된 채, '광주만의 행사', 메아리 없는 외로운 진혼곡으로 흐르고 있음이 안타깝다. 세계화를 따르지 못하는 전국화가 더욱 아쉽다. 그동안 민주, 인권, 평화의 씨앗이 아시아와 세계에 뿌려져 결실을 거두고 있는데 비해 전국화는 제자리걸음이다. 민족적이고 세계사적 의미를 지닌 광주정신을 온 국민이 함께 공유하기 위해서는 전국적인 공감대 확보와 국민적 차원의 정신 계승 작업이 이루어져야 한다. 이제 5월항쟁은 광주의 벽을 뛰어넘어야 한다. 그러기 위해서는 광주부터 달라져야 할 필요가 있다. 광주에서 광주를 보기보다는 광주에서 세계를 보고, 광주가 아닌 타지역에서 광주를 보는 시각을 길러야 한다. 먼저 역사. 문화, 정치적 경직성으로부터 자유로워져야 한다.

우리는 지금 5월항쟁을 기억 속에 매몰시키고 있는 것은 아닌지 반성할 때인 것 같다. 이제는 기억을 넘어 5월항쟁 정신을 광주의 힘으로, 광주의 희망으로 재생시켜야 할 때다. 기억만으로는 우리를 슬프게 할 뿐, 발전적 삶의 힘이 되어주지는 않는다. 5월항쟁 정신이 진정한 광주의 희망이 되게 하기 위해서는 기억

의 재생, 재창조가 필요하다. 광주정신은 광주의 희망이 되어야
하기 때문이다.〉

광주민주화운동 20년째가 되는 날, 구산의 칼럼을 읽은 조 기
사는 다음날 아침 일찍 5.18 국립묘지를 찾아가서, 그의 집 옥상
에서 함께 밤을 지새웠던 친구의 무덤에 꽃을 놓고 왔다고 했다.

그로부터 다시 20년 후, 딸과 함께 영산포로 구산을 찾아온 조
기사는 영산강 유채꽃 밭에서 그들 부부를 모델로 1시간이 넘게
사진 촬영을 했다. 꽃밭을 등 뒤 배경으로 강을 바라보는 자세에
서부터 꽃밭에 몸을 파묻고 얼굴만 내밀어 하늘을 바라보는 장
면, 부부가 다정하게 손을 잡고 꽃밭 속을 걸어가는 모습 등 잠
시도 여유를 주지 않고 카메라 샤터를 눌러댔다.

"구산 선생님 90세 생신에 맞춰서 열리게 될 사진전 때 보시면
감회가 깊을 것입니다. 이제 5년 남았네요. 그때까지 건강하셔야
합니다."

그러면서 조 기사는 카메라 화면을 미리 보여주지는 않았다.
구산은 마음속으로 그 때까지 내가 살 수 있을까 하고 스스로 묻
고 나서 천천히 고개를 가로저었다. 자신이 없었다.

"아직 오 년이나 남았는데, 그때까지 살 수 있을까?"

"당연하지요."

"아니야, 나는 이미 떠날 준비를 하고 있는데 하느님한테서 소
식이 없네. 하느님께서 내게 언제 어디로 나오라고 미리 알려주

시면 맘 편하게 기다리고 있다가 설레는 마음으로 약속 장소에 나갈 수 있으련만…"

"하느님 수첩에 아직 구산 선생님 이름이 오르지 않았겠지요."

"그럴까? 자 이제 그만 점심 먹어야지?"

사진 촬영에 몰두하다 보니 어느새 점심때가 훨씬 지났다. 마침내 네 사람은 유채꽃밭에서 나와 홍어거리에 있는 식당으로 들어갔다. 홍어 전문 식당에는 1시가 넘었는데도 손님들로 벅신거렸다. 간신히 자리를 잡고 나서 홍어정식 4인분을 주문했다. 먼저 매콤달콤한 홍어무침과 삼합이 나왔다. 구산은 홍어무침으로 입맛을 돋은 후에 김 위에 삶은 돼지고기를 놓은 다음 홍어와 신김치를 얹어 김으로 말아 한입에 넣고 씹었다. 순간 코에서 수천 마리 벌들이 날고 입안은 요지경 속 떼춤을 추었다. 홍어 탕수육과 홍어 튀김이며 홍어찜과 홍어전도 나왔다.

"홍어전이 맛있어요."

조 기사 딸이 후후 연신 콧바람을 불어가며 말했다.

"여기 홍어 코와 애, 그리고 생식기도 나왔다. 홍어는 1코 2애 3날개라고 했지. 그래서 홍어 코를 먹어보지 않고 홍어를 먹었다고 말할 수 없다고 한단다. 홍어 애는 뒷 맛이 고소롬하지. 그리고 세 번째 맛있는 부위가 날개인데, 날개는 오래 씹을수록 깊은 맛이 우러나온단다."

그러면서 구산은 조 기사 딸에게 홍어 코 먼저 먹어보라고 했다. 그녀는 그의 말대로 홍어 코 한 점을 입에 넣고 잘근잘근 씹다 말고 오만상을 찌푸렸다.

점심을 먹고 조 기사 부녀와 헤어졌다. 조 기사는 차에 오르기 전에 무슨 말인가 구산에게만 말하고 싶은 것인지 그를 한쪽으로 잡아끌었다.

"선생님, 우리 해정이 엄마가 나주 어느 절에 있다는 걸 최근에 알았습니다요. 딸 몰래 한번 만나봐야 할 것인지 망설이고 있습니다. 어쩌면 좋을까요."

"그래 정말인가? 살아 있었다니 다행이구만. 헌데 스님이 되었다던가?"

"그건 잘 모르겠어요."

"암턴 한번 만나보게나. 자네 혼자 만나기가 뭣하면 우리 내외랑 함께 가보세."

"선생님과 사모님한테는 알려드려야 할 것 같아서…"

"그래, 잘했네. 내가 필요하면 언제든지 연락하게. 우리집 사람이 알면 좋아하겠구만."

"알겠습니다. 당분간 저 애한테는 비밀로 하겠습니다."

조 기사는 그 말을 남기고 이내 멀어져갔다. 홍어거리에서 조 기사 부녀와 헤어진 구산은 집으로 돌아오면서 아내한테 조 기사 처에 대한 소식을 전했다. 아내는 그의 말을 듣자 한동안 걸음을 멈추고 놀란 얼굴로 그를 빤히 쳐다보았다. 유채꽃을 흔들고 다리 위로 달려온 바람 한 줄기가 얼굴에 훅 덮쳐왔다. 조 기사 처는 구산의 아내도 잘 아는 여자였다. 이십여 년 전 조 기사에게

그 여자를 소개해 준 사람이 바로 그의 아내였다. 조 기사 처는
지금은 이 세상 사람이 아닌, 아내의 고향 마을 친구 딸이었다.
이십여 년 전 조 기사가 구산의 집에 자주 찾아왔을 때, 어머니
를 잃고 혈혈단신이 된 친구의 딸을 조 기사에게 소개시켜 주었
고 그들은 곧 결혼하여 딸을 낳았다. 그리고 딸아이가 초등학교
에 다닐 무렵 그 여자는 집을 나간 후 소식이 없었다. 조 기사가
실종신고를 하고 백방으로 뛰어 알아낸 것은 절집에서 보았다는
것과 교도소에 있다는 둥 소문만 무성했다. 그의 아내는 그날 밤
내일이라도 당장 조 기사 처가 있다는 절에 찾아가 보겠다면서
깊은 잠을 이루지 못하고 뒤척였다.

7

오늘도 영산강을 건너며

구산은 오늘도 아침을 먹고 느지막이 영산교를 건넜다. 아파트에서 나와 영산강을 거슬러 5분쯤 강변길을 걷다가 다리를 건넜다. 네거리에서 홍어거리 주차장을 지나 잠시 걷다가, 오른쪽으로 꺾어 언덕길 아래 자리를 잡은 〈타오르는강 문학관〉에 들렀다. 문학관 주변은 오래된 건물들과 기와를 올린 하숙옥과 무당집 깃발 등 눈에 익숙한 간판들 하며 1960~1970년대 모습 그대로다. 그동안 눈에 보이는 세상은 익숙했으나 아직은 거리에서 마주친 사람들이 낯설기만 하여, 주민들 마음속으로 성큼 다가서기가 망설여졌다.

오래된 교회 아래, 1935년에 지었다는 일본인 지주 구로즈미이타로의 일본 가옥에 〈타오르는강 문학관〉간판이 붙어 있다. 나주시에서 2024년 10월에 개관했다. 문학관 개관을 위해 나주학회와 영산포발전협의회가 힘을 모았다. 이 집 주인이었던 구로즈미 이타로는 1935년 30세 젊은 나이로 영산포에 와서 가마니공장을 차려 큰 돈을 벌었으며 동양척식회사의 지원으로 영산포 일대 1,100ha의 농토를 사들여 대지주가 되었다. 거듭된 흉년 때문에 헐값으로 농토를 팔아버린 이 지역의 농민들은 결국 구로즈미의 소작인으로 전락하고 말았다. 이 때문에 문학관을 찾는 사람들 중에는 '궁삼면 농민운동' 사건을 다룬 대하소설 『타오르는 강』 문학관이 왜 하필이면 일본인 지주 가옥에 들어섰느냐면서 의아해하기도 한다. 그때마다 그는 바로 일본을 이기자는 극일의 의미가 아니겠느냐고 반문한다. 어찌 생각하면 영산강변 농민들이 일제강점기에 자기 소유의 땅을 잃고 소작인으로 전락하고 만 아픈 기억을 오래오래 잊지말자는 뜻으로 이곳에 문학관이 들어서게 된 것인지도 모른다. 자기 땅을 잃은 3개 면의 농민들은 오랜 투쟁 끝에 1971년에야 농토 값을 다 치르고 나서야 되찾았다고 했다. 이런 억울함이 또 어디 있겠는가 싶어 통탄의 한숨만 나온다. 구산이 『타오르는 강』을 쓴 것은 이 시대를 살아가는 사람들이 오래도록 영산강이 우는 소리를 잊지 말고 기억하자는 마음에서 비롯된 것이 아니었는가 싶다.

구산은 일주일에 서너 번 문학관에 들러 독자들을 만나거나 두어 시간 동안 컴퓨터 앞에 앉아 머릿속에서 정리된 생각들을 문자로 옮기는 일을 하고 있다. 작품을 쓴다기보다는 그저 아직 살아있음을 스스로 확인하고 있다고 해야 옳다. 그가 영산포에 와서 가장 의미 있게 생각한 것은 독자를 만나는 시간이다. 속도 문화를 부채질하는 영상시대에, 본격 대하소설을 읽는다는 것은 결코 쉬운 일이 아니기 때문이다. 『타오르는 강』 9권을 다 읽었다는 독자를 만나면 그 앞에 무릎 꿇고 큰절을 올리고 싶은 심정이다.

지난달에는 60대의 교사 출신 독자가 찾아와서 "『타오르는 강』을 읽고 났더니 비로소 영산강이 보였습니다."라는 말을 했을 때 감동했다. 그 이유를 물었더니 "평생 영산강을 보며 살아왔지만 강을 통해서 단 한 번도 슬픔과 고통을 느껴보지 못했는데, 『타오르는 강』을 읽고 났더니 영산강의 울음소리를 귀가 아닌

가슴으로 들을 수 있었습니다"라고 말했다.

또 한번은 도시에서 살다가 최근 다시면으로 귀농해서 농사를 짓고 있다는 중년 남자는 자신이 직접 지었다는 쌀 한 됫박과 무 두 개를 들고 문학관으로 찾아왔다. 그 역시 나주로 와서 『타오르는 강』을 읽었다면서, "노비들이 자유의 몸이 되어 영산강변에 집단을 이루고 살아가면서 인간으로 자존감을 찾아가는 과정이 눈물겹다"고 했다. 그러면서 "어쩌면 우리들 몸 속에는 한 맺힌 노비들의 피가 흐르고 있는 지도 모른다."고도 했다.

서울에서 왔다는 60대의 한 독자는 4권을 읽다가 두 손바닥으로 얼굴을 가리고 한참을 울다가 책에 입을 맞췄다고도 했다. 그리고 경남 창원에서 산다는 중년의 한 독자는 새벽까지 마지막 9권을 읽고 나서 뜨거워진 가슴을 주체할 수가 없어 4시간 동안 차를 몰고 나주까지 달려왔다고도 했다.

문학관으로 찾아온 독자들을 만날 때마다 구산은 생명이 붙어 있는 한 뭔가를 써야겠다고 스스로를 다그치면서, 날마다 새롭게 정신을 가다듬고 컴퓨터 앞에 앉게 된다. 그가 나주로 와서 『영산강 칸타타』라는 제목으로 지금 쓰고 있는 이 내용은 시와 엣세이 소설로 장르의 벽을 무너뜨리는 자전적 이야기다. 어쩌면 그의 생애의 마지막 작품이 될지도 모르는 이 내용은 80여 년 동안 삶의 부침을 횡적(橫的)으로 드러내는 이야기이기도 하다. 그는 커피라는 기호식품을 통해서 자신의 삶을 밀도 있게 들여다보고, 영산강을 통해서 세상을 이야기하고 싶은 것인지도 모른다. 처음에는 커피 이야기만 쓰려고 했으나, 무등산에서 영산강 변으로 터전을 옮겨온 다음, 강물이 그의 영혼 속으로 깊숙하게 흘러들어오면서부터, 하고 싶은 이야기들이 많아진 것이다.

구산은 다시 강이 보이는 둑길로 나와 햇살을 받으며 강물을 따라 거닐었다. 한참을 걷다가 강변에 서서 손에 적실 듯 가까이 흐르는 영산강을 바라보았다. 영산강은 꽃밭 속에서 더욱 눈부셨 다. 문득 독일 하이델베르크 도심을 가로질러 흐르는 네카강이 떠오르면서, 한때 즐겨 마셨던 달마이어 커피가 생각났다. 51년 전에 독일에서 마셨던 커피 맛 여운이 아직도 기억 한구석에 남 아 있는 듯싶었다. 산책을 마치고 돌아온 그는 큰맘 먹고 독일 커피 달마이어(Dallmayr)를 주문했다. 그가 즐겨 마시는 안띠구 아 원두가 1kg에 3만 3천 원대인데 비해, 달마이어 크레마 도로 (Crema Doro)는 7만 2천 원으로 2배가 넘는 고가이다. 그나마 택 배 운송업자 파업으로 배달이 늦어지고 있어, 이틀째 커피 한 모 금도 못 마셨더니, 마음이 음울하게 가라앉으면서 시신경에 안 개가 끼는지 눈앞이 흐릿했다.

어느덧 커피 중독자가 된 것일까. 커피가 떨어지자 왜 이렇듯 초조하고 불안할까. 입속마저 텁텁해져 씁쓸하고 자극적인 커피 향이 간절했다. 그는 더 이상 참지 못하고 커피집을 찾아가기로 결심하고 차에 올랐다. 그의 집 주변에는 마음에 드는 핸드드립 커피집이 없어 한 시간 정도 차를 몰고 가야만 했다. 단골집이

있는 광주나 담양읍에 가서 커피를 마시고 오자면 두 세 시간은
족히 걸릴 터. 그렇지만 커피 향에 대한 간절함을 떨쳐버릴 수
없는 그는 1시간쯤 소요되는 담양 프로방스로 방향을 잡고 차를
몰았다. 그곳에 가면 그가 좋아하는 커피를 마실 수가 있다. 커
피 한 잔 마시기 위해 적어도 2시간 반을 소모할 수 밖에 없는 터
라, 미친놈이라고 손가락질을 한다고 해도 어쩔 수 없는 일이다.
더 이상 커피를 마시지 않고는 고장난 시계처럼 모든 정신작용이
멈춰버릴 것만 같았기 때문이다.

담양 메타세쿼이아 거리 프로방스에 있는 M카페는 그가 생오
지에 살면서 담양읍에 나갈 때마다 들러, 그날 바리스타가 추천
해 준 커피를 마시는 단골집 중 하나다. 그는 이날 3시간을 걸려
게이샤 한 잔을 마시고 돌아왔다.

며칠 후 독일 커피 달마이어 원두가 도착했다. 구산은 1972년
에 1년 동안 독일에 있으면서 줄기차게 독일 커피를 마셨다. 아
는 사람이 아무도 없는 낯선 외국에서 외로움을 달래주는 것은
오직 커피였다. 그가 머물렀던 곳은 뒤셀도르프 가까이에 있는
인구 5만 명쯤 되는 이설론이라는 소도시였다. 이곳 뮌헨대학 부
설 괴테 인스티튜트에서 독일어 어학 강습을 받았다. 학교에서
1km쯤 떨어진 도시 외곽 가정집 2층에 방을 얻어, 아침과 점심
은 학교 식당에서, 저녁에는 시내 식당에서 사 먹었다. 그는 7시
쯤 일어나서 믹스커피 한잔을 타 먹고 20분쯤 걸어서 9시까지

학교에 가야만 했다. 그날도 차를 마시기 위해 물을 끓이고 있는데 집 주인이 그를 부르더니, 차 한 잔 마시려고 물을 끓이는 건 비경제적이니 그 시간에 1층으로 내려와 자기들과 함께 커피를 마시자고 했다. 그 후부터 그는 아침마다 주인집 식구들과 한데 어울려 커피를 마시곤 했다.

독일에서는 아침이면 식구들이 모여 커피를 마시는 것이 일상화되어 있다. 이날 주인집에서 처음 얻어 마신 커피는 캐러멜 시럽을 넣은 듯 달달한 맛이었다. 이 집에서는 캐러멜이나 바닐라 시럽을 커피에 넣어 마셨다. 아침마다 커피를 얻어 마시는 것이 불편해서, 한 달쯤 지나 주인댁 호의를 사양하고 그의 방에서 찬 우유를 마셨다. 그리고 학교에서 돌아오는 길에 시내 다과점(kaffee und kuchen)에서 과자를 곁들여 커피를 마셨다. 이때 마신 커피가 신맛에 캐러멜 향이 강한 달마이어(Dallmayr) 였다. 그 후부터 독일에 머물렀던 동안 내내 달마이어 맛에 길들여지고 말았다. 독일 사람들은 커피를 마실 때는 의례 과자도 같이 먹었다. 커피 제과점에 가보면 친구들이나 가족들이 모여 커피를 마시는 것이 일상화 되어 있으며, 이곳은 사교나 휴식의 장소이기도 했다.

이설론에 있을 때 그는 요한 몰겐이라는 좀 특별한 사람을 알게 되었다. 50대 중반 쯤으로 보인 몰겐 씨는 구산이 학교에 가는 아침 8시와, 학교에서 돌아오는 오후 3시쯤이면 어김없이 동네 교회 입구 한켠에서 휠체어에 앉아 있곤 했다. 그는 언제나 카키색 담요로 무릎을 덮고 짙은 검정 색안경을 끼고 있었는데 비가 오는 날도 색안경을 벗지 않은 것을 보니, 단순히 햇볕을 가리는 목적이라기보다는 눈에 이상이 있거나 남을 경계하기 위해서라는 것을 짐작할 수 있었다. 구산은 하루 두 번씩 그 앞을 지날 때마다 자신도 모르게 신경을 곤두세워 그를 경계하게 되었다.

그러던 어느날 학교에서 돌아오는 데 어김없이 그가 교회 앞 감나무 밑에 색안경을 끼고 앉아 지나는 사람들을 유심히 살펴보고 있는 듯했다. 구산은 되도록 그와 마주치지 않으려고 교회 앞 큰길 가장자리 쪽에 바짝 붙어 발소리를 죽여가며 조심스럽게 걷고 있었다. 그러자 갑자기 구산 쪽을 향해 그가 손짓을 했다. 구산은 모른 척 그냥 지나치려고 했다. 그러자 그가 큰 소리로 "해이"하고 부르는 것이 아닌가. 흠칠 놀란 구산은 한참 동안 빳빳하게 서 있다가 지싯지싯 가까이 다가갔다.

"당신 일본 사람이오?"

그가 걸걸한 목소리로 물었고 구산은 고개를 저었다.

"일본 사람이 아니면 중국?"

구산은 다시 대답 대신 고개를 저었다.

"그럼 어디서 온 거요?"

"서울, 싸우스 코리아."

"쉬드 코레아?"

그는 약간 놀라는 눈빛으로 말없이 한참 동안 구산을 꼬나보았다. 그 무렵 독일 어디를 가든 그들은 구산을 보면 먼저 일본 사람이냐고 물었고, 아니라고 하면 다음에는 중국 사람이냐고 물었다. 한국 사람이라고 말하면 의외라는 눈빛으로 찔러보곤 했다. 호텔에서 팁을 받으면서도 찝찝한 표정이었다. 기껏 간호사나 광부들을 파견한 나라라는 정도 알고 있는 정도였다.

"그럼 광부?"

색안경이 다시 물었다.

"아니오. 독일 정부 초청으로 괴테 인스티튜트에서 독일어를 공부하러 왔소."

그때서야 그는 커다랗게 고개를 거듭 끄덕였다. 그때 구산이 걸음을 옮기려고 하자 그가 다시 "헤이, 쉬드 코레안." 하고 큰 소리로 부르더니 색안경을 벗어들고 가벼운 미소까지 흘렸다. 그러면서 지금 당장 자기 집에 초대하고 싶다고 하는 것이 아닌가. 구산은 내키지 않았으나 같은 동네에 살면서 호의를 거절한다는 것이 꺼림해서 마지못해 고개를 끄덕이며 찝찝하게 웃어 보였다.

몰겐 씨의 집은 바로 교회 옆, 붉은 벽돌로 지은 아담한 단층이었다. 대문 안으로 들어서자 보리수나무 옆에 그의 아내인 듯한 50대 중반의 연둣빛 원피스 차림 여인이 앞뜰에서 빨래를 널고 있었다. 큰 기에 체격이 좋고 깊고 푸른 눈이 서글서글한 미인이었다. 그녀는 남편의 뒤를 따라 들어오는 구산을 보더니 다소 경계하는 눈빛에 경직된 듯싶었다. 몰겐 씨가 한국에서 독일

정부 초청을 받아 괴테 인스티튜트에서 독일어 공부를 하러 온 사람이라고 말해서야 그녀는 비로소 경계를 풀고 가볍게 미소를 띠었다.

몰겐 씨는 구산을 앞세워 응접실로 들어가서는 아내한테 커피를 내려달라고 부탁했다. 그의 아내는 커피를 내리면서도 여러 차례 힐금거리며 낯선 동양인을 훔쳐보았다. 아내가 커피를 내리는 동안 몰겐 씨는 벽에 걸린 군복차림의 사진을 가리키며 자기소개를 했다. 그는 1941년 6월 독일이 소련을 침공했을 때, 바르바로 작전에 참전했었다고 했다. 그 작전에서 독일군이 소련 보급소 340개소 중에서 220개소를 확보하여 레닌그라드를 900일 동안이나 포위할 수 있었다고 자랑삼아 큰 소리로 설명했다.

이날 구산은 몰겐 씨 집에서도 달마이어 커피를 마셨다. 초콜릿 향과 함께 커피 맛이 부드럽고 상큼했다.

"내가 한국에 대해서는 잘 몰라서…. 일본이랑 중국과 가깝다는 것 외에는… 잘 몰라서 그러는데… 한국은 어떤 나라요?"

커피를 마시고 나서 몰겐 씨가 약간 미적거리며 조심스럽게 물었다.

"우리나라는 5천 년 역사를 가진 나라로, 근대에 들어 36년 동안 일본 식민지였답니다. 1945년 일본이 폐망한 후에 식민지에서 벗어났으나 유엔 신탁통치로 미국과 러시아에 의해 남북으로 분단되었고, 이어 1950년에 6.25 전쟁이 터졌지요. 지금은 잘 살아 보려고 4천만 국민들이 열심히 노력하고 있고요."

“아… 나는 일본에 한번 가보는 것이 소원이랍니다. 나는 일본을 아주 좋아해요.”

“일본을 좋아한다구요?”

“나치 시대 때 우리와 동맹국이었으니까요.”

구산은 몰겐 씨의 말에 순간 표정이 굳어지고 말았다. 나치 독일 시대에 일본과 동맹국이었다는 이유로 일본을 좋아한다는 그의 말을 듣고 놀랐다.

“그렇군요. 몰겐 씨는 전쟁에 나가서 두 다리를 잃으셨는데 억울하지 않으세요?”

“억울하지 않습니다. 영광스럽죠.”

구산은 그의 말에 할 말을 잃고 말았다. 그와 더 이야기하고 싶지도 않아 서둘러 몰겐 씨 집을 나오고 말았다. 그런데도 그날 이후로도 구산은 여러 차례 몰겐 씨의 초대를 받고 그의 집을 방문했으며 갈 때마다 달마이어 커피를 얻어 마셨다. 물론 구산 스스로 방문한 것이 아니고 학교에서 돌아올 때마다 길에서 몰겐 씨에게 붙잡히듯 억지로 따라간 거였다. 그의 부인이 일 나가고 없을 때는 몰겐 씨가 직접 커피를 내려주었다.

“당신도 커피를 참 좋아하는군요. 나는 이 세상에서 커피를 제일 좋아해요. 커피 없으면 하루도 못 살아요. 비록 몸은 자유롭게 움직일 수 없게 됐지만 커피를 마실 수 있어서 행복해요. 그래서 날마다 다섯 잔 이상 마셔요. 살아 있을 때 많이 마셔두고 싶어요.”

“커피를 좋아하는 특별한 이유가 있습니까?”

“커피는 카페인이 있어 잠을 쫓아주기도 합니다만, 병든 나를 각성시켜주지요. 내 정신, 내 마음, 내 영혼... 아니 내 삶, 내 인생을 각성시켜주지요. 너무 아파서 죽고 싶을 때도 커피가 나를 살아있게 각성시켜주지요. 그래서 이 몸으로도 살아갈 수 있어요. 커피 때문에 살아갈 수 있어서 다행입니다.”

그러면서 몰겐 씨는 행복하게 웃었다. 구산은 커피가 그의 인생을 각성시켜준다는 말을 잊을 수가 없다. 돌이켜 생각해보니 몰겐 씨는 철저한 나치스트가 분명한 듯 싶었지만 일부러 그를 탓하고 싶지는 않았다. 어쩌면 자기가 선택한 신념을 위해 몸을 바칠 수 있다는 것을 비난할 일이 아닐지도 모른다는 생각이 들었다.

한국에 돌아와서도 구산은 한동안 몰겐 씨를 잊을 수 없어서 몇 차례 편지도 보냈다. 편지에 일본 갈 때 꼭 한국도 찾아달라고 부탁하기도 했다. 커피를 마실 때마다 인생을 각성시켜준다는 몰겐 씨의 말을 상기시키기도 했다. 그리고 지금도 몰겐 씨가 생각나면 가끔 달마이어 비아베르데 커피를 주문해서 마신다. 책 표지처럼 검고 두꺼운 커피 박스를 볼 때마다 독일 이설론의 몰겐 씨를 떠올리곤 한다.

독일 유학 경험이 있는 선배로부터 독일에 가면 달마이어 커피를 꼭 마셔야한다는 말을 들은 적 있는 구산은, 맥주의 도시 뮌헨에 갔을 때도 맥주 대신 커피를 마시기 위해 유명한 스탬하

우스(Stammhaus)에 찾아갔다. 입구부터 고풍스러워 궁전에 들어선 기분이었다. 점심때가 한참 지났는데도 커피와 과자를 먹기 위해 찾아온 손님들로 벅신거렸다. 1층에서는 커피와 케익 초콜릿을 팔고 2층에 카페 겸 레스토랑이 있었다. 케이크 종류도 엄청나게 많아서 마치 디저트 천국 같았다. 구산은 여기서도 달마이어 커피를 마셨다. 궁전 같은 분위기에 압도되어 제대로 커피 맛을 즐길 여유가 없었다. 그는 독일에 머무는 동안 세계적인 금융도시 프랑크푸르트와 이설론에서 가까운 뒤셀도르프와 본을 여행하면서, 달마이어와 함께 독일인들의 사랑을 받고 있는 바커스와 인스턴트 죠콥스 커피를 마셔보았는데, 입맛엔 달마이어만 못했다. 아마 이설론에 있으면서 달마이어에 맛 들여졌기 때문인지도 모른다.

독일에 머무는 동안 그는 마침내 고교 시절부터 꿈꾸어 왔던 하이델베르크에 갔다. 광주 동방극장에서 감명 깊게 보았던 영화 '황태자의 첫사랑' 무대인 하이델베르크역에 도착했을 때 그는 마음속으로 만세를 외쳤다. 그가 '황태자의 첫사랑, 영화를 처음 감상했을 때는 1958년 고2 때였다. 왕실에 갇혀 살아온 황태자가 하이델베르크로 유학을 오게 된다. 그는 친구들과 사귀면서 젊음과 자유를 마음껏 누리고 살다가, 마침내 맥주 홀 웨이트리스를 사랑하게 된다. 앤 부라이스와 애드먼드 퍼덤 주연인 이 영화는 원래 하이델베르크 대학에서 1년 동안 법학 공부를 했던 슈만이 알트 하이델베르크(Alt Heiderberg)를 작곡했는데, 훗날 희곡과 오페라로 발전하였고 1927년 무성 흑백영화로 만들어졌던 것을 1954년 헐리우드에서 리메이크 영화로 제작 된 것이다.

구산은 이 도시에 있는 카페 쾨셸에서 마신 커피 맛을 잊을 수가 없다. 그림 같은 도시를 가로지르는 네카강을 따라 '철학의 길'을 거닐고 나서 커피를 마셨던 기억은 잊혀지지 않았다. '생애에 꼭 걷고 싶은 길'의 하나였던 '철학의 길'을 걸으면서 그는 옛날 이 길을 걸었던 철학자 칸트와 헤겔을 비롯해서 괴테, 휠더린, 슈만의 삶과 예술을 생각했다. 하이델베르크 대학이 자리 잡은, 오래된 이 도시의 커피점과 술집 벽에는 많은 낙서들이 오래도록 남아 있었다.

귀국할 때 프랑크푸르트 공항에서 마셨던 보난자 커피도 잊을 수 없다. 즉석에서 로스팅하여 사이즈가 큼직한 머그잔으로 마신 보난자 에스프레소 맛은 산미는 적당했으나 향기가 강해 비 오는 날 마시면 좋겠다는 생각을 했다. 지금은 서울에도 달마이어 커피점이 몇 군데 생겼고 현대 그린푸드가 2017년부터 원두와 에스푸레소 캡슐커피를 독점 판매하고 있다. 고급 원두만을 사용하여 깊고 진한 맛이 있는 캡슐커피는 1잔 분량씩 전용 캡슐에 담긴 분쇄된 커피를 머신에 넣어 추출된 에스프레소 커피를 말한다.

독일에서 돌아온 후 한동안 그는 다시 믹스커피 맛에 길들여지기 시작했다. 독일에서 가져왔던 단 한 통의 달마이어 캔 커피를 차마 개봉하지 못하고 입맛만 다시다가, 한 주일을 참지 못하고 열고 말았다. 예쁜 캔에는 분쇄된 커피가 진공 포장되어 있어서 오래 두고 마실 수 있었다. 그러나 하루에 겨우 한 잔을 아껴 마셨지만 열흘을 넘기지 못하고 바닥이 나고 말았다. 그 무렵까지만 해도 한국에서는 달마이어 커피를 주문할 수가 없었다.

그때까지 만해도 광주에는 핸드드립 커피점이 없어서 구산은 계속 다방 커피를 즐길 수밖에 없었다. 그러다가 1985년부터 순천대학에 자리를 잡은 후부터 한동안은 연구실에 들여 박혀 믹스 커피에 의존했다. 묵직한 달마이어 커피향이 간절했지만 참을 수밖에 없었다. 그렇다고 드립커피를 마시기 위해 일부터 서울까지 갈 수도 없는 노릇이었다. 어쩌다 서울에 갔을 때도 핸드드립 커피점을 찾기가 쉽지 않았다. 2000년 봄이었던가, 이대 앞에 커피 전문점 스타벅스가 문을 열었다는 소문을 듣고 한달음에 달려가서 아메리카노를 마셨던 기억이 새롭다. 자극적인 커피 향은 느낄 수 없었지만 달콤하고 부드러운 맛에 한동안 음울하게 가라앉았던 기분이 한결 가벼워지는 것 같았다. 그 후부터 서울에 갈 때마다 스타벅스를 찾아가곤 했다.

1976년 시애틀에서 문을 연 지 23년 만인 1999년에 이대 앞에 개점한 스타벅스는 2024년 현재 한국에서만 1,851개의 매점을 갖고 있어, 1,846개소인 일본을 따라잡았다. 지금 우리나라에 문을 연 푸렌차이즈 커피점은 스타벅스 외에도 이디아, 컴포즈, 메카, 투썸플레이스, 빽다방, 더 벤티, 커피에 반하다, 커피 베어, 요거프레소 등 총 7만 여 점포가 있다. 이제 우리나라에서는 모든 직장인들이 아침과 점심을 먹고 나서 커피 한 잔을 마시는 게 일상화 되다시피 했으며, 테이크 아웃이 보편화 되기도 했다. 심지어는 들에서 일하는 일꾼들도 새참 때나 점심 먹은 후에는 의례 커피를 마신다. 통계에 의하면 한국에 커피점이 10만 개소나 되고 한국인 1인당 커피 소비량은 1년에 367잔으로 세계 2위이며 커피 시장 규모도 연간 9조 원에 가깝다니 놀랍다.

8

홍어 향기와 커피 향

구산은 오랜만에 광주에 가서 고교 동창 친구들과 점심을 먹었다. 지난해까지만 해도 동기생들이 매달 30여 명이 모였는데 올해는 스무 명 정도 밖에 나오지 않았다. 두 세 명은 지팡이에 몸을 의지하고 비척거리면서도 환하게 웃는 얼굴로 나타났다. 동창회 간사가 손 화백한테도 문자를 보냈다고 했으나 그는 끝내 보이지 않았다. 손 화백의 근황에 대해 아는 친구도 없었다. 손 화백한테 두 번이나 전화를 걸어보았으나 받지 않았다.

점심을 먹고 동창들과 헤어진 구산은 커피 생각이 간절하여 혼자 카페 마루에 갔다. 마루의 정 사장은 구산이 알고 있는 바리스타 중에서 커피 맛을 제대로 아는 사람이다. 그는 생오지까지 찾아와 구산의 인물사진을 찍어 액자에 담아 선물로 보내준 적도 있다. 이날 정양석 사장이 정성껏 내려준 안띠구아를 마셨다. 같은 안띠구아인데도 구산이 집에서 내려 마신 것에 비해 쓴맛이 강했다. 아마도 정 사장은 구산이 쓴맛을 좋아한다는 것을 알고 다크 로스팅으로 느리게 추출한 것 같았다.

"정 사장님, 마루에 오는 손님들은 대체로 어떤 커피를 많이 마십니까?"

정 사장이 앞에 마주 앉자 구산은 실없이 물었다.

"오늘의 커피를 추천받아 마시거나 대부분 케냐나 브라질, 예가체프죠. 더러는 블렌딩 커피를 찾기도 하고…. 그리고 마니아들은 저마다 특별하게 자기가 좋아하는 커피를 주문하기도 하죠. 가끔 콜롬비아 슈푸리모나 값이 좀 비싼 하와이 코나, 파나마 게이샤를 찾는 경우도 있긴 합니다.”

“블랜딩을 찾는 사람도 있구만요. 여러 가지 커피를 충분히 섭렵한 후에 블렌딩을 마시게 되나요? 나는 아직 그 단계까지는 이르지 못해서... 블랜딩이 구하기도 편하고 값도 적당하긴 한데...”

“글세요. 꼭 그렇지만은 않은 것 같아요. 특별히 자신에게 맞는 커피 맛을 찾아내지 못한 손님들이 블랜딩을 찾는 경우도 많은 걸요.”

“나는 가끔 커피와 사람이 닮은 점이 많다는 생각을 한답니다. 사람도 믹스커피처럼 그냥 달콤한 사람, 에스프레소처럼 씁쓸한 사람, 에티오피아커피처럼 새콤한 사람, 케냐처럼 산뜻한 사람, 바디감 좋은 커피처럼 만나면 무조건 즐거운 사람, 뒤끝이 좋은 커피처럼 헤어지고 나서 여운이 오래 남는 사람, 아메리카노처럼 평범한 보통사람..... 그래서 나는 앞으로 나를 찾아오는 손님들에게 커피를 대접할 때는 그 사람 성격에 맞게 쓰고 시고 달게 내려줄까 해요.”

그렇게 말한 구산도 정 사장도 한바탕 웃었다.

“커피 맛의 총체적 끝은 결국 향기가 아니겠습니까?”

“그러네요. 사람도 은은하게 풍기는 향기로 됨됨이를 알아볼 수 있지요. 사람도 저마다 자기만의 향기를 가지고 사는 것 같아요. 커피가 재배지 환경과 자신을 태우는 로스팅 과정을 통해서 향기를 만들어내듯, 사람도 저마다 삶의 과정을 통해서 자기만의 향기를 만들어내는 것 같아요. 저마다 인간적인 향기로 사랑을 베풀 수가 있지요. 물론 전혀 향기가 없는 사람도 많지만요”

그날 구산은 커피와 함께 살아가는 정 사장과 더불어 시간 가는 줄도 모르고 커피에 대해 많은 이야기를 나누었다. 오후 늦게 집으로 돌아오면서 사람의 향기에 대해 생각했다. 어쩌면 사람다운 향기는 사랑을 실천할 때 생겨나는 자비심 같은 것일지도 모른다. 그리고 그 자비심은 향나무가 몸에 상처를 낼 때 비로소 향기를 뿜어내는 것처럼 자기 희생에서 비롯되는 것이 아닐까 싶었다. 그러나 세상에는 향기 대신 욕심과 미움으로 생겨난 악취를 풍기는 사람들이 얼마나 많은가.

집에 돌아온 구산은 아내한테 그의 상반신을 바짝 들이대며 무슨 냄새가 나느냐고 물어보았다.

“너무 늙어서 푹 삭힌 홍어 냄새가 나네요.”

“홍어 냄새? 그럼 내가 발효되고 있는 건가?”

그날 그의 아내는 자신이 담근 커피술이라면서 와인 잔에 커피 빛깔의 술을 가득 따라 주며 마셔보라고 권했다.

“이게 커피술이라고?”

“오래된 원두를 버리지 않고 소주를 부어 술을 만들었지요. 일주일 동안 발효시켰는데 맛을 보니 괜찮아요.”

구산은 아내가 권하는 대로 커피술을 한 모금 맛보았다. 커피 맛이 소주 향기를 덮어 알콜 냄새가 없었다. 커피 향이 나는 술이라니, 술맛이 놀랍게 위스키와 비슷했다. 그는 안주도 없이 커피술 한 잔을 홀짝 마셨다.

　그 후로 구산의 아내는 가끔 커피술을 만들어주곤 했다. 그의 아내는 또 커피를 내리고 나서 찌꺼기를 버리지 않고 나무 함지에 담아 화장실은 물론 베란다나 신장, 침대 머리맡에 놓아두었다. 집 안 여기저기에 커피 찌꺼기를 놓아두면 노인 냄새가 나지 않는다는 것이다. 그 때문에 구산은 침대 머리맡에서 솔솔 풍겨오는 커피 향에 취해 잠을 잔다.

　구산이 직접 핸드드립으로 커피를 내려 마시기 시작한 것은 2006년 광주대학교에서 정년을 하고 생오지 마을로 들어가면서부터였다. 광주를 떠나 생오지에 둥지를 틀면서부터 고교 동창이면서 같은 씨족인 문영태 치과 원장을 자주 만나게 되었다. 마침 문 원장의 농장이 생오지에서 15분 거리에 있어, 주말이면 부부가 만나 함께 점심도 먹고 핸드드립 커피집을 찾아다녔다. 그 무렵 문 원장은 광주 5.18기록관 뒤쪽에 있는 조은수 카페에 자주 다녔는데, 구산도 그를 따라서 몇 번 가게 되었고 문 원장이 권하는 대로 케냐를 즐겨 마시곤 했다. 커피 맛이 독일에서 마셨던 명품 커피보다는 가볍다는 느낌이었으나, 프랜차이즈 아메리카노보다 산미가 강하고 바디감도 해비해서 좋았다. 이 집에서 사이폰으로 내린 커피도 처음 마셔보았다. 사이폰은 커피 추출 기구이다. 물이 담긴 플라스크를 가열하면 증기압이 생기고 뜨거운 물이 커피 가루가 담긴 용기로 이동하여 커피를 추출하는 진공여과 방식이다. 사이폰 커피는 일반 커피 맛과 다르게 향이 좋고 산뜻했다.

한동안 구산은 문 원장 부부가 좋아하는 케냐를 즐겨 마셨다. 킬리만자로 동쪽에 있는 케냐는 에티오피아와 함께 아프리카 대표 커피 생산국이다. 케냐 커피는 케냐AA, 이스 데이트, 케냐 피버리, 케냐 타투 등 4등급으로 나뉘는데, 해발 1500~2000m 고지대에서 생산되는 이스 데이트 커피를 최상급으로 친다. 우리나라에 많이 보급된 커피는 케냐AA로 강렬한 향과 적당한 신맛, 묵직한 바디감으로 뒷맛이 깔끔해서 여자들이 선호하는 편이다. 구산은 진한 향기와 균형 잡힌 풍미에 매료되어 한동안 케냐를 마시다가, 어느 순간부터 예가체프 커피에 빠지게 되었다. 케냐와 인접국인 에티오피아 작은 마을 예가체프에서 생산이 시작되었다는 이 커피는 신맛이 강한 것이 특징인데, 오래 마시다 보니 신맛 이상의 깊은 맛을 느낄 수가 있었다. 아마 이 풍미 때문에 세계인들에게 인기가 높은 것인지도 모른다.

예가체프 커피에는 전설적인 이야기가 있다. 에티오피아 카피라는 지역에서 한 양치기 소년이 양을 치고 있었는데 양이 야생 커피 열매를 먹고 나서, 에너지가 넘치는 모습을 보고 신기해하였다. 자신도 빨갛게 익은 그 열매를 먹어보았더니, 기운이 넘치고 피곤함을 잊을 수 있었다. 이렇듯 예가체프는 에티오피아 시골의 한 양치기로부터 비롯되었다고 한다.

구산은 1년 가까이 예가체프의 신맛에 빠져 있었다. 기실 신맛을 좋아하는 사람은 별로 없다. 대부분 사람들은 고소한 맛과 단

맛을 좋아한다. 그도 예가체프를 오래 마시다 보니 신맛이 덜하면서 향미가 강한 커피를 마시고 싶어졌다. 나이가 들어가면서 신맛보다는 그가 좋아할 수 있는 커피 본연의 맛과 향기를 찾고 싶어졌다. 아프리카 마다가스카르 커피도 맛을 보았는데 케냐와 예가체프를 블랜딩 한 맛이랄까, 큰 차이를 별로 느끼지 못했다. 섬나라 마다가스카르 커피는 1700년도 초에 프랑스 사람들이 예멘에서 묘목을 가져다 심었는데 생산량 전부를 프랑스로 가져갔기 때문에 구하기가 매우 어려웠다. 한국에서는 원두 1kg에 50~70만 원 정도로 비싸다.

구산은 산도가 낮고 캐러멜 향이 있는 브라질의 대중적인 커피도 마셔보았다. 그를 자극할 만한 풍미를 느끼지는 못했다. 커피 생산 세계 1위를 차지하고 있는 브라질은 넓은 고지대 등 커피 재배 조건이 맞아, 일본을 비롯 해외자본이 대규모로 유입하여 과잉생산으로 국제가격 폭락을 불러오기도 했다. 자연 건조식 등 다양한 가공 방식으로 바디감이 강하고 신맛이 약한 반면 단맛이 좋다. 산도가 무난하고 균형 잡힌 맛에 비해 값이 저렴하기 때문에 블랜딩으로 많이 쓰인다. 특히 브라질의 대표적인 원두 산토스 커피는 비교적 산도가 낮고 부드러운 맛 때문에 인기가 높다. 세계 커피 생산 2위인 베트남 커피도 마셔보았지만 독특한 향미 때문에 그의 입맛을 오래 붙잡지는 못했다.

한동안 구산의 입맛을 사로잡았던 인도네시아의 만델링은 신맛은 거의 느낄 수 없을 정도이며 고소한 흙 내음과 쓴맛과 단맛

의 균형이 적당했다. 이 커피의 독특한 맛은 흙 내음인데 누군가
는 이것을 어쓰(earth)향이라고 했다. 뜨거운 여름, 땅껍질이 벗
겨지면서 먼지가 풀풀 날리는 대낮, 갑자기 소나기가 퍼부을 때
땅에서 김과 함께 훅 솟아오르는 그 비릿하면서도 고소한 흙 향
기. 만델링 커피는 이 같은 어쓰향이 그를 사로잡았다. 그는 자
메이카 블루마운틴, 하와이안 코나, 예맨 모카 마리타, 인도네시
아 루왁이며 세계 5대 커피에서 4위를 차지하고 있는 파나마 게
이샤 등 두루 맛을 보았는데 가격이 부담스러웠다.

파나마에서 생산되는 게이샤(Geisha) 커피에서는 꽃향기가 난
다. 애호가들로부터 찬사를 받는 게이샤는 이름 때문에 일본 커
피로 오해를 받기도 하는데, 원래는 에티오피아에서 서식했던
것이 1950년 파나마 게이샤 지방에서 발견되었다. 지금은 파나
마 커피의 45%를 차지하고 있으며 고급 와인 맛이나 과일 차 향
을 느낄 수 있다.

카리브해에서 생산되는 최고의 커피로 한잔에 1~2만 원인 쿠
바의 크리스탈 마운틴과 자마이카의 블루 마운틴도 마셔봤다.
『노인과 바다』의 작가 헤밍웨이가 쿠바에 있을 때 즐겨 마셨다
는 크리스탈 마운틴은 고유의 부드러운 쓴 맛과 흐릿하면서도 약
한 과일 맛이 균형을 이루고 있다. 최고의 커피라는 찬사를 받고
있는 블루마운틴은 산미가 가볍고 전체적으로 매끄러운 풍미를
지니고 있으며, 카리브해 커피답게 바디감도 좋다. 그러나 캐냐
나 예가체프에 비해 값이 배나 더 비싸서 하루를 거르지 않고 날

마다 커피 2잔을 마시는 그에게는 역시 부담스러웠다.

가장 비싼 커피는 야생하는 사향고양이가 커피 열매를 먹고 싼 똥에 들어있는 원두를 채집한 루왁이다. 국내 호텔에서 루왁 커피 한잔이 5~7만 원이고 전문 커피점에서도 3~4만 원을 주어야 마실 수가 있다. 얼마 전 괴산 휴게소에 루왁 커피샵이 생겼는데, 이곳에서도 루왁 원두가 10% 들어 있는 만델링 아메리카노가 5천 원이고 100% 들어간 루왁 핸드드립 아메리카노는 2만 원이다.

루왁은 원래 인도네시아 야생 사향고양이 똥에서 추출한 것이다. 값이 비싼 이유는 사향고양이가 커피 열매 100g을 먹고 추출해낸 것은 고작 3g 정도 밖에 되지 않기 때문이다. 사향고양이의 소화 과정에서 고양이의 몸 속에 들어있는 효소를 통해 발효된 이 커피를 마시면 건강에 좋다는 속설도 있다. 루왁 커피의 맛은 산미가 약하고 쓴맛도 별로 느낄 수 없으며 구수하다. 일반 커피 카페인의 97%를 제거했다는 디카페인 커피 맛과 비슷하다고나 할까? 또 루왁 커피 콩은 보통 커피보다 검고 크다. 보통 커피 콩알이 5.1mm인데 비해 루왁은 동물의 뱃속에서 불어서 6.7mm 정도다.

루왁 커피가 비싸기 때문에 요즘은 동남아 베트남 테국 라오스 등 여러 나라에서 다람쥐, 원숭이, 족제비를 사육하여 커피 열매를 먹여 만들기도 한다. 심지어는 코끼리에까지 먹여서 대량 추출 해내는데, 결국 커피 열매를 많이 먹은 동물은 오래 살지 못하고 죽고 만다. 이 때문에 동물학대라는 비난을 받기도 한다. 그래서 루왁을 동물들의 슬픈 눈물이 담긴 커피라고도 한다.

구산도 몇 년 전 베트남에 갔을 때 1만 원 정도 주고 검은 루왁 커피를 마셔본 적이 있는데 대체로 구수하기는 했으나 향이 없어 별 다른 매력을 느낄 수 없었다. 루왁을 생각하면 영화 ‘버킷리스트’가 생각난다. 주인공 잭 나콜슨과 모건 프리먼이 나오는 이 영화에서, 두 사람이 죽을병에 걸려 병원의 같은 병실에 입원하여 루왁 커피에 대한 신문 기사를 보고 “세상에 비싼 돈을 주고 동물 똥을 끓여먹는 사람들이 있다”면서 배꼽을 잡고 한바탕 웃어대는 장면이 떠오른다.

결국 구산은 5년 동안 핸드드립을 마셔본 결과 값이 적당하고 입맛에 맞은 두 가지 커피 콜롬비아 슈프리모와 과테말라 안띠구아를 선택하기에 이르렀다. 5년 동안 발품을 팔아가며 전국 50군데의 커피 전문점을 찾아다닌 끝에 얻어낸 그만의 결론이다.

9

가야산에서 영산강을 굽어보다

　이날은 구산 부부가 오후 내내 아파트 창가에 앉아 눈이 시리도록 영산강을 바라보았다. 지금까지 한 곳에 앉아서 이렇듯 오래도록 강을 바라본 적이 언제 있었던가. 무엇인가 한 곳을 오래 바라본다는 것은 마음을 빼앗길 정도로 사랑하거나 그리움 때문이 아닐까. 바람이 살랑 불 때마다 강물은 윤기 자르르한 가을 햇살을 보듬고 윤슬을 번쩍이며 거칠게 온몸을 뒤척였다. 그 모습이 너무 아름다워 차마 눈길을 거둘 수가 없었다.

　“당신 영산강을 바라보면서 무슨 생각을 해요?”

　“한과 희망이 흐르는 영산강이라... 잠시 내가 영산강과 함께 끝없이 흐르고 있다는 생각에 정신을 잃고 있었던 건가....”

　아내의 물음에 구산은 말끝을 흐렸다.

　“나를 두고 혼자서만 흘러가요?”

　“저 흐름의 끝은 어디일까. 그동안 얼마나 많은 사람들이 저 강과 함께 살면서 고통과 슬픔의 눈물을 흘렸겠어. 한 때는 개화의 통로이면서 수탈의 통로이기도 했던 저 강이 앞으로는 희망이 되기를 바랄 뿐이지.”

　“나는 강을 보면서 깨달은 게 있어요. 우리가 사는 이 세상도 저 강물처럼 비어 있는 곳이 없고 높고 낮음이 없으면 얼마나 좋겠어요.”

　“허허, 당신도 오래 살다보니 철학자가 되었구만.”

　구산의 말에 그의 아내는 소리 없이 만면에 웃음을 띄우더니 한동안 강 쪽으로 멀리 시선을 던진 채 입을 열지 않았다.

"여보, 이만하면 우리 노년도 행복한 거지?"

구산은 TV에서 흘러나오는 황가람의 '나는 반딧불'이라는 노래를 들으며, 강물 위를 날아가는 기러기 떼로부터 시선을 거두고 아내에게 물었다.

"우리가 둘이 아니라 하나만 남았다면 너무 외롭고 슬퍼서 저 노래도, 하늘을 나는 기러기도, 강물도 지금처럼 가슴에 와 닿지 않겠지요."

"나는 내가 빛나는 별인 줄 알았어요, 라는 노랫말처럼 우리도 한때는 자신이 마치 빛나는 별인 줄 알고 열심히 살았었는데..."

구산의 말에 그의 아내는 쿡 웃었다.

"행복은 멀리 있는 게 아니라 오감으로 느낄 수 있는 거리 안에 있는 게지. 그리고 행복은 자신이 겪은 불행의 무게 만큼 무겁게 느끼는 게지."

해넘이 무렵이 되자 기러기들이 떼를 지어 하류 쪽으로 날아갔다. 길게 줄을 서서 하늘을 날으는 새들의 군집(群集)은 무엇을 의미하는가. 가족일까, 아니면 그들만의 또 다른 공동체일까. 자세히 보니 가끔은 집단에서 외따로 떨어져서 홀로 날아가는 새들도 보였다. 홀로 나는 새는 얼마나 외로울까. 해가 떠오를 때 쯤 강을 거슬러 상류로 날아가던 기러기들이 날이 저물기 시작하자 강의 흐름을 따라 내려갔다. 강은 새들에게도 길이 되고 있는 것일까. 새들은 어디를 갔다가 또다시 어디로 가는 것일까.

"저기, 저 기러기 혼자 날고 있네요. 저 새는 얼마나 외롭고 무서울까?"

그의 아내가 하늘을 보며 촉촉한 목소리로 말했다.

"나는 당신 없이 혼자 남기 싫어요. 생각만 해도 너무너무 무서워."

그의 아내는 버릇처럼 몸을 웅크리며 말했다. 날이 어두워지자 하늘은 더 이상 보이지 않았다.

다음날도 그 다음 날도 새들은 어김없이 아침이면 강을 거슬러 날았다가 해넘이 무렵이 되면 다시 하류로 날았다. 그리고 그의 아내는 이 시간이면 기다렸다는 듯 창문을 열고 새들이 날아가는 모습을 바라보곤 했다. 구산은 아내가 날아가는 새들을 바라보면서 무슨 생각을 하고 있는지 짐작하고 있었지만 애써 묻지는 않았다. 그러나 날이 풀리기 시작하면서 새들의 모습은 보이지 않았다.

생오지에서 영산포로 옮겨 온 후 구산 부부는 처음으로 가야산에 올랐다. 구산은 영산강변에 있는 그들 아파트에서 하루에도 수십 번씩 가야산을 바라보면서 언제 꼭 한번 올라가야지, 기어코 힘을 내어 두 발로 산을 밟아봐야지 다짐을 해온 터였다. 아침 일찍 아파트를 나와서 새끼내 마을 앞에 주차를 하고 웅보팽나무와 개터 마을을 지나, 앙암바위를 오른쪽에 제쳐두고 영천사로 올라갔다. 잠시 영천사 입구에 서서 가쁜 숨을 몰아쉬며 포구 쪽을 바라보니 영산강이 옴씰하게 한눈에 들어왔다. 마치

청룡 한 마리가 구물구물 몸을 뒤척이는 것 같았다. 잠시 후 영천사에 들러 탱화 작가로 유명한 무애 스님을 만났다. 스님이 끓여준 보이차를 마시고 화실로 들어가 탱화를 감상했다. 그림을 통해서 부처님의 세계를 전해주는 스님의 높은 공덕에 저절로 머리가 숙여졌다.

무애 스님이 끓여준 보이차 한 잔과 스님이 그린 탱화에서 기를 회복한 부부는 천천히 가야산으로 올라갔다. 가을 햇살이 야금야금 산야를 색칠하기 시작한 것을 보니 이제 서둘러 가을이 오고 있는 것 같다. 가장 먼저 강변의 벚나무 잎이 노리끼리하게 물들기 시작하더니, 야산의 개옻나무며 붉나무가 다투어 온몸을 서서히 불태웠다. 구산은 소나무 숲길 양지바른 곳에 무더기로 피어있는 며느리밥풀꽃을 발견하고 털썩 주저앉았다. 꽃대가 너무 작고 길바닥에 피어있어 하마터면 밟고 지나갈뻔 하지 않았는가. 가까이서 들여다보니 꽃이 앙증맞도록 아름답다. 초롱꽃처럼 갈쭉하게 붉은 꽃잎은 연지를 바른 젊은 여인이 살며시 입을 벌린 듯하고, 그 안에 하얀 밥알처럼 생긴 것이 두 개 들어있다. 아, 슬픈 미소 같은 꽃, 이게 바로 며느리밥풀꽃이구나. 그는 두 개의 밥알 같은 것을 들여다보고서야 자신도 모르게 탄성을 질렀다. 숲속 외딴곳에 처연하게 피어있는 모습이 눈물겹도록 아름다웠다.

며느리밥풀꽃은 슬픈 전설을 간직하고 있다. 옛날 가난한 집에 시집온 며느리가 밥을 짓다가 뜸이 들었나 보려고 밥알을 조금 입에 넣고 있는데, 표독스러운 시어머니가 이를 보았다. 시어머니는 혼자 밥을 퍼먹는다면서 몽둥이로 며느리를 때렸고 며느리는 밥알을 입에 문 채 죽었다. 마을 사람들이 며느리를 불쌍히 여겨 뒷산 양지바른 곳에 묻어주었는데 이듬해 이름 모를 풀이 나왔으며 가을에 꽃이 피었다. 꽃 모양이 꼭 맞아 죽은 며느리의 입술처럼 붉으며 입에 하얀 밥알을 물고 있는 것 같았다. 이 며느리밥풀꽃은 현삼과 새애기풀로, 벼가 누렇게 익을 무렵에 꽃이 피며 꽃며느리밥풀꽃, 일며느리밥풀꽃, 애기며느리밥풀꽃, 새며느리밥풀꽃 등 여러 가지 이름으로 불린다.

며느리밥풀꽃과 비슷한 풀로 며느리밑씻개가 있다. 언덕과 집 마당이나 귀퉁이에 지천으로 자라는 1년생 덩굴식물로, 1~2m 길이의 줄기와 잎에 갈고리 같은 가시가 달려 까끌까끌하다. 7~8월에 흰색 바탕에 연한 붉은 꽃이 핀다. 이 풀 역시 며느리의 설움을 안고 있다. 며느리와 시어머니가 밭에 김을 매다가 대변을 보는데, 시어머니는 부드러운 깻잎으로 밑을 닦고 며느리한테는 가시가 달린 풀잎을 뜯어주었다. 며느리가 껄끄러운 잎으로 밑을 닦았으니 얼마나 따끔따끔 아팠을까, 생각만 해도 진저리가 쳐진다. 일본에서는 이 풀을 '의붓자식엉덩이씻개'라고 한단다. 냉대하증이나 자궁 탈수, 옴, 질 세정제로도 쓰인다. 비슷한 풀로 며느리배꼽풀이 있는데 꽃과 열매 색깔이 다르다. 며느리밑씻개꽃이 연한 붉은 색깔인데 비해 며느리배꼽꽃은 초록빛을 띤 흰색이며 하늘빛 열매는 아기 배꼽처럼 앙증맞다.

구산은 생오지에 들어가 살면서부터 풀과 나무, 새와 곤충 이름과 그 생태를 하나씩 알아갈 때마다 마음속으로 쾌재를 부르곤 했었다. 마치 책 한 권을 읽고 나서 지적인 감흥에 흠뻑 젖었을 때와 같은 기분이었다. 그리고 꽃마다 슬픈 사연, 스토리를 간직하고 있음을 알고 놀랐다. 그는 밥풀보다 작은 꽃을 통해 인생을 생각하고 우주를 보려고 했다. 세상에는 꽃 같은 인생이 있고 인생 같은 꽃이 있다. 소나무 숲길에 숨은 듯 피어있는 며느리밥풀꽃을 보면서, 가난한 시절을 살다 간 며느리의 슬픈 삶처럼, 간절하게 피워낸 꽃의 생명을 벅차게 느낄 수가 있었다. 아무도 눈여겨보지 않은 산속 한갓진 곳에, 지극정성으로 핀 꽃을 보면서, 세상에 허튼 인생이 없듯이, 사연 없이 허투루 핀 꽃은 없다는 것을 깨달았다. 올벼쌀 나올 때쯤 피어서 서리를 맞으면 이내 시들고 마는, 짧지만 아름답고 눈부신 존재, 며느리밥풀꽃. 이 꽃 앞에 무릎을 꿇고 싶었다.

구산은 며느리밥풀꽃과 며느리밑씻개를 볼 때마다 옛날 며느리들의 고통스러운 삶을 떠올린다. 오죽했으면 시집살이를 벙어리 삼 년, 귀머거리 삼 년에 땡추보다 더 맵다고 했을까. 그래서 며느리 설움에 관한 속담도 많다. 딸은 가을볕에 내보내고 며느리는 봄볕에 내보낸다, 굿하고 싶어도 며느리 맏며느리 춤추는 꼴 보기 싫어 안 한다, 며느리가 미우면 발 뒷축이 달걀 같다고 나무란다 등.

"오메, 황금낮달맞이꽃이 피었네."

아내가 낮에 피었다가 밤에 지는 황금낮달맞이꽃을 발견하고 소녀처럼 소리쳤다. 구산은 한동안 황금낮달맞이꽃 옆에 서서 법정 스님을 떠올렸다. 1970년대 송광사 불일암에 계시는 스님을 만나러 가는 산길에 황금낮달꽃이 무더기로 피어 그를 반겨주었었다. 몇 발짝 걷자 분홍색 바탕에 검은 점이 촘촘한 나리꽃이 다소곳이 고개 숙이고, 화장 붓 모양의 엉겅퀴꽃도 얼굴을 내밀었다. 황금빛 금계국이며, 연보라빛 비비추, 나비모양의 비수리, 넝쿨 끝에 매달린 인동초꽃도 만났다.

"사람도 이 세상에 태어나서 저마다 꽃을 피우고 가는 거겠지?"

구산은 아내를 보며 혼잣말처럼 중얼거렸다.

"무슨 꽃을요?"

"글쎄... 무슨 꽃을 피울까. 무슨 꽃이면 어때? 향기가 있건 없건... 예쁘건 예쁘지 않건 그냥 꽃을 피운다는 게 중요하지."

"나는 아무 꽃도 피우지 못했으니 헛 산 것인가요?"

"왜 꽃을 못 피워. 아들 딸들에 손주가 다섯이나 되는데... 자식들이 꽃이지 뭐."

"그런가요?"

"하면, 사람도 꽃이지."

"아, 장미꽃처럼 향기가 톡톡 쏘네요."

구산의 아내는 땅찔레 꽃 앞에 쪼그리고 앉더니 꽃잎을 코에 대고 킁킁거리며 수선을 떨었다. 부부는 시골에서 자라 들꽃 이름을 잘 아는 편이다. 그리고 보니 주변에 온통 여러 가지 꽃들이 "나 여기 있어요. 나 좀 봐줘요."하고 손을 흔들며 눈짓을 하는 것 같았다. 올해는 유난히 꽃들이 많이 피고 빛깔도 곱다. 모든 꽃들은 꾸밈이 없어도 예쁘다. 치장하지 않고 저마다의 모습을 있는 그대로 보여주고 있다. 서로 먼저 피려고 서두르지도 않고 유유자적 여유롭다.

부부는 호젓하고 가파른 싸리꽃 덤불 길을 추어 올라, 소나무 가지 사이로 영산강이 보이는 숲속 나무 등걸에 앉았다.

"꽃은 왜 필까?"

구산이 스스로 질문을 하고 나서 '너는 왜 태어났니?'하고 맘속으로 반문하며 피식 웃었다.

"벌 나비 유혹하려고? 세상을 아름답게 하려고? 아니면 하느님이 인간들에게 아름다운 것이 무엇인지 보여주려고?"

아니면 땅의 기운이 초목을 키우고 나무와 풀의 맑은 영혼이 꽃으로 피어났을까. 어쩌면 꽃은 모든 생명의 아름다운 결정체인지도 모른다. 그는 꽃이 이승과 저승을 이어주는 메신저처럼 보이기도 했다. 그래서 신들에게 꽃을 바치는 것인지도 모른다. 네팔 여인들은 아침 일찍이 메리골드 꽃을 신에게 바친다. 우리나라는 사람이 죽으면 소복을 입고 영정 앞에 흰 국화를 놓는다. 왜 죽은 영혼을 위해서 흰옷을 입고 하얀 꽃을 바칠까. 우리가 백의민족이기 때문에? 아니면 태양을 하얗다고 믿고 죽어서 태양이 되라는 뜻에서일까. 〈헌화가〉에서 노인이 수로부인에게 바친 꽃은 철쭉이었다.

구산은 그래 너는 왜 태어났는데? 하고 스스로 반문하고 나서 씁쓸하게 웃었다.

"당신은 무슨 꽃을 좋아해?"

"글쎄요… 젊었을 때는 장미나 작약, 사루비아, 양귀비꽃처럼 화려하고 향기 짙은 꽃을 좋아했었는데, 지금은 깨꽃 같이 작고 향기도 없는 꽃들이 좋아졌어요".

구산 아내의 대답은 뜻밖이었다. 왜 나이 들어 늙어지면 작고 보잘 것 없는 꽃이 좋아질까. 늙어 시력은 나빠졌으나 세상은 더 잘 보이기 때문일까. 어쩌자고 나이 들어서야 비로소 작은 꽃들 이 더 잘 보이기 시작한 것일까. 사람 보는 눈도 달라졌다. 젊어 서는 잘나고 성공한 사람들만 보였는데 지금은 못나고 가난한 루 저들이 더 잘 보인다.

부부는 산 정상 데크에 올라 눈을 크게 뜨고 사방을 휘둘러보 았다. 강건너 별봉산이 손에 잡힐 듯 가까웠다. 산을 휘감으면서 서서히 다가오는 영산강. 그것은 꿈틀거리는 거대한 생명체였 다. 그런데 자세히 바라보니 강은 흐르는 것이 아니라, 머리를 쳐들고 숨 가쁘게 상류로 거슬러 올라가고 있는 것이 아닌가. 강 이 역류하고 있는 것처럼 보였다.

"여보, 강이 하류로 흐르는 것이 아니라 상류 쪽으로 거슬러 올라가는 것 같지 않어? 강이 역류하고 있어."

구산은 강을 바라보며 놀란 듯 큰 소리로 외쳐댔다.

"강이 역류하다니오? 말도 안 되는 소리 그만해요."

"아니야, 성난 듯이 머리를 빳빳하게 쳐들고 대교 쪽으로 올라
가고 있다니께."

"정신 나갔어요? 이 세상에 역류하는 강은 없어요."

"내 눈에는 왜 거슬러 올라가는 것처럼 보이지?"

"당신 왜 그런 엉뚱한 생각을 해요? 행여 영산강이 역류하기를
바라는 건 아니오?"

"그런가? 헌데 강이 역류하면 어떻게 될까? 세상이 뒤집어지
겠지?"

구산은 천천히 강에서 시선을 거두며 우울하게 가라앉은 목소
리로 말했다.

부부는 산에서 내려오다 산자락 묵정밭에 눈이라도 내려 쌓인
듯 흰 꽃들이 무리지어 피어있는 것을 보았다. 개망초꽃이다. 왜
산에 오를 때는 눈에 들어오지 않았을까. 그 이유는 밭둑이고 마
당이고 어디에나 지천으로 피어있는 하찮은 꽃이라 눈여겨보지
않았기 때문이리라. 옥토 박토 가리지 않고 염치도 없이 아무데
서나 무더기로 피는 꽃. 마치 버림을 받아 저들 끼리 서로 기대
어 손잡고 시위하듯 모여 있는 것 같다. 인간 세상도 마찬가지가
아닌가.

개망초꽃은 빈 집터나 버려진 땅부터 점령한다. 무리를 지어
핀 모습이 소복 입은 무희들의 군무처럼 일렁인다. 벌들도 꽃 잔
치하듯 모여들어 응응응 바람 소리를 낸다. 문득 구산이 어렸을
때 어머니가 밭에서 "이놈에 망할 놈의 망초꽃"하며 마구 뽑아

밭둑으로 던지던 모습이 떠올랐다. 부부는 누가 먼저랄 것도 없이 긴 대궁이에 비해 어울리지 않게 손톱만큼이나 작은 꽃들을 한참이나 들여다보았다. 저마다 새끼손가락으로 콧구멍을 후빈 다음 계란 후라이처럼 꽃 중앙이 노란 개망초꽃잎(망초꽃은 노른 자위가 없다) 향기를 맡았다.

"아, 상큼하다. 수박화채 냄새도 나네. 아니, 갓난아기 입 냄새 같기도 하고 초경을 앞 둔 소녀의 몸 냄새 같네."

그의 아내는 꽃을 코에 대고 킁킁거리며 여러 가지 표현을 했다. 개망초꽃의 청절한 향기가 이렇듯 깊고 자극적인지 몰랐다. 구산은 비로소 개망초꽃을 향해 "꽃들아 미안하다 이제야 너를 알아보았구나."

하고 진심으로 사과했다. 이 꽃은 1890년 일본이 경인선 철도를 놓을 때 미국서 수입한 침목에 씨앗이 붙어 와, 철로를 따라 피기 시작하여 전국에 퍼졌다. 나라를 망하게 한 망국초라고 한데서, 망초라 불리며 천대 받아온 꽃. 더욱이 본디 것보다 못하거나 천하다는 의미를 더해 '개'자가 붙여진 개망초. 제초제를 뿌려도 죽지 않을 만큼 생명력이 강하다.

산을 내오면서 구산은 개망초꽃의 새로운 발견과 함께 세상에 쓸모없는 것들은 없다는 것을 알았다. 아직 세상에는 꽃이 부족하다는 것도 깨달았다. 지금 우리 사회는 온갖 부정으로 썩은 냄새가 가득하다. 이 세상이 꽃으로 덮이고 향기가 넘치면 사람들이 꽃을 닮을 수 있을까. 사람들이 꽃을 보는 마음으로 살면 세

상은 참 아름다울 거리고 생각했다. 산에서 내려온 부부는 새끼
내 건너편에 있는 카페 파밀리온 2층에 앉아서 새끼내를 바라보
며 커피를 마셨다. 구산의 아내는 언제나처럼 투샷으로 아메리
카노를 나는 에스프레소를 마셨다.

　새벽녘에 휴대폰이 다급하게 울리는 소리에 구산은 불안한 마
음으로 눈을 떴다. 불을 켜고 시계를 보니 새벽 5시가 조금 지났
다. 웬일인지 자꾸만 가슴이 덜컹거렸다. 나이가 들면서부터 새
벽이나 밤 늦게 휴대폰이 울리면 불안한 생각이 앞선다. 한밤중
이나 새벽에 걸려온 전화는 불길한 소식이 많기 마련이다. 해가
뜨기 전에 팔순 노인을 깨울 정도로 급한 전화는 반가울 수가 없
다. 더욱이 구산은 밤 12시가 넘어서야 잠자리에 들기 때문에 아
침 7시가 지나야 눈을 뜬다.
　"어이 구산, 나, 손가네."
　구산은 손 화백의 건강한 목소리에 소스라치듯 놀라 일어나
앉았다. 늙은이 목소리치고는 울림이 좋았다.
　"손 화백? 자네가 이 새벽에 어쩐 일인가? 무슨 일 있어? 지금
요양병원에 있는 거 맞지?"
　구산은 다급한 목소리로 한꺼번에 여러 가지를 묻고 있었다.
　"나, 요양병원에서 나왔어."
　"지금 요양병원이 아니라고? 그렇다면 집인가?"
　"아니, 나 시방 자네 동네 벌꿀모텔에 있어."

“뭐라고? 영산포 모텔에?”

“그래. 어젯밤에 왔어.”

“알았네. 내가 지금 그리로 갈 테니까 꼼짝 말고 기다리소.”

구산은 서둘러 패딩점퍼에 털모자까지 눌러쓰고 아파트를 나섰다. 아직 새벽 강바람이 칼날처럼 날카롭게 얼굴을 후볐다. 그는 손 화백이 들어 있다는 철도공원 앞 벌꿀모텔을 향해 반달음박질을 치면서, 손 화백한테 무슨 일이 생겼는가 싶어 걱정이 앞섰다. 얼마 전 구산은 요양병원으로 친구를 찾아갔었다. 요양병원에서 만난 손 화백은 그에게 버릇처럼 눈을 꿈적거렸으며 어쩐지 종잡을 수 없을 정도로 불안해하였다. 그는 몇 번이고 손으로 얼굴을 꼬집으면서 자기는 치매가 아니라는 등 누구보다 정신이 맑다는 것을 강조하면서 잠시도 차분하게 앉아 있지 못했다. 그는 거듭 고개를 흔들어대면서 불안하게 일어났다 앉았다를 되풀이하던 것이었다.

“나, 멀쩡해. 나 스스로 요양병원에 들어온 건 연극이었어. 딸내미를 제 집으로 돌려보내려고 연극을 한 거라네.”

요양병원에서 그가 빠른 어투로 속삭이듯 했던 말을 구산은 이해할 수가 없었다. 딸을 제 집으로 돌려보내기 위해 스스로 요양병원에 들어왔다니, 더욱이 요양병원에 들어오기 위해서 연극을 했다는 그의 말을 어떻게 믿을 수 있었겠는가.

구산이 턱 끝까지 숨이 차오르도록 헐근거리며 모텔 앞에 도착하자, 손 화백이 입구에 나와 기다리고 있다가 손을 내밀고 힘을 주어 악수를 했다. 방으로 들어가서 불빛에 비춰 보인 손 화백의 안색은 구산이 생각했던 것보다 맑고 생기가 있어 보였다. 둘은 침대에 나란히 앉아 마주 보았다.

"그래, 도대체 어쩐 일인가?"

"어젯밤 늦게 요양병원에서 나와 택시를 잡아타고 왔네."

"지난번에 말했던 대로 연극을 했다니까. 나 치매 걸리지 않았어. 이렇게 멀쩡하지 않은가. 딸이 서울 제 집으로 돌아간 걸 확인하고 나온 거라고."

구산은 한동안 할 말을 잃고 우두커니 앉아 있었다. 손 화백 말대로 그는 구산이 요양병원으로 찾아가서 만났을 때보다 극히 정상으로 보였다. 헌데 연극까지 해가면서 요양병원에 들어갔단 말인가. 구산은 답답했지만 더 캐묻지 않았다.

"이제 난 자유네. 홀가분해.

"암턴 일단 우리 집으로 가세."

"아니야. 아침은 밖에서 먹고 커피는 자네 집으로 가서 마시세."

"그래 요양병원 생활은 어쩌든가?"

"나 같이 정신 멀쩡한 사람은 살기 힘들지. 딸이 또 온다고 해도 다시는 들어가지 않겠네."

손 화백은 말을 잇지 못했고 구산은 더 묻지 않았다.

"그래 이제 앞으로 어찌할 건가? 집으로 들어갈 거지?"

"당분간 혼자 있겠네."

“딸이 알면 어쩌려고?”

“혼자 여행을 하겠네. 정처 없이 떠돌아다니다가 죽은 집사람
으로부터 완전히 자유로워지면 돌아오겠네. ”

구산은 손 화백이 무슨 말을 하고 있는 건지 쉽게 납득이 가지
않아 한동안 그의 얼굴만 찬찬히 들여다보고 있었다.

“그래도 딸한테는 연락을 해야 하지 않겠는가?”

“아니네, 내가 요양병원에서 나온 줄 알면 다시 내려올 걸세.”

“허지만 곧 알게 될 텐데...”

날이 완연히 밝아 햇살이 퍼지자 두 사람은 모텔을 나와 철도
공원 옆에 있는 식당에서 곰탕을 시켜 먹었다. 그리고 곧장 구산
의 아파트로 가서 커피를 내려 마셨다.

손 화백은 커피잔을 단숨에 비우더니 다시 한 잔 더 내려달라
고 했다.

“자네가 내려준 커피 생각이 너무 간절해서 미칠 것만 같았다
네. 어쩌면 자네가 내려준 커피가 마시고 싶어서 요양병원에서
나왔는지도 모르겠어.”

그러면서 손 화백은 그답지 않게 두 어깨를 들먹거리며 공허
하게 웃었다. 그는 두 잔째 커피를 천천히 음미하며 마셨다. 손
화백은 몇 번이고 커피 잘 마셨다는 말을 되풀이하더니 그만 가
봐야겠다고 일어섰다.

“어디로 갈 텐가?”

엘리베이터에서 내리자 구산이 가라앉은 목소리로 물었다.

"내 걱정은 말게. 당분간은 혼자 여기저기 좀 돌아다니고 싶네. 내 신용카드 아직은 빵빵하거든."

"꼭 이래야만 하는가? 이러지 말고 자네 다시 그림이나 그리라니까. 작품을 다시 시작하면 활력이 생겨날 걸세."

"쓰잘떼기 없는 소리 말게. 자리 잡으면 커피 마시러 또 연락함세."

손 화백은 밝게 웃어 보이고 나서 아파트 앞에 대기하고 있는 택시에 오르며 미소 머금은 얼굴로 손을 흔들었다. 구산은 손 화백을 태운 택시가 아파트 구내를 빠져나가 강변길로 휘어들 때까지 한참을 그 자리에 서 있었다. 어쩌면 그를 다시 볼 수 없을 것만 같은 불안한 예감에 기분이 무겁게 가라앉았다. 구산은 그때야 그를 붙잡지 못한 것이 후회되기도 했다.

그렇게 손 화백은 행방도 알려주지 않고 홀연히 떠났다.

"당신은 나 없이 혼자 살아갈 수 있지?"

"또 그 소리, 제발 무서우니까 그런 소리 말아요."

"무섭다니? 죽음은 누구나 겪는 일이야. 그리고 죽음은 소멸이 아니라 이별일 뿐이야. 강물이 흘러 바다로 가는 것처럼 말이야. 그러니 남은 인생 후회 없이 살아야지. 우리 죽을 때까지 살지 말고 살 수 있을 때까지만 살자고."

구산의 말에 그의 아내는 응답이 없었다.

"당신 지금도 영산강이 우는 소리가 들려요?"

12시가 넘어 잠자리에 들었으나 손 화백 생각으로 잠을 이루지 못하고 뒤척이고 있는데 그의 아내가 한숨을 쏟아내듯 나지막한 목소리로 물었다.

"지금도 듣고 있어. 저 울음소리 때문에 잠을 이루지 못하고 있구만."

"저건 바람 소리 구만. 바람 소리와 강이 우는 소리를 구분도 못 허요?"

"허허 참, 저 바람 소리에 영산강 유는 소리가 섞여 있어. 귀를 막고 자세히 들어보라고. 살려주세요 나 좀 살려주세요 하고 울고 있잖어."

구산의 말에 그의 아내는 실없는 소리를 한다면서 피식 웃었다.

그렇다. 아주 오래 전, 구산은 영산포 처가에 갈 때마다 장모님과 영산강 주변에 사는 어른들로부터 강이 운다는 말을 자주 들었었다. 강이 어떻게 울지? 그는 어른들의 그 말에 반신반의하면서, 강이 우는 소리를 직접 듣고 싶었다. 그 후 영산강을 소재로 소설『타오르는 강』을 쓸 때, 몇 년 동안 영산포 처가 과수원 집에 살다시피 하면서 강이 우는 소리를 듣기 위해 귀를 활짝 열고 강변을 서성댔다. 아침에도, 한밤중에도, 햇빛 쨍쨍한 여름날이나 눈 오는 겨울에도, 강이 우는 소리를 듣기 위해 하염없이 강변을 거닐었다. 강이 우는 소리를 듣기 전에는 소설을 완성할 수 없을 것 같은 초조감이 그를 휘감고 바짝 조여왔다. 그러나 소설을 시작하고 나서 3년 동안 그는 강이 우는 소리를 듣지 못했었다.

그러던 어느 여름날, 사흘 동안 쉬지 않고 줄기차게 내린 비로 강물이 새끼내 둑 위로 넘쳐 벼 논을 깡그리 덮치고 말았다. 그는 어스름한 새벽 강둑에 서서 날이 새기를 기다렸다. 그리고 그때 비로소 강이 우는 소리를 들을 수 있었다. 처음에 어둠 속에서 들려온 소리는 마치 늙은 사내의 흐느낌처럼 무겁게 가라앉아 있으면서도 거칠었다. 그리고 날이 밝아오고 둑을 범람했던 물이 서서히 빠지자 한 맺힌 여인의 통곡소리로, 하늘이 맑게 개고 해가 떠오른 후에는 갓난아기 울음처럼 가냘프게 들렸다. 구산은 그때야 강물이 우는 소리는 바로 물속 어디에선가 들려오는 한맺힌 영혼의 울음소리라는 것을 비로소 깨달았다. 강을 터전으로 살아가는 사람들이 슬프고 고통스러울 때, 죽은 영혼들이 강과 함께 운다는 것도 알았다. 강물은 죽은 영혼들과 강변에 사는 사람들의 고통과 슬픔을 함께 안고 울면서 흐른다는 것을.

구산이 1958년 처음 보았던 영산강은 거친 숨을 몰아쉬는 거대한 생명체로 팔팔하게 살아 있었다. 그런데 오늘의 영산강은 병든 지 너무 오래되었다. 사람들이 강을 외면하면서부터 영산강은 본디 생명체의 색깔을 차츰 잃기 시작했다. 아니, 그가 소설을 쓰기 위해 자료를 수집하고 현장취재를 했던 1960년대 말까지만 해도 영산강은 생명력이 넘쳐 도도하게 흘렀다. 영산포 포구에는 수십 척의 고깃배들이 드나들었고 영산포 상점들은 비린내와 함께 성시를 이루었다. 그때까지만 해도 사람들은 생명력이 넘치는 강을 사랑하는 만큼 강을 두려워했다. 1970년대 산업화의 거친 바람과 함께 사람들은 강을 외면했고 함부로 했다. 그때부터 무시당하고 버림받은 강은 차츰 병들기 시작한 것인지 모른다.

지금 구산은 영산강과 함께 살고 있다. 그리고 여전히 영산강이 우는 소리를 듣는다. 그러나 지금 듣는 울음소리는 50여 년 전에 들었던 소리와는 다르다. 옛날에 들었던 영산강 우는 소리는 분명 사람의 울음소리였는데, 지금 그가 듣는 소리는 전혀 사람의 소리가 아니다. 옛날에는 사람의 슬픔과 고통을 대신해서 노래하듯 울어주었는데, 지금은 사람들과는 무관하게 화가 나서 숨넘어가는 짐승처럼 스스로 으르렁대고 있는 것이다. 짐승이 고통을 참지 못하고 신음하고 울부짖는 것처럼 들린다. 그것은 죽어가는 마지막 비명과도 같다. 사람의 슬픔을 대변하는 것이 아니라 더 이상 자신의 고통을 이겨내지 못하고 신음하는 영산강. 울음이 슬프도록 처절하여 두려움과 함께 진저리가 처진다.

오랫동안 강의 고통을 잊고 살았던 사람들은 뒤늦게야 신음 소리를 들었다. 그리고 맑고 건강한 강을 되찾자는 목소리도 높아졌다. 죽어가고 있는 강을 되살려야 사람도 더불어 건강하게 살 수 있다는 것을 뒤늦게나마 깨닫게 된 것이다. 어떻게 되살릴 것인가 하는 방법을 놓고 의견이 분분하다. 중요한 것은 강은 스스로 되살아날 수 있고 자정할 수 있는 힘을 갖고 있다는 사실이다. 사람 중심의 인위적인 치료는 자칫 더 큰 상처를 낼 수도 있다. 우리가 할 수 있는 것은 강이 스스로 되살아날 수 있도록 환경을 마련해주는 일이다. 아, 두려우면서도 위풍당당하게 흐르던 옛날의 강이 너무도 그립다.

그날 밤 구산의 아내 유씨 부인은 잠을 이루지 못하고 뒤척이다가 벌떡 일어나 앉아 한숨을 몰아쉬더니 갑자기 어머니가 보고 싶다고 했다. 구산도 영산포로 옮겨 온 후로 문득문득 장모님에 대한 그리움에 가슴 적시곤 했다. 그가 젊어서 처가 과수원 초막에서 글을 쓸 때, 장모님은 사위 몸보신 시켜준다면서 주일마다 구진포에 나가 장어를 사 들고 와서 숯불에 구워주곤 했다. 지금도 장어를 먹을 때는 어김없이 장모님 얼굴이 떠오르곤 한다.

"나는 그날의 장모님 얼굴을 잊을 수가 없어. 장모님 돌아가시기 한 달 전쯤인가 처가에 갔을 때, 점심 먹고 차를 타고 떠나려는데 갑자기 장모님이 대문 밖으로 뛰어나오시더니 얼굴 한번만 더 보자면서, 차창 인으로 손을 넣고 당신 얼굴을 쓰다듬던 모습 기억나지? 장모님은 마지막이라는 것을 알고 계셨던 거 같아."

"맞아요. 그로부터 한 달 후에 돌아가셨으니까..."

한숨을 섞어 말하는 아내의 목소리는 어느덧 젖어 있었다.

그날 밤 구산은 영산강이 역류하는 꿈을 꾸었다. 갑자기 폭풍이 몰아치는가 싶더니 강물이 머리를 풀고 무섭게 솟구쳐 올랐다. 순간 뇌성과 함께 벼락치듯 하늘에서 번갯불이 강물에 꽂혔다. 순식간에 강물이 벌겋게 타오르면서 괴성과 함께 무등산 쪽으로 역류하기 시작했다. 그는 강물이 무서운 불길과 함께 역류하는 광경을 자세히 지켜보기 위해 숨을 몰아쉬며 가야산으로 뛰어올랐다. 한참을 뛰어오르다가 돌에 발부리가 채어 넘어지는 순간 잠에서 깨어났다. 온몸이 땀에 흠뻑 젖어 있었다. 구산은 아내가 잠에서 깨지 않게 조심하면서 침대에서 일어나 거실로 나가 창문을 열었다. 강은 두꺼운 어둠 속에 깊이 잠들어 있었다. 그는 창문 옆에 똑바로 서서 어둠이 걷힐 때까지 강 쪽을 바라보았다. 다리에 힘이 빠지는 것을 느꼈으나 소파에 앉지 않았다. 드디어 창밖이 희끔하게 밝아오면서 어둠 속에 갇혔던 영산강이 서서히 꿈틀거리며 장엄한 모습을 드러내기 시작했다. 아침햇살이 물결 위에 퍼지기 시작할 무렵, 한 무리의 기러기 떼가 구진포 쪽에서 영산대교 쪽으로 날아가는 모습이 보였다. 기러기 떼 모습이 마치 홍어들이 무리 지어 바다를 헤엄치는 것과 같았다. 기러기 떼는 오늘도 서쪽에서 동쪽으로, 강을 거슬러 날고 있었다. 그것은 분명 그가 꿈에 보았던 강의 역류와 같았다.

10

검은 눈물을 마시다

　구산은 점심으로 홍어애탕을 먹었더니 커피 생각이 간절했다. 홍어는 메밀소바와 함께 그가 좋아하는 음식 중 하나다. 그는 이 3가지 음식만으로도 가슴 벅차게 행복을 느낄 수 있음을 큰 축복이라고 생각했다. 행복은 결코 눈부시게 화려하거나 먼 곳에 있는 것이 아니라, 아주 사소한 것으로 생각만으로도 실현이 가능하며 언제라도 손을 내밀면 붙잡을 수 있는 거리 안에 있음을 그는 순간순간 깨닫고 있다. 코로나 때문에 3년 여 동안 집안에 붙박여 지낼 때도 그는 이 세 가지 음식으로 일상의 답답함을 이겨냈다. 이 기간에 홍어에 대한 시 1백여 편을 써서 『홍어』 시집을 낸 후로, 홍어에 대한 사랑은 더욱 치열해졌다. 그래서인지 지금은 이틀에 한 번 홍어를 먹지 않고서는 몸과 마음이 한꺼번에 혼미해지는 것만 같다. 홍어를 먹고 나면 자연스럽게 커피가 땅기고 커피를 먹고 나면 또 홍어를 먹어야만 비로소 뿌듯한 기분이 들곤 한다.

　입 안에 톡 쏘는 듯 날카롭고 강렬한 홍어 향이 감도는 시간, 구산은 서둘러 안띠구아 커피를 내렸다. 소파에 앉아 하루가 다르게 변해가는 창밖의 다양한 색깔을 바라보며, 잔을 들고 천천히 커피향을 폐부 깊숙이 빨아들였다. 마치 커피에 빨대를 꽂은 채 숨을 들이켜는 것만 같으면서, 육신과 영혼이 과테말라 산 커피의 스모키한 향기 속에 깊이 젖어들었다. 그는 창밖에 펼쳐진 눈 덮인 산등성이를 감상하며 천천히 그리고 조금씩 커피잔을 기울이며, 오늘도 어제와 다름없이 변함없는 소소한 일상에서 오는 행복감에 젖는다. 한동안 입안에 머물렀던 홍어 향기가 서서히 퇴각하고 순식간에 달콤하고 알싸한 커피향이 그를 점거하고 말았다.

구산은 오랫동안 여러가지 커피 맛에 대한 섭렵을 거쳐 과테말라 안띠구아에 정착하게 되었다. 안띠구아 이전에 한동안은 콜롬비아 커피 맛에 길들여져 있었다. 콜롬비아 커피를 생각하면 먼저 당나귀와 만도를 걸치고 서 있는 콧수염 난 사내 후안 발데즈가 떠오른다. 콜롬비아 커피 농장은 고지대라서 자동찻길이 없기 때문에 지금도 당나귀로 커피콩을 운반한다. 안데스산맥 해발 고도 1,400m 이상의 비옥한 화산재 토양과 온화한 기후와 적당한 강수량 등, 이상적인 재배 조건을 갖춘 콜롬비아 커피는 100% 아라비카 원두로, 습식법(washed)의 마일드 커피 대명사로 불리어지고 있다.

과테말라와 콜롬비아의 화산지역에서 생산된 커피 가공 방식에는 건식법과 습식법이 있다. 내추럴 건식법은 체리를 수확한 후 껍질을 제거하지 않고 그대로 건조시키는 것을 말하고, 습식법은 대량의 물을 사용하여 가공하는 방식이다. 분리 기계에서 불순물을 없앤 다음, 롤러 장치에 통과시켜 껍질을 벗기고 대부분의 과육을 제거한다. 그리고 나서 다시 물속에 담아 발효시켜 남은 점액질을 제거하고 물 위로 뜨는 나쁜 콩을 걷어낸 후, 커피콩을 건조시킨다. 습식법은 품질 관리가 잘 되고 있다. 이 때문에 개성이 뚜렷한 산미와 향이 좋고 뒷맛이 깔끔하다. 향이 깊고 고급스러우며 깔끔한 신맛과 부드러운 바디감을 원하는 사람들은 마일드 커피 대명사인 콜롬비아 슈푸리모 커피를 선호한다. 특히 콜롬비아 커피는 화산지역에서 재배되는 커피에서만 느낄 수 있는 탄 맛까지 더해주고 있어서 구산의 마음을 사로잡았다.

한동안 콜롬비아 커피에 맛 들여진 구산은 안데스산맥을 끼고 있는 과테말라 커피, 그 중에서도 안띠구아 커피를 맛 보고 나서, 그때까지 경험하지 못했던 새로운 풍미를 느낄 수 있었다. 콜롬비아의 슈푸리모에서 과테말라 안띠구아로 옮겨가기까지는 3년 정도 걸렸다. 과테말라 하면 과테말라 레인보우의 전통적인 직조와 컬러풀한 자수 소품과 마야 원주민의 순수한 미소를 떠올리게 한다. 그리고 노벨문학상을 받은 언론인 출신의 소설가 미겔 앙헬 아스투리아스가 생각난다. 아스투리아스는 전통적으로 구전 되어오고 있는 민담을 소설로 재창조하여, 마술적 리얼리즘이라는 소설문학의 새로운 지평을 열었다. 그의 대표작인 『대통령 각하』는 독제 정권을 비판하는 소설로 우리에게도 익숙한 작품이다.

안띠구아 커피는 해발 1,500m 이상 화산지역에서 생산되고 있다. 더욱이 나무를 불태워 커피 경작지로 조성했기 때문에, 스모키한 고급 커피의 대명사가 되었다. 이 지역 사람들은 전체 인구의 4분의 1이 소농 중심으로 커피 농사를 짓고 있어 비싼 화학 비료를 쓰지 않는 것으로도 잘 알려져 있다. 구산은 안띠구아를 마실 때마다 이 나라의 슬픈 역사 때문에 마음이 울연 해지곤 한다. 인구 3만 명의 작은 도시 안띠구아는 1821년 과테말라가 독립하기 전까지 300년간 스페인의 마야 왕국 정복 이후, 식민시대 수도가 된 상처가 많은 도시다. 1,776년 해발 2,000m의 안띠구아산 폭발로 도시가 파괴되었는가 하면, 독립 후 인디오들은 그들의 권익을 요구하는 시위를 벌였다가 군인들에게 총살당하기도 했다. 마야문명의 후예들로 몽고반점을 가진 인디오 15만 명이 커피농장에서 일하다가 학살당한 것이다. 독재정권 시절 군인들에 의해 많은 농민들이 죽임을 당했다. 그런가 하면 지주들이 소고기를 먹기 위해 소를 집단으로 사육하려고 마야 농민들의 농지를 강제로 빼앗아 목초지로 바꾸었기 때문에, 많은 커피 재배 농민들 삶의 터전이 파괴되기도 했다. 구산은 인디오들의 검은 눈물과도 같은 안띠구아를 마실 때마다, 아주 천천히 슬픈 영혼들을 생각하며, 한숨 같은 연기를 품은 듯한 맛을 음미한다. 그때마다 인디오들의 눈물과도 같은 커피향이 슬프도록 찌릿찌릿 온몸으로 퍼졌다.

커피는 향기와 맛을, 몸과 마음으로 동시에 느끼며 마셔야 한다. 그래서 커피는 코와 혀와 목젖으로 마신 후, 입과 목에 남은 여운의 마지막 맛까지도 느낄 줄 알아야 한다. 커피는 목이 말라서 마시는 음료가 아니다. 한잔의 커피 안에는 슬픔과 행복과 사랑, 위로와 카타라시스 등 심오한 삶의 철학이 담겨있는 것이다. 구산이 안띠구아 커피를 특별히 좋아하는 이유는 화산 폭발과 군인들에 의해 학살당하고 대지주들에 의해 농토를 빼앗기는 등 눈물 젖은 슬픈 역사 때문이기도 하지만, 고소하고 다크한 풍미와 독특한 스모키 향에 반했기 때문이다. 타는 듯한 향을 전라도 말로 냇내(연기 냄새)가 깃든 향기라고나 할까. 안띠구아를 마시고 나면 묵직하면서도 냇내 향의 뒷맛이 산뜻하기까지 하다. 그가 콜롬비아 슈푸리모와 과테말라 안띠구아 중에서 안띠구아를 선택한 것은 결국 안띠구아 커피 농부들의 슬픈 역사 때문인 것이다. 안띠구아를 마실 때면 군인들에 의해 학살당한 안띠구아 농민들과 함께 1980년 5월에 민주주의를 지키려다 죽은 광주 사람들이 자꾸만 눈에 밟혀왔다.

구산은 처음 얼마 동안 콜롬비아 슈푸리모와 과테말라 안띠구아 커피 맛을 구별할 수가 없었다. 그래서 자신보다는 미각이 더 예민한 그의 아내한테 물어보았다.

"확연히 차이가 나요. 특히 스모키한 향이 달라요. 슈푸리모의 스모키한 향은 날카롭고 자극적이지요. 그런데 안띠구아는 좀 더 부드럽고 포근하다고나 할까. 나는 안띠구아의 탄 맛이 자극적이지 않고 산뜻해서 좋아요."

아내의 말을 듣고 한동안 두 커피 맛을 비교해가며 음미 해보고 나서야 비로소 그 차이를 확연히 구별할 수가 있었다. 안띠구아에 비해 슈푸리모의 스모키한 향이 더 자극적이었다. 같은 탄 맛이라도 하나는 날카로웠고 다른 하나는 은근했다.

"가끔 바꿔가며 마시는 것도 좋아요. 강한 스모키 향을 느끼고 싶을 때는 슈프리모를 마시고 산뜻한 맛이 그리울 때는 안띠구아를 마시고. 값도 비슷하니까.”

아내의 말에 그는 고개를 거듭 끄덕였다. 암튼 그들은 가끔 과테말라 안띠구아와 콜롬비아 슈프리모를 바꿔가며 마시기도 한다. 마트에 가서 안띠구아 원두가 없으면 그냥 슈프리모를 사오기도 한다. 두 가지 원두가 없으면 할 수 없이 인터넷으로 주문을 하는데 어쩌다가 택배가 늦어지면, 여기저기서 선물로 받은 필터 커피를 마시기도 한다. 다행히 요즘에는 서울에 사는 그의 며느리가 금방 로스팅 한, 따끈따끈한 안띠구아 원두를 보내주고 있어서 한결 새 맛을 즐기고 있다.

구산이 안띠구아 커피를 처음 마신 곳은 선암사에서 순천으로 가는 길 상사댐 부근에 있는 ‘커피 빈’에서였다. 지금은 없어졌지만 이 카페에서 커피를 마시기 위해 생오지에서 1시간 정도 차를 몰고 찾아가곤 했었다. 이 집에 가면 언제나 하얀 강아지가 문앞에서 꼬리를 치며 손님을 맞아주곤 했다. 이곳은 치장하지 않은 시멘트벽에 커피 생산지가 표시된 세계지도가 걸려있었다. 40대 후반쯤으로 보이는 젊은 부부가 운영하는 이 카페에서 커피 상식이 풍부한 바리스타 겸 사장이 안띠구아 원두로 내려준 커피를 마실 수가 있었는데 그 맛이 너무 깊고 산뜻했다.

2011년 생오지문학의집 앞마당에 자목련이 탐스러운 꽃봉오리를 터뜨리기 시작한 봄날, 광주고등학교 동기 문예부 4인방이 그의 집에 모였다. 이성부 윤재성 김석학 그리고 구산. 21년 만에 네 친구가 함께 얼굴을 마주하고 앉아서 커피를 마셨다. 그동안 개인적으로는 따로 만남을 가져왔으나 네 사람이 한자리에 모인 것은 참으로 오랜만이었다. 그만큼 지나온 삶이 곤고한 탓이었으리라. 모두 70이 넘어 얼굴에는 그동안 흘러간 시간의 축적만큼이나 희로애락의 주름들이 눈에 띌 정도로 깊게 패이기 시작했다. 저마다 시간에 쫓기듯 숨 가쁘게 살아왔기에 조금은 지쳐 있었으나, 되도록 고달팠던 삶의 흔적을 보이지 않으려고 애써 밝은 웃음을 지어 보였다. 네 명의 친구들은 모두 가정적으로나 사회적으로나 나름대로 자리를 잡고 살아가는 터였다. 이성부는 시인으로, 윤재성은 출판사 사장, 김석학은 언론인, 구산 또한 소설가로 이름을 걸고 있었다.

"그러고 보니 고교 문예부 출신 우리 네 사람 모두 글과 인연을 맺고 살고 있구나."

얼마 전부터 건강이 좋지 않아서 술을 끊었다는 이성부가 말했다. 모두 고개를 끄덕였다. 그날 그들은 자식들 문제 등 가정사에 대한 이야기는 하지 않았다. 늙은 친구들이 모이면 으레, 성공한 자식이나 공부 잘하는 손주들 자랑에 열을 올리기 마련이었으나, 네 사람 중 그 누구도 자식들 이야기를 꺼내지 않았다.

"고2 때였지? 크리스마스 이브에 우리 넷이 충장로 파출소 앞에서 맨바닥에 납작 엎드려 큰절을 올리며 제발 오늘밤 통금시간 어겨도 잡아가지 말라고 빌었던 거 생각나지? 이 나이에도 크리스마스 이브 때면 그날 기억이 난다니까.”

“그땐 충동적 감성으로 살았었지만 그런대로 행복했지. 졸업식 날 밤엔 술에 취해서 법원 정문에 붙은 ‘공탁국’ 간판을 ‘곰탕국’으로 고쳤지.”

“어디 그뿐이냐, 교문에 걸린 우리 학교 간판과 ○○여고 간판을 바꿔치기했던 것 기억나지? 다음 날 난리가 났었어.”

“광고시집 출판했을 때, 학교 허락도 없이 책을 냈다고 성부하고 구산이 무기정학 당했었잖아.”

“그때 우리 둘 한 달 동안 날마다 도서관으로 등교해서 화장실 청소를 했지.”

“니네 두 사람. 참말 골치 아픈 문제 학생이었어.”

“야, 시험 볼 때마다 늦게 나온 놈이 그 벌로 짜장면 샀던 거 생각나? 석학이 하고 재성이가 자주 샀지만.”

“그랬지. 양 많이 주는 양동시장까지 한 시간을 걸어가서 짜장면 곱빼기로 먹었지.”

“야야, 무등산 정상에 올라갔다가 군인들한테 붙잡혀서 한 시간 동안 팔굽혀펴기 벌 받았던 거는 잊었냐?”

“맞아… 그 때 무등산 정상이 일반인은 금지구역이었어.”

“그래도 우린 순수했었지. 무엇보다 영혼이 시처럼 맑았으니까.”

“암, 문학에 대한 꿈과 열망이 뜨거웠으니까.”

“아, 그 시절이 그립다.”

　네 친구는 고교 시절의 이야기에 취해 깔깔대며 시간 가는 줄을 몰랐다. 그날 그들은 이야기하느라 너무 목이 말라서 커피를 두 잔씩 마셨다. 그들 넷은 새벽 1시에 술이 아닌 커피를 마셔본 건 처음 일이었다. 그날 밤 모두 구산의 집에서 하룻밤 묵었는데 커피 때문이었는지 잠을 이루지 못해 시간 가는 것도 잊고 큰 소리로 깔깔대며 새벽녘까지 오래 가슴에 묻어두었던 이야기들을 쏟아냈다.

　"우리도 이제는 고희가 넘었으니 인생 종점이 가까웠구나. 오르막길보다 내리막이 위험하다는데… 건강 조심하자."

　"별 걱정을 다 하는구나. 엄혹한 세상 살아오는 동안 우리는 수많은 종점을 지났어. 격변기 속에서 이만큼 살았으면 됐지. 뭘 더 바라는데?"

　"맞아, 팔일오 광복부터 육이오, 사일구, 오일육, 오일팔까지 겪고도 장가 가서 자식새끼 낳고 한세상 잘 살았지."

　"살고 보니 인생 참 별거 아니더라. 목숨 걸었던 사랑도, 채워지지 않은 탐욕도, 발버둥 쳤던 출세에 대한 열망도, 다 한바탕 꿈이고 허무한 날갯짓이었어."

　"많은 꿈을 꿨지만 꿈 같은 기적은 한번도 없었지."

　"돌이켜보면 마치 길고 험한 풍랑 속을 뱃길 따라 탐험을 하고 난 기분이야. 인생은 위험한 탐험이야."

　"그런데 탐험을 하고 보니 아무것도 얻은 게 없고 남길 것도 없어. 다 부질없다고."

"인생에 정답은 없어. 그냥 생명 다할 때까지 길을 따라가는 거야. 뭘 찾을 생각도 남길 생각도 하지 마. 말짱 부질없는 짓이야."

"하기야 마지막엔 빈손으로 돌아갈 거니까. 알렉산더 대왕이 죽어서 장례 때 활짝 편 두 손을 관 밖으로 내놓게 했다지 않던? 난 아무것도 가지고 가지 않는다는 것을 보여주기 위한 거지."

"그래도 네 둘은 작품이라도 남지."

"작품? 그까짓 거… 나 없어지면 다 그만이야. 마치 흘러가는 강물 위에 이름을 쓴 것 같아."

구산은 허탈하게 웃으며 말했다.

"그래도 작품을 기억하는 사람들은 있지 않을까? 기억한다는 건 살아있다는 거야."

"물 위에 쓴 거라서 흘러가면 금방 사라질 건데, 누가 뭘 기억해줄 건데?"

"그래도 넌 한 세상 재미 봤잖아."

"재미? 그렇지. 한때 간질간질한 재미 좀 봤지."

"잠자기는 틀렸다. 아무 술이나 좀 더 가져와라."

이렇게 해서 네 사람은 사양하지 않고 권커니 잣커니 술잔을 비워 어리바리하게 취했다. 건강 때문에 술을 끊었다는 성부도 사양하지 않고 거푸 마셔댔다. 취중진담이라고 했던가, 네 친구들은 그동안 서로 심기가 불편했던 일이며 속상했던 일을 거리낌 없이 토해냈다. 그러나 누구도 언성을 높이거나 서운해 하지는 않았다.

"참, 네들 '버킷리스트' 영화 봤어? 재벌인 에드워드와 자동차 정비사 카터가 죽을 병에 걸려 함께 버킷리스트를 정하고 세계여행을 떠나는 이야기인데…"

"야 야, 나한테 버킷리스트가 하나 있는데 말야, 내년 이맘때 우리 네 친구들 이렇게 다시 만날 수 있을까?"

"그게 버킷리스트라고? 얼마든지 가능하지. 안 그러냐?"

"그래, 이제부턴 매년 만나자. 인생 얼마 남지도 않았는데…"

"나도 소원이 있는데… 죽기 전에 백두산 천지 한번 보는 거다. 우리 다 같이 백두산에 한번 가볼 수 있을까?"

"가능하지. 헌데 성부 너, 버킷리스트는 뭐냐?"

"올해는 꼭 모란공원에 가서 김현승 선생님 묘지에 커피 한잔 부어드리는 거다. 생각해보니까 내가 문학소년 시절부터 선생님한테 수백 잔 커피를 얻어 마셨는데 나는 한 번도 커피 대접을 하지 않았더라고… 그게 마음에 늘 걸려서…"

"그래 언제 날 받아서 나랑 같이 묘소에 한번 가자. 나도 선생님한테 커피 많이 얻어 마셨잖어."

"구산은 버킷리스트가 뭐야?"

"나? 아이슬란드에 가서 오로라 한번 보는 거. 오로라와 무지개의 차이를 알고 싶거든. 무지개가 있는 세상과 오로라가 있는 세상은 어떻게 다를까?"

"야, 집어치워. 너 생각보다 세속적이구나."

그들은 그날 밤 새벽 3시가 넘어서야 겨우 잠자리에 들어 벌건 해가 유리창을 핥아댈 때까지 늦잠을 퍼잤다.

"나도 너처럼 이런 골짜기에서 살면 건강이 좀 좋아질지 모르겠구나."

간이 좋지 않아 자주 병원에 입원한다는 성부가 헤어지면서 구산에게 말했다. 그때 헤어진 지 1년도 못 된 2012년 2월 28일 이성부가 세상을 떠났다는 연락을 받았다. 구산은 서둘러 서울로 올라갔다. 이성부 장례식장에서 만난 세 친구들은 성부가 그의 버킷리스트를 이루지 못한 것을 아쉬워했다. 그러고 보니 네 친구들 중에서 그 누구도 아직 버킷리스트를 이루지 못하고 있었다.

이성부가 세상을 떠난 후 구산은 한동안 허무의 늪에 빠진 채 흐느적거리고 있었다. 그는 삶의 자극제를 찾아야만 했다. 그렇지 않고는 아무것도 하기 싫었다. 그 스스로 각성하기 위해 밤 10시가 지나서도 커피를 진하게 내려 마셔야만 했다. 그는 세상을 뜬 이성부가 보고 싶을 때마다 컴퓨터에 들어가 이름을 클릭하면 많은 독자들이 그의 작품과 만나 대화를 나누고 있음을 확인했다. 비록 생물학적 생명은 다했지만 이성부는 여전히 많은 사람들 기억 속에 살아 있었다.

11

손자와 함께 영산강을 걷다

싱가폴에서 대학에 다니고 있는 손자 준철이가 여름방학을 맞아 영산포에 왔다. 구산은 그동안 손자 전화를 받을 때마다, 영산포에 오면 맛있는 음식을 사주겠다고 꼬드겨왔다. 구산은 먼저 음식을 통해 손자에게 그가 살고 있는 지역 정서를 심어주고 싶었다. 음식은 그 지역의 역사고 문화이며 정서고 숨결과도 같기 때문이다. 손자가 도착한 날 저녁에 나주곰탕을 사주었다. 손자는 서울에서 먹었던 곰탕에 비해 고기가 쫀득하고 국물이 시원하다고 했다.

"할아버지 설렁탕과 곰탕은 어떻게 달라요?"

"설렁탕은 뼈를 곤 것이고 곰탕은 살코기를 곤 것이란다. 나주곰탕은 밤새도록 살코기를 곤 것이라 국물이 맑고 시원하지."

구산은 손자에게 나주곰탕의 토렴에 대해서도 말해주었다.

다음 날에는 영산포에서 제일 유명한 홍어집에 데리고 가서 홍어 정식을 사주었다. 그는 손자가 홍어를 잘 먹을 수 있을까 은근히 걱정을 했지만 그것은 기우였음을 알았다. 먼저 홍어 무침이 나왔다. 무채며 미나리에 고춧가루와 식초를 넣고 홍어 살과 버무린 무침은 매콤했다. 손자는 거부감 없이 무침을 잘 먹었다. 매운 양념 때문에 홍어 특유의 톡 쏘는 맛이 감추어져 있어서 거부감 없이 먹을 수 있겠다 싶었다. 다음에 삼합이 나왔다. 손자는 김에 삶은 돼지고기와 홍어, 묵은 배추김치를 포갠 다음 손으로 말더니 한입에 넣고 우적우적 씹었다. 손자의 얼굴에 알 수 없는 미소가 가득 넘쳤다. 이어서 수육이며 홍어 전, 튀김과 홍어탕도 망설임 없이 잘 먹어 치웠다. 홍어 튀김과 홍어 코를 먹을 때는 잠시 손으로 코를 쥐고 후후 입바람을 불어댔으나 잘도 참았다.

"홍어는 커피와 함께 할아버지가 좋아하는 음식이란다. 그냥 단순히 기호식품이 아니라 할아버지의 소울 푸드지. 그래 먹을 만하냐?"

구산은 전라도 토박이들도 먹기 힘든 홍어 코를 먹도록 했다. 손자는 그 말이 떨어지기가 바쁘게 코 한 점을 초장에 찍어 입에 넣고 씹기 시작했다.

"그래 맛이 어떠냐?"

"홍어 튀김 먹을 때는 입에서 폭탄이 터진 것 같았는데 다 맛있어요. 코는 질기지만 거부감 없고 애는 기름지고 날개는 씹을수록 새로운 맛이 나요."

"아무리 쓴 것도 오래 씹으면 쓴맛 외에 오묘한 다른 맛을 느낄 수가 있단다. 사람 사는 것도 마찬가지지."

그의 말에 손자는 알 수 없다는 듯 애매하게 미소를 지었다.

"어, 잘 먹었다. 앞으로 할아버지 집에 올 때마다 홍어 먹을래요."

그는 손자에게 홍어 이야기를 해주었다.

삭힌 홍어는 나주 영산포와 목포가 유명하다. 홍어 요리 중에서도 홍어애탕이 별미다. 봄부터 겨울까지 사철 먹을 수 있는 홍어애국은 얼큰하면서도 담백하다. 특히 쑥을 넣고 끓인 홍어애쑥국은 톡 쏘는 홍어 맛과 쑥의 씁쓰레한 맛이 어울려 강하고 자극적이다. 담백하면서도 개운한 맛을 즐기는 사람은 보리싹홍어애국을 선호하고, 자극적이고 강렬한 맛을 즐기는 사람은 홍어애쑥국을 좋아한다. 암튼, 홍어애국을 먹고 나면 몸 안의 더러운 성분이 옴씰하게 빠져나간 기분으로 정신까지 창량해지는 것 같다. 탕에는 홍어 뼈를 빠뜨리지 않아야 한다. 보름 정도 푹 삭힌 홍어 뼈를 오들오들 씹는 맛이 일품이다.

특히 봄철에는 쑥이나 보리 새싹으로 끓인 홍어탕이 별미다. 홍어애쑥국을 끓여 먹으면 쑥이 가지고 있는 씁쓰레한 본디 맛과 톡 쏘는 홍어 향기를 그대로 맛볼 수 없다고들 하지만 그렇지가 않다. 홍어애쑥국은 쑥 향과 아릿한 홍어 맛을 함께 맛 볼 수가 있다. 쑥과 홍어는 모두 그 맛과 냄새가 강하고 특별해서 함께 국을 끓여도 저마다의 그 본디 맛이 사라지지 않는다. 전라도 사람들은 누구나 홍어애쑥국이나 보리싹홍어애국을 먹어야 비로소 "아, 봄이로구나." 하고 봄을 한껏 넉넉하게 음미한다. 홍어는 전라도의 대표 음식이다. 전라도 사람치고 홍어에 중독되지 않은 사람이 없다. 전라도에서 홍어는 잔치 음식의 중심이고 시작이며 끝이다. 아무리 잔칫상에 상다리가 부러질 정도로 산해진미를 차렸어도 홍어가 없으면 잘 차린 상이 아니다.

홍어 맛은 화하고 톡 쏘는 아릿한 맛과 얼큰함에 이어 그 끝은 달큼하다. 처음에는 코끝이 찡하고 박하사탕을 깨물었을 때처럼 입안이 화하지만 조금 씹고 나면 그 맛이 쫀득쫀득하다. 씹다 보면 상큼하고 청량한 맛이 오래 머물면서 개운하다. 한 마디로 홍어 맛은 삶의 고달픔과 함께 고난을 이겨낸 다음의 통쾌함이라고나 할까. 잘 삭은 홍어를 먹고 나면 고단한 삶의 체증이 뻥 뚫리는 기분이다.

그날 밤, 구산은 시집 『홍어』를 읽어보라고 손자에게 주었다. 손자는 초저녁부터 서재에 들어가더니 밤새도록 시집을 읽었다고 했다.

"어제 할아버지께서 누구인가 전라도 사람들을 홍어에 빗대어 비하하는 말을 한다고 하셨는데 그 이유가 뭐여요?"

손자는 이해할 수 없다는 듯 연신 고개를 갸웃거렸다. 구산은 하는 수 없이 5.18에 대한 이야기를 해 줄 수 밖에 없었다. 1980년 5월 광주 도청 앞 상무관에 안치된 수 많은 시신들을 미처 매장하지 못해 부패할 수 밖에 없었는데 그 때 냄새가 많이 났다는 이야기를 해주었다.

"그런 환경에서도 시민들의 억울한 죽음을 애도하기 위한 행렬이 날마다 길게 줄을 섰었다."

갑자기 손자의 얼굴빛이 어두워졌다.

"그 냄새가 마치 삭힌 홍어 냄새와 비슷했다. 그래서...."

그는 차마 더 이상 말을 잇지 못했다.

"참 나쁜 사람들이네요."

손자는 음울하게 가라앉은 목소리로 혼잣말처럼 중얼거렸다.

"옛날에는 전라도 바닷가 사람들이 개펄을 파서 조개 같은 것을 캐 먹고 살았다고 해서 '개땅쇠'라고 비하했었단다."

손자는 더 이상 묻지 않았으나 한동안 얼굴빛이 무겁게 가라앉아 있었다. 구산은 순간 손자가 홍어를 통해 무엇을 느꼈는지 궁금했지만 더 이상 묻지 않았다. 모든 것을 스스로 깨닫게 되기를 바랐을 뿐이다.

"저는 서울에서 태어났지만, 할아버지가 전라도 사람이니까 저도 전라도 사람이 맞지요? 앞으로는 누가 고향이 어디냐고 물으면 전라도라고 말해야겠어요."

손자는 한참 후에 결심한 듯 그렇게 말했고 구산은 희미하게 웃으며 무겁게 고개를 세 차례나 끄덕여 보였다.

이틀째 되는 날 구산은 손자를 차에 태우고 영산강 강변길을 따라 영산포에서 몽탄까지 드라이브를 즐겼다. 손자는 자동차 문을 반쯤 열고 영산강에 시선을 빼앗긴 듯싶었다. 강변의 높고 낮은 산이며 넓은 들, 노란 금계국꽃들과 바람에 온몸 흔드는 갈대에 시선을 빼앗긴 채 말이 없었다.

"준철아, 한강이 좋으냐 영산강이 좋으냐?"

구산 부인이 손자에게 물었다.

"영산강이 더 좋아요. 아니, 세느강보다 더 마음에 들어요. 우선 사람들이 많지 않아서 좋고 강물이 하늘빛이고 강바람이 상큼해요. 한강에는 사람들이 바글바글하잖아요. 그리고 또 영산강 주변에는 넓은 들과 산들이 둘러 있고 강변에 가득 찬 갈대며 꽃들이 예뻐요. 저도 훗날 영산강변에서 살고 싶어요."

손자의 말에 아내와 그는 커다랗게 고개를 끄덕이며 오달지게
웃었다.

구산은 죽산보를 지나 석관정(石串亭) 쉼터에 차를 세우고 나루
터 쪽으로 나왔다. 손자도 두 팔을 벌려 기지개를 켜며 따라 나
왔다. 그와 손자는 심호흡을 하며 말 없이 도도히 흐르는 강을
바라보았다. 석관정 맞은편 강 건너 산기슭에 자리잡은 금강정
(金剛亭)이 손에 잡힐 듯 가까이 보였다. 나룻배가 있다면 서둘러
건너가고 싶었다.

"헌데 할아버지, 강에 왜 낚시꾼이 하나도 안 보여요? 영산포
에서 여기까지 오는 동안 낚시꾼을 한 사람도 못 봤어요. 낚시
금지구역인가요?"

손자가 강을 휘둘러보며 뚜벅 물었다.

"낚시 금지구역이기도 하지만 고기가 없단다."

"이 큰 강에 고기가 없어요?"

"강물이 오염되어서 고기가 있어도 먹을 수가 없어. 영산강에
서는 목욕도 할 수 없단다."

"그래요?"

손자는 너무 놀란 듯 한동안 입을 다물지 못했다.

"강이 죽은 거나 마찬가지지."

"강이 죽어요? 강도 죽을 수가 있군요. 그러니까 이 강은 그냥
보기만 좋군요. 코발트 블루 물감으로 그린 그림처럼…"

손자가 말한 그림처럼이라는 말이 가시처럼 구산의 심장에 깊

숨이 박히는 것만 같아 섬칫 놀랐다.

"그림처럼…"

"강이 왜 죽지요? 이렇게 흐르고 있는데…."

손자는 놀란 얼굴로 큰 소리로 거듭 물었다.

"콘크리트로 숨통을 막아버렸거든. 그래서 숨을 쉴 수가 없는 거지. 생명이 있거나 없거나 이 세상 모든 것들은 숨을 쉬지 못하면 죽을 수 밖에 없지."

"강도 숨을 쉬나요?"

"그렇지. 숨 쉬는 게 어디 강물뿐이겠느냐. 돌도 나무도 흙도 숨을 쉬지."

"아아, 그러니까 강물이 숨을 못 쉬어서 죽은 거군요."

"너 비오디라는 거 알지? 생물화학적 산소요구량 말야. 물 속 미생물이 유기물을 분해하는 데 필요한 산소가 부족하면 강물이 썩기 마련이란다."

구산의 말에 그의 손자는 휴대폰을 꺼내 한참 동안 검색을 하고 나더니 거듭 고개를 끄덕였다.

"바다와 만나는 강 하구를 시멘트로 막아버려서 바닷물이 들어올 수도 없게 되었단다."

"사람으로 말하면 항문이 막혀버렸네요. 그래도 영산포에서 배를 타면 바다로 갈 수는 있지 않나요?"

"콘크리트로 된 하구언 때문에 막혀서 바다에 갈 수 없지."

"그렇다면 당장 콘크리트를 허물고 강을 살려야지요. 나주 사람들 왜 죽어가는 강물을 그냥 보고만 있지요? 살려서 물고기도 살고 배를 타고 바다에도 갈 수 있어야죠.”

손자는 크게 낙심한 듯 한숨까지 몰아쉬며 큰 소리로 말했다.

“할아버지의 꿈은 영산강에 고깃배들이 드나들고, 강바람 맞으며 황포돛배를 타고 목포까지 가보고… 또 여름이면 멱을 감고 강에서 낚시하는 모습을 보는 것이란다. 그런데 우리 세대에서는 그 꿈이 이루어질 것 같지가 않구나.”

구산의 말에 손자는 어두운 표정으로 거듭 고개를 갸웃거렸다.

그날 그들은 몽탄까지 가서 짚불구이를 먹었으며 돌아오는 길에 식영정(息營亭)에 들렀다. 영산강에는 발원지에서 가까운 담양 가사문학면의 식영정(息影亭)과 몽탄 식영정이 있는데 한자로 ‘영’자가 다르다. 담양의 식영정은 김성원이 임억령을 위해 지은 정자로 ‘그늘도 쉬어가는 집’이라는 의미이고 몽탄 식영정은 정자를 세운 임연이 세상을 경영하는 일도 잠시 쉰다는 뜻이 담겨 있다. 그들은 정자에 올라, 영산강을 바라보며 몽탄노적(夢灘蘆笛) 즉 몽탄강의 갈대피리 소리를 듣는다는 영산강 8경 중 한 곳을 구경했다. 집에 돌아온 구산은 밤이 깊도록 손자에게 영산강에 대한 이야기를 해주었다.

다음날에는 미국의 명문대학에서 회화를 전공하고 국내 대학원에 다니는, 화가 지망생 손녀 지영이가 왔다. 이날도 구산은 어김없이 손녀에게 홍어정식을 시주면서 삭힘의 미학과 전라도 정신에 대한 이야기를 해주었다. 그는 손녀가 홍어에 대한 거부감 없이 잘 먹어준 것을 보고 역시 내 핏줄을 받은 손주로구나 싶어 고맙기만 했다. 그들은 점심을 먹고 나서 영산강변에 있는 복암리 고분박물관에 갔다. 구산의 손녀와 손자는 박물관 안에 있는 마한시대의 거대한 무덤과 유물들을 보고 우와! 하고 탄성을 연발하며 휴대폰으로 사진 찍기에 바빴다. 남매는 크고 작은 여러 가지 옹관들을 유심히 들여다보며 매우 신기해하였다. 특히 금동신발을 보고는 엄청 발이 크다는 둥 진짜 금으로 만든 신발이냐는 둥 이것저것 물었다. 복암리 고분박물관을 구경한 그들은 가까이에 있는 염색박물관으로 향했다. 구산은 박물관 앞에 차를 세우고 아이들에게 마한 이야기를 해주었다.

마한(馬韓)은 기원전부터 6세기에 이르기까지 영산강을 중심으로 존재했던 고대국가로, 한때 지금의 충청도 전라도 지역에 분포한 54개의 소국으로 이루어졌다. 4세기에 와서 백제 근초고왕에 의해 차츰 국력을 잃고 쇠퇴하여 백제국에 흡수되고 말았다. 마한은 나름 고유한 문화를 꽃피웠는데 기록에 의하면 마한 시대에 지개를 지고 농사를 지었고 누에를 길러 명주를 생산했으며, 쪽, 황토, 감, 홍화,치자 등 천연염색으로 옷을 해 입었다. 특히 마한 시대에는 오늘날 강강술래의 원형이라고 할 수 있는 마한 춤이 유명했다. 약간 구부정한 자세로 방울을 흔들고 앞 사람을 따라 두 발로 땅을 힘껏 차고 춤을 추면서 움직이는데 그 율동이 매우 경쾌하다.

대충 설명을 끝낸 구산은 아이들을 앞세우고 염색박물관 안으로 들어갔다. 박물관에는 누에를 키우고 실을 뽑아 명주를 짜는 것에서부터 여러 가지 재료로 염색을 하는 과정과 천으로 만든 옷들이 진열되어 있었다. 그림을 그리는 구산의 손녀는 천연염색에 대해 관심이 많은 듯, 나이 들어 보이는 해설사에게 삼국시대 옷과 마한의 옷 차이점 등 많은 것들을 질문했다. 손녀는 동생이 그만 가자고 재촉했으나 오랫동안 그곳에 머물렀다. 집으로 돌아오면서 손녀는 앞으로 천연염색의 재료만으로 그림을 그리고 싶다는 말을 했다. 그날 밤 구산은 아이들에게 고분박물관에서 가져온 마한에 대한 팜플렛과 책자를 읽도록했다.

"다음에 올 때는 반남에 있는 국립나주박물관을 구경시켜주겠으니 기대해라."

"반남에는 또 뭐가 있어요?"

"마한의 모든 것, 아니지 영산강의 모든 것이 있단다."

"마한의 모든 것이 뭐예요?"

"가 보면 안다. 오늘은 할애비가 마한 춤을 보여주랴?"

구산은 그렇게 말하고 소파에서 일어나 허리를 구부리고 두 손에 방울을 흔들어대는 시늉을 하며 방울 소리에 맞춰 발바닥으로 방바닥을 절도있게 찍어 밟으며 앞 사람을 따라 옴죽옴죽 움직이는 모습을 보여주었다.

"이게 마한 춤이란다. 사람들이 둥글게 원을 그리면서 앞 사람을 따라 방울 소리에 맞춰 춤을 추는 마한 춤. 이 게 바로 강강술래와 K댄스 원형이라고 할 수 있지."

아이들은 웃지 않고 사뭇 진지한 얼굴로 숨을 헐떡이며 소파에 앉은 할아버지를 한참이나 바라보았다. 구산은 더 이상 마한에 대해 구체적으로 말하지 않았다. 아이들의 궁금증을 키워주고 싶었기 때문이다. 그리고 궁금증이 자꾸만 커져서 영산강 강변에 살고 있는 할아버지를 자주 찾아오게 하고 싶었다. 그는 앞으로 손주들에게 천천히 그리고 줄기차게 나주와 영산강과 마한의 역사 문화유산들을 보여주고 이야기해 줄 계획이다. 그리하여 그 아이들이 더 나이 들어서도 할아버지와 함께 영산강을 잊지 않게 하고 싶었다. 할아버지 하면 맨 먼저 영산강을 떠올리게 하고 싶은 것이다. 나주에 올 때마다 나주곰탕과 홍어를 사 먹이는 것도 그 나름대로 다 뜻이 있어서다. 교육은 주입식으로 급하게 서두른다고 해서 결실을 거두는 것이 아니라, 물감처럼 서서히, 그리고 자연스럽게 마음 속 깊숙이 스며들게 만들어야 하기 때문이다.

일주일 후에는 구산의 큰딸이 일본에 살고 있는 아들 며느리를 앞세우고 영산포에 왔다. 구산의 외손자 승철은 일본에서 대학을 졸업하고 일본인 여자와 결혼해서 도쿄에 있는 미국 회사에 다니고 있다. 외손자 며느리 아오이는 아버지가 교환교수 시절에 미국에서 태어났으며 그곳에서 학업을 마치고 최근에야 일본으로 돌아왔다. 자그마한 키에 눈이 반짝반짝 빛나는 아오이는 귀여운 얼굴에 수줍음이 많은 여자다. 대화를 할 때는 어른을 똑바로 쳐다보지 않고 말을 할 때도 다소곳이 고개를 숙인 채 낮은 목소리로 속삭이듯 하였다.

구산은 오후 느지막이 나주역에 도착한 그들을 차에 태우고 나주곰탕 집으로 향했다. 늦은 오후라서 다행히 줄을 서지 않고 자리에 앉을 수 있었다.

"국물이 시원하고 고기가 맛이 있어요."

아오이가 서투른 한국말로 또박또박 말했다.

"아오이는 한국에 오면 국밥이나 설렁탕 곰탕 같이 국물이 있는 음식을 좋아하더라고요."

구산의 큰딸이 거푸 곰탕 국물을 떠먹고 있는 며느리를 오달진 표정으로 마주 보며 말했다.

다음날에는 식당에 데리고 다니면서 복탕과 비빔밥 백반을 사주었다. 홍어를 먹겠느냐고 권해보았으나 외손자 승철이가 격렬하게 고개를 흔들었기에 포기했다. 일본 여자인 외손자 며느리한테 홍어를 먹이고 싶었던 구산은 적이 실망할 수밖에 없었다. 구산은 그들을 차에 태우고 영산강 강변길을 따라 죽산보까지 내려갔다가 되돌아와서 앙암바위 정자에 올랐다. 승철이와 아오이는 정자에 서서 영산강을 바라보며 원더풀을 연발했다. 옆에 있던 구산은 그들 부부가 일본어가 아닌 영어로 대화를 하는 것에 적이 놀랐다. 큰딸 말로 아오이는 미국에서 살아서 일본어가 서툴다고 했다.

"아, 무등산이다. 저기 북동쪽에 보이는 산이 무등산이다. 나는 태어나서부터 팔십 다섯 살이 될 때까지 저 무등산을 바라보

며 살았단다. 여기 올라오니 무등산이 보여서 다행이다. 영산강
에서 무등을 볼 수 있으니 정말 다행이야.”

구산은 영산강 상류 쪽에 아슴푸레 구름 속에서 머리를 치켜
들고 있는 무등산을 보며 연신 감탄했다.

큰 딸 식구들은 다음날 아침에 떠났다.

“할아버지 할머니, 나주가 너무 좋아요. 음식도 맛있고 영산강
도 아름다워요. 앞으로 나주에서 살고 싶어요.”

아오이가 나주를 떠나면서 말했다. 구산은 그 말에 진심이 담
겨있다고 믿었다.

“그래, 언제든지 오너라.”

아내가 외손자 며느리를 안아주었다. 그 후 일본으로 돌아간
아오이는 전화를 할 때마다 감탄사를 섞어가며 영산강과 나주에
서 먹었던 음식 이야기를 되풀이했다.

12

행복한 커피여행

구산은 커피 여행을 통해 삶의 위안을 받았다. 핸드드립 커피를 즐기면서부터 시작된 이 여행은 전라도 남쪽 끝에서부터, 커피 축제로 유명한 강릉까지 이어졌다. 여행의 시작점은 동명동에 있는 커피 볶는 집 '마루'와 시청 옆 콜드블루로 유명한 '아사' 그리고 참숯으로 로스팅을 한다는 일곡동 '커피유니버시티'다. 광주에는 유명한 드립커피 전문점이 많이 있지만, 그는 몇 군데만 골라 다니면서 그 집만의 특별한 맛을 느껴보고 싶었다. 똑같은 원두라도 바리스타에 따라 맛과 향이 달라, 여러 가지 맛을 체험하다 보면 맛에 대한 감각이 무디어질 수도 있기 때문이다. 드립커피를 전문으로 하는 집인지, 주인이 커피에 대한 사랑이 어느 정도 깊은지를 알아보는 등 입소문까지 듣고 종합한 후에야 찾아간다.

구산은 지금까지 스페셜티 커피집만 골라 찾아다녔다. 스페셜티 커피(Specialty Coffee)는 스페셜티커피협회(Specialty Coffee Association)에서 정한, 스페셜티 기준에 따라 커피를 평가한다. 100점 중 80점 이상의 커피에 대해, 스페셜 커피라고 등급이 정해지며 비로소 인정을 받는다. 스페셜티 커피는 이상적인 기후에서 재배되며 풍미와 맛이 독특하고 결점이 없는 것이 특징이며, 재배 국가로는 콜롬비아, 에티오피아, 브라질, 인도네시아 등이고 아라비카 원두를 사용한다.

그가 목표로 정한 좋은 커피집은 주인을 직접 만나지 않더라도 커피집의 전체적인 분위기를 통해서 쉽게 알아볼 수가 있다.

실내장식이나 분위기, 냄새, 음악, 또는 메뉴판을 보면 주인의 취향이나 커피에 대한 전문성 그리고 감성 등을 대충 파악할 수가 있다. 그 커피 전문점만이 갖고 있는 축적된 시간의 개성 있는 분위기를 느낄 수 있다고나 할까. 실내로 들어서면서부터 개성 있는 커피 향을 강하게 느낄 수 있다거나, 화려하고 산만한 실내장식보다는 그림이나 장식품을 통해서 커피에 대한 감성을 자극시키는 소박한 분위기를 감지할 수가 있다. 또한 메뉴판을 보면 이 가게가 얼마나 다양한 원두를 확보하고 있는가를 알 수 있다. 로스팅을 직접 하지 않는 커피집이라면 다양한 원두를 확보할 수가 없다. 또 주인이 아무리 커피를 사랑하는 사람일지라도 모든 것을 바리스타에게 맡겨두고 집을 비운다는 것도 문제가 된다.

아사는 2층에 자리 잡은 넓은 홀로, 분위기가 아늑하고 편안했다. 음악회도 자주 열린 만큼 커피와 음악이 잘 어울리는 분위기랄까. 날마다 그날 소비할 만큼의 원두를 로스팅하여 1인분씩 낱개로 포장해서 팔기도 한다. 이 집에서 8,400원에 더치커피라고 하는 콜드 브루를 마셨다. 콜드 브루는 cold(차가운) brew(양조하다. 커피를 내리다)의 뜻으로, 분쇄한 원두를 상온이나 차가운 물에 장시간(8시간 이상) 우려내는 것을 말한다. 이날 아사에서 마신 콜드 브루 맛은 쓴맛이 덜하고 부드러웠다. 이 집은 커피 값이 비싼 편으로 케냐AA 드립 한 잔에 8,400원이다.

광주 일곡동에 자리를 잡은 커피 유니버시티는 유기농 커피를 산지에서 직접 구매하여 참숯으로 로스팅하는 로스터리 커피점임을 자부하고 있었다. 로스터(roastery)는 원두를 매일 로스팅해서 보다 신선한 커피를 제공하는 커피점을 말한다. 이 집에서 오랜만에 사이폰 커피를 마셨는데 맛이 깔끔했다. 커피대학이라는 상호답게 매월 첫 주일 월요일부터 4회에 걸쳐 바리스타 교육도 한다.

생오지에 사는 동안 그는 담양읍에 가는 날이면 메타 프로방스에 있는 '카페 마운틴'에 들러 커피 한잔으로 고단한 삶의 위로를 받았다. 이 집도 직접 로스팅하여 근방의 커피집에 공급을 해주고 있다. 홀 안으로 들어서면 로스팅 공간에서 흘러나오는 커피 냄새가 훅 스며든다. 원래는 담양 읍내 관방천 옆에서 카페를 운영해 왔었는데 그 곳은 동생한테 맡기고 이곳 프로방스로 옮겨왔다. 사장이 커피에 대한 자부심이 강하고 지식이 해박해서 많은 이야기를 들을 수 있다. 1층은 테라스와 홀이 있고 2층은 사랑방처럼 아늑하고 확 트인 전망이 한 눈에 들어온다. 평일에는 손님들이 그리 많지 않아서 오래 앉아 커피 향과 함께 자연의 풍광을 즐길 수 있다.

구산은 가끔 담양에서 가까운 순창으로 코스를 바꾸기도 했다. 그가 커피 여행을 갈 때는 반듯이 커피와 음식 맛을 함께 즐길 수 있도록 스케줄을 짰다. 가고 싶은 커피집 근처에는 어김없이 맛집이 있어야 한다. 그가 좋아하는 순창 맛집은 담양에서 순창 가는 국도변에 있는 금과면 방축리 옛날 순대집이다. 옛날 순대를 암뽕순대라고도 하는데 '암뽕'은 순대의 옛말로 돼지의 생식기를 의미하기도 한다. 지금은 돼지 창자로 만든 것을 통틀어 암뽕순대라고 한다. 순대를 먹고 나면 또 커피가 땡기기 일쑤여서 다시 커피집을 찾기 마련이다. 이날은 순창 고추장단지를 지나 순창읍 가까이에 있는 '커피와 고추장'이라는 간판을 달고 커피와 고추장을 같이 파는 집을 찾아갔다. 2022년에 문을 열어 잘 알려지지 않았으나, 주인 이름을 딴 '선문주 커피랩'이라는 브랜드를 론칭했다. 이 집에서 카메룬 부르마운틴 한잔을 드립해서 마셨더니 텁텁했던 입안이 개운해졌다. '커피와 고추장'이 생기기 전에는 가끔 순창 고추장단지에서 발효 커피를 미시기도 했는데 풍미가 너무 밍밍해서 그의 입맛에는 별로 맞지 않았다.

이상하게 구산은 계절이 변할 때는 강하게 커피향이 땡긴다. 사계절 중에서 빛깔이 가장 찬란한 계절은 가을이다. 생명이 움트는 봄에는 새싹이 돋아나고 산천이 연둣빛으로 빛나면서 꽃들이 시새워 향기를 내뿜고, 여름에는 불타는 태양 속에서도 장미며 배롱꽃과 함께 세상이 야청(野靑) 빛으로 짙어오며, 겨울에는 눈이 내려 한순간에 세상을 순백색으로 바꿔놓는다. 그는 사계절 중에서 빛깔이 화려한 가을을 가장 좋아한다. 넓은 들에는 벼가 노랗게 익고 산에는 울긋불긋 단풍이 물들면서, 여러 가지 들꽃들이 소리 없이 피는 가을이야 말로 온 세상이 알록달록 찬란한 색체로 넘친다.

이 찬란한 가을, 비둘기 잔털처럼 가늘고 윤기 자르르한 햇살이 폭신하게 내려 퍼지고 단풍이 무지개 색깔로 물들 때, 구산 부부는 문치과 원장네와 함께 순천으로 커피 여행을 떠났다. 80세가 되자 병원 문을 닫은 문 원장은 시간이 나는 대로 구산 부부와 함께 커피 여행을 자주 떠났다. 오늘은 순천으로 방향을 정했다. 그들은 국도를 천천히 달리며 순천에서 즐길 점심과 커피에 대한 기대가 한껏 부풀어 올랐다. 커피와 점심, 두 가지 욕구를 다 충족시킬 수 있게 되기까지는 만만찮은 시행착오를 겪어야 했다. 그러기 위해서는 인터넷 정보에만 의존하기보다는 발품을 팔아야만 했다.

그들은 생오지 골짜기를 빠져나와서 구산 태생지인 담양군 가사문학면 구산리를 지나 물염정(勿染亭) 쪽으로 접어들었다. 초등학교 저학년 때 소풍을 왔었던 물염정은 1566년 조선조 중종 때 구례군수를 지낸 송정순(宋庭筍)이 지은 정자로, 김인후(金麟厚), 권필(權韠) 등이 이곳의 아름다운 절경을 노래한 시액(詩額) 23점이 걸려있다. 물염정에서 옹성산과 동복을 지나, 승주에서 선암사 쪽으로 달리다가 상사댐 쪽으로 좌회전했다. 댐의 물길을 따라 달리는 벚나무 가로수가 터널을 이루는 이 길은 꿈길처럼 아름다워 언제 달려도 지루하지 않다. 벚나무 가로수 길을 한참 내려가면 식당가가 나오고 그곳을 지나면 순천시다.

순천은 유명한 맛집과 커피 전문점이 많다. 구산은 순천대학에서 5년 동안 재직했던 터라, 이곳의 소문난 한정식에서부터 국밥집, 꼬막정식, 고깃집, 횟집을 잘 알고 있었다. 그들은 바다장어집을 찾아가 장어탕을 먹고 순천 드라마 세트장 가까이에 있는 커피 샵 '아띠'로 향했다. '아띠'는 순수 우리말로 친구라고들 하는데 이는 잘 못 알려진 말인 것 같다. 로스터리 커피집답게 안으로 들어서자 진한 커피향이 훅 덮쳐왔다. 그러고 보니 구석에 원두 가마니들이 쌓여있는 것이 보였다. 이 집은 순천 여수 광양 지역의 음악인들이 중심이 되어 월 1회 금요일 밤 8시에 음악회를 여는 카페로도 유명하다. 실내는 그리 넓지 않았으나 아늑한 분위기가 마음에 들었다. 마침 결혼한 지 얼마 안 된 젊은 사장 김원일 씨가 반갑게 맞아주었다.

"김 사장님, 오늘의 추천 커피는 뭐죠?"

구산은 전문 커피집에서는 되도록 주인의 추천을 받아서 마시곤 한다.

"과테말라 라호야 원두가 막 들어왔는데요"

'라호야는 한 번도 마셔본 적이 없는 커피다. 구산은 과테말라 커피라면 무조건 안띠구아를 선택하지 않았던가.

"바하벨라 파스 지역 해발 1600m에서 생산된 커피인데 블루베리나 검은 자두꽃 향기가 납니다."

드립 커피 1잔에 5천 원으로 다른 집에 비해 값이 싼 편이다. 그들은 뒷마당이 보이는 안쪽 한갓진 자리에 앉아서 과테말라 라호야를 마셨다. 주인의 말대로 향이 강하고 산미는 부드러웠다.

"어이 문 원장, 나는 말이시, 마지막 떠나는 날을 기다리며 이렇게 커피 여행을 다니는 지금이 내 인생에서 가장 행복한 시간인 것 같네."

구산은 커피 맛을 즐기면서 문 원장을 보며 혼잣말처럼 말했다.

"지금이 행복하다면 불행했던 때, 고난의 시절은 언제였어?"

"고난의 시간이라... 그 때를 생각하면 왈칵 눈물이 나오려고 한다네. 육이오 때, 그러니까 1951년 광주로 옮겨왔을 때, 어머님이 시골마다 돌아다니며 보따리 장사를 해서 우리 가족이 연명을 했었네. 어머니는 양동시장에서 물감이며 바늘 색실 비누 등을 한 보따리 떼어 시골로 도붓장수 길을 떠났고, 나는 그때마다 어머니를 졸래졸래 따라다녔거든. 그때는 현금거래보다는 물물교환이 많았어. 사나흘 돌아다니면 내가 짊어질 수 있을 만큼 곡식이 쌓였지. 나는 멜빵을 만들어 곡식 자루를 지고 광주로 와서 집에 두고, 다시 어머니와 만나기로 약속한 마을로 찾아가곤 했다네. 어머니와 다시 만난 나는 어머니가 마을로 들어가 물건을 파는 동안에, 마을 앞 정자나 당산나무에서 기다렸네. 내가 어머니를 따라 마을에 들어가면 동네 아이들이 동냥아치라고 놀려대며 못살게 굴었기 때문이라네. 그런데 짓궂은 아이들은 정자로 나를 찾아와서 돌을 던지고 작대기를 휘둘렀지. 그때마다 나는 제각이나 정자 마루 밑으로 기어 들어가곤 했다네. 그러면 아이들은 긴 간짓대를 가져와서 마루 밑을 마구 쑤셔대면서 못살게 굴었지. 어머니는 마을을 한 바퀴 다 돌고 나서야 내가 기다리고 있는 정자로 돌아와서 아이들을 쫓았고, 나는 그때야 얼굴을 내밀고 나와서 어머니가 됫박에 얻어온 밥을 손으로 허겁지겁 집어 먹곤 했다네. 정말이지 고통스러운 나날이었지. 그런데 지금 돌이켜보면 그때 일이 꼭 그렇게 슬프거나 고통스럽게 느껴지지 않고, 오히려 내게 약이 되고 내 인생의 밑거름이 된 것 같기도 해. 고통스러웠지만 잊고 싶지 않은 기억이지. 지난날의 고통이 나를 강하게 만들어주었거든.”

구산의 말에 잠시 분위기가 숙연해진 듯싶었다.

“나도 어려서 어머니를 여의고 너무 슬퍼서 살고 싶지가 않았다네. 어머니가 너무 보고 싶으면 혼자 뒷산에 올라가 소리내어 울곤 했네. 그리고 내 인생에서 보람을 느꼈던 때는 불우한 환자들을 위해 의료봉사활동을 했던 때였던 것 같아.”

“자네는 의료봉사로 대통령 표창도 받았었지?”

구산의 말에 문 원장은 얼굴 가득 웃음으로 덮었다.

“저는 별로 고통스러웠던 때가 없었던 것 같아요. 보람이랄까 행복을 느꼈을 때는 세 아이들 낳고 키워서 결혼시키고 저마다 집 장만해주었을 때였던 때….”

“가장 행복했던 건 칠순 때 남편이 저를 위해 시비를 세워주었을 때였어요.그리고 고통스러웠을 땐 고3 때 아버지를 잃고 모든 꿈이 사라져버렸을 때고요.”

문 원장 부인에 이어 구산의 아내도 한 마디 곁들였다. 잠시 침묵이 저음으로 흐르는 음악과 함께 낮게 가라앉았다.

“자, 자, 이제 고통스러웠던 과거는 모두 잊고 앞으로 다가올 행복만 생각합시다. 다음 커피 여행은 어디로 갈까요?”

구산은 분위기를 바꾸기 위해 큰 소리로 말했다.

13

바람 따라 매화 향기 따라

어느새 문학관 뜰에도 홍매화가 피어 힐금힐금 붉은 미소로 구산을 유혹한다. 나주시의회 이재남 의장을 비롯 영산강문화연구회 소속 김정숙 조영미 최정기 의원 등이 작년 3월에 심은 세 그루 홍매화가 1년 만에 꽃을 피운 것이다. 고맙게도 그들은 구산의 꿈 이야기를 흘려듣지 않고 간직하고 있었던 것이다. 구산이 무등을 떠나 영산강으로 옮겨 가기로 결정한 며칠 후, 그는 실로 이상한 꿈을 꾸었다. 꿈에 할아버지가 매화나무 한 그루를 들고 나타나서는 "네가 좋아하는 홍매를 가져왔으니 옮겨가는 곳에 심고 잘 가꾸거라."하고 분명하게 일렀다. 꿈에서 깨어난 그는 잠을 이루지 못하고 할아버지를 떠올리며 깊은 생각에 잠겼다. 그가 고등학생일 때 돌아가신 할아버지가 꿈에 나타난 것은 처음이었다. 아침에 아내한테 꿈 이야기를 했더니 "나주에 가거들랑 매화꽃처럼 은은한 향기 널리 내뿜으며 살라고 할아버님이 현몽하셨네요." 라고 꿈 풀이를 해주었다. 나주에 와서 이 꿈 이야기를 했더니 고맙게도 시의원들이 기억하고 있다가 홍매화 세 그루를 문학관 뜰에 심어준 것이다.

구산은 해마다 이른 봄이면 서둘러 선비들의 탐매풍류(探梅風流)를 흉내내기 위해 급한 마음 다독이며 선암사를 찾곤 했다. 선암사는 6백50년 된 선암매 외에도 7백 년 된 영산홍 자산홍 한 쌍과 6백 년 된 와송 등, 오래된 화목이 많기도 하거니와, 고졸한 옛스러움을 오롯이 간직한 채, 아늑하고 맑은 불온기(佛溫氣)

가 느껴지는 절집이라, 마음이 강퍅해질 때 자주 찾곤 했다. 매화는 마음으로 보고 귀로 듣는 꽃이라고 했던가. 그가 굳이 꽃망울이 맺힐 때 서둘러 선암사를 찾은 것은 탐매객들의 소란스러움을 피하기 위해서다. 선암사 매화가 만발하는 4월 초쯤에는 선암홍매제가 열려, 인파의 소란스러움 때문에 제대로 매향을 느낄 수가 없다. 탐매는 바늘 떨어지는 소리도 들을 수 있을 만큼 고요한 상태에서 평정한 마음으로 음미해야 하기 때문이다.

탐매가들 중에는 색깔이 검붉어 흑매라고도 부르는 화엄사 매화를 으뜸으로 치는 사람도 있다. 선암매와 백양사 고불매(古佛梅), 화엄사 흑매는 모두 천연기념물로 지정이 되어 있고, 전남대 대명매는 광주광역시 북구청에서 기념물 지정을 서두르고 있다. 소록도 수양매는 안타깝게 오래전 고사했다.

봄이 오기 전에 서둘러 찾아가곤 했던 선암사 원통전 뒤 650년 된 고매는 갈 때마다 거뭇한 가지 끝에 눈물처럼 맺힌 꽃망울이 곧 울음을 터뜨릴 것만 같았다. 아, 꽃이 피고 진 650년의 아득한 시간은 흐름이 아니고 깨달음이었을까. 차라리 활짝 피어 혼이 날아가 버린 모습보다는 한껏 부풀어 오른 꽃망울이 더 아름다웠다. 매화 감상은 망울졌을 때, 활짝 피었을 때, 낙화할 때, 이렇게 3번은 봐야 한다고 했다. 개화하면 다시 오기로 하고 해마다 아쉬운 발길을 돌렸다.

지난봄에도 구산은 선암사를 거쳐 납월홍매(臘月紅梅)를 보기 위해 금둔사로 향했다. 금둔사 납월홍매가 전국적으로 알려져 요즘에는 여행사에서 '금둔사 납월홍매 여행' 상품으로 뜰 정도다. 눈 속에 가장 먼저 붉은 꽃을 피우는 매화를 보는 것을 납월매라 한다. 선암사에서 낙안읍성 방향으로 30분 쯤 달려 금전산 골짜기로 휘어들면 성벽처럼 에두른 돌담 안에 소박한 절집이 보인다. 가녀린 여인의 피눈물 같은 꽃들이 찬바람에 몸살을 앓다가 끝내는 화르르 날며 지고 만다. 금둔사 경내에는 한국 토종 매화나무 백여 그루가 부처님 염화미소 같은 꽃망울이 멍울져 있었다. 3월 중순쯤이면 꽃을 터뜨려 적멸화궁(寂滅花宮)을 이루리라. 1825년에 씨앗으로 심은 대웅전 오른쪽 첫 번째 납월홍매에서부터 여섯째 나무까지 돌아보면서 마음과 귀로 은은한 매향을 들이마셨다. 구산은 꽃이 되기라도 한 것처럼 황홀했다.

구산은 청매화 향기에 어질어질 취해 있다가 주지 지허(指墟) 스님을 만났다. 오래전 선암사에서 이곳으로 옮겨와 금둔사를 다시 일으켜, 돌담을 쌓고 경내에 매화나무를 심어 가꾼 지허 스님. '지허 스님의 차' 저자로도 유명하다. 매화는 아침에 꽃망울이 맺혔다가 낮에 활짝 피고 밤이 되면 추위 때문에 잔뜩 움츠렸다가 숨을 거두며 뚝 떨어지고 만다고 했다. 그래서 스님은 추위에 떠는 매화를 생각하면 너무 애잔하여 잠을 이루지 못한다고 했다. 그러나 추울수록 매화는 그 향기가 더 짙고 낙화 또한 슬프도록 아름답다지 않은가.

스님은 선방인 소재당(消灾堂)에서 손수 재배하고 덖은 차 천강월(千江月)을 대접해 주었다. '천강월'은 달빛이 천 개의 강물을 적신다는 의미란다. 차향과 매향이 어울려 뼛속으로 스며들어 마음이 해맑아졌다. 스님은 차를 마시면서 이인로의 매화시를 읊었다.

> 고야산 신선 고운 살결에 눈으로 옷 지어 입고
> 향기로운 입술로 새벽 이슬에 구슬을 마시는구나
> 속된 꽃술이 봄철 붉은 꽃에 물드는 것 싫어서
> 신선이 사는 요대 향해 학 타고 날아가려 하는구나.

스님은 추위 속에 떨어지는 매화 꽃잎을 보면 눈물이 난다면서도, 낙화를 학이 날아가는 것에 비유하는 이인로의 시로 아쉬움과 애틋함을 달랬다. 상큼하고 아련한 매향과 천강월의 차향을 눈과 입과 귀에 가득 담고 돌아오면서 꽃과 달빛의 신비로운 만남을 생각했다.

며칠 후, 매화가 흐드러지게 핀 햇살 맑은 봄날, 일행은 아침 일찍 서둘러 여수로 커피 여행을 떠났다. 여수는 순천과 같이 핸드드립 전문 커피집이 20여 군데가 넘을 정도다. 여수와 순천에 커피 전문카페가 많은 것은 핸드드립 커피를 찾는 손님이 그만큼 많다는 증거이다. 그리고 대부분은 현지 주민이라기보다는 외지에서 찾아온 관광객들이다. 광주를 비롯해서 경상도에서 많이 찾아오고 있단다. 동부지역에 비해 목포 나주 등 서남부지역에는 널리 알려진 전문 커피집이 별로 없다. 그것은 이 지역을 찾는 관광객이 그만큼 적기 때문일지도 모르겠다.

생오지에서 여수까지는 자동차로 한 시간 반 정도 걸리는데 구산은 늙마에 체력이 딸려 자주 갈 수 없는 곳이다. 기실 특별한 일도 없이 커피 한 잔 마시려고 여수까지 가는 것은 미친 짓일지도 모른다. 그래도 그들은 주말을 이용해서 여수행을 서둘렀다. 여수에 가면 커피 외에도 입맛 당기는 맛집이 많다. 1시간 45분 만에, 바흐를 떠올리며 여수 해양공원에 있는 '커피 칸타타'에 도착했다. 확 트인 바다와 빨간 하멜 등대가 한 눈에 들어왔다. 10시 30분이나 되었는데도 커피집은 아직 문이 열리지 않아 바닷바람을 맞으며 문 앞에서 한동안 서성거렸다.

"주말에는 11시가 되어야 오픈 한 대나 봐요. 어떤 날은 12시가 되어서야 문을 열 때도 있다네요."

진주에서 왔다는 젊은 여자들 중에서 눈이 크고 초록색 재킷을 입은 여자가 약간 불만 섞인 목소리로 퉁기듯 말했다. 그들은 카페 문이 열리기를 기다리며 바닷가를 거닐다가 하멜 등대까지 갔다 왔다. 돌아와 보니 바다를 바라볼 수 있는 통유리 쪽에는 어느새 손님들로 가득 차 겨우 구석에 빈자리를 찾아 앉았다. 벽에는 주인인 임동호 사장이 받은 로스팅 데코레이션 챔피언십 심사위원, 국제 공인 커피 감별사 외에 많은 표창장이 걸려 있었다. 구산이 들어 알기로 이 집 사장은 이태리 밀라노 바리스타 아카데미에서 공부를 했다고 한다. 그만큼 커피에 대한 지식도 풍부하고 자부심도 대단한 듯싶었다.

이 집 메뉴는 커피와 스무디 딱 두 가지뿐이다. 그들은 안띠구아를 마시고 싶었지만 원두가 떨어져서 대신 호야를 주문했다. 처음 마셔본 커피였는데 고소한 보리차 맛에 가벼운 향을 느낄 수 있었다. 내 취향에는 안띠구아만 못했다. 문을 열고 들락거리는 손님들이 많아서 자리를 비워주어야겠다 싶었다. 약간 아쉽기는 했으나 커피잔을 비우자마자 미련 없이 일어섰다. 커피 잔을 비우자마자 금방 일어서기는 처음이었다.

그들은 점심을 먹기 위해 식당을 찾아 나섰다. 여수에 가면 꼭 먹어봐야 할 음식 세 가지가 있다. 딸기모찌, 갯장어탕, 게장백반정식이 그것이다. 특히 여수는 양념돌게장, 간장돌게장, 꽃돌게장, 전복장, 새우장 등이 유명하다. 일행은 게장정식 집을 찾았다. 이 집은 사전 예약이 필수인 만큼 주말에는 자리가 없을 정도로 손님들이 붐빈다. 꽃게장정식을 주문했는데 1인분이 3만 5천 원이다. 값이 비싼 만큼 게장 리필도 가능하고 상다리가 부러질 정도로 반찬이 가득했다. 상에는 여수 특산품인 갓김치를 비롯해서 고들빼기와 젓갈은 기본이다. 살이 오동통한 게장 맛은 매콤 짭짤 달달해서 밥도둑이라는 말을 실감했다. 어쩐지 여수는 금방 훌쩍 떠나기가 아쉽고 하루쯤 더 머무르고 싶은 도시다. 향일암도 다시 가보고 싶었고 오동도는 그동안 어떻게 변했는지 궁금했지만 가까운 어시장 구경을 하기로 했다.

다음 목적지는 남원이다. 그들 네 사람이 비교적 자주 다니는 곳이 남원이다. 남원에서는 추어탕과 지리산에서 채취한 산채 정식을 먹을 수 있기 때문이다. 일행은 점심을 먹고 나서 커피를 마시기 위해 생오지에서 느지막이 출발했다. 11시에 출발하여 점심시간에 맞춰 광한루 옆에 있는 단골 추어탕집 '새집'에 도착했다. 이날은 추어튀김까지 곁들여 푸짐하게 점심을 먹었다. 남원에는 잘 알려진 커피집이 몇 군데 있다. 그중에서 3년 동안 줄기차게 찾아다녔던 곳은 '커피 콩'이다. 광한루에서 멀지 않은, 한가롭고 아늑한 골목에 자리 잡은 카페 '커피 콩'은 간판에 〈Hand Drip〉이라고 크게 쓰여 있어서 이 집이 커피 전문점이라는 것을 알 수 있다. 아메리카노도 없이 오로지 핸드드립만 고집하는 것만 봐도, 이 집 사장의 핸드드립 커피에 대한 집념과 긍지가 그만큼 강하다는 것을 말해주고 있다.

'커피 콩' 안으로 들어서자 지고이넬 바이젠의 'G 선상의 아리아'가 나지막이 흘렀다. 벽에는 강렬한 색깔의 그림들과 여러 가지 찻잔이며 드립 도구 등 엔틱한 소품들이 정갈하게 진열되어 있다. 원두를 담아 빨간 종이에 원두 이름을 적어서 진열해 놓은 10여 개의 유리병들이 눈에 띄었다. 구산은 이 집 사장이 화가라는 것을 알고부터 자리에 앉기 전에 새로 걸린 그림부터 감상했다. 녹색 바탕에 붉은 꽃잎이 흩어져 있는 그림이 그를 사로잡아 한동안 시선이 머물렀다. 커피와 음악과 그림이 한데 어울리는 이곳에 올 때마다 느끼는 것은 이 집 사장이 지적이고 감성이 충만한 예술가라는 것을 느끼게 된다. 주인은 가끔 손님들에게 자기 집에 독일제 로스터기 프로밭(probat)을 보유하고 있다고 자랑하기도 한다. 사실 프로밭은 날씨 온도, 습도, 기압과 관계없이 일관되게 로스팅이 가능한 명품으로 우리나라에 70여대 밖에 없다.

일행은 6인용 테이블에 앉아 어떤 커피를 마실까 하고 메뉴판을 훑어보았다. 집에서는 안띠구아만 마시기 때문에 밖에 나오면 다른 커피를 마시고 싶었다.

"자, 오늘은 어떤 커피를 마실까?"

구산이 문 원장을 보며 물었다. 문 원장은 그의 부인 눈치를 살폈다. 부인 김 여사는 맛이 깔끔하다며 케냐를 좋아했다. 구산은 부인의 눈치를 살피고 나서 메뉴판을 보았다. 메뉴판에는 자메이카 블루마운틴을 비롯해서 11가지 커피들이 나열되어 있었다. 그가 한동안 줄기차게 마셨던 케냐 AA top을 주문했다. 케냐 AA는 5천 원인데 AA top은 8천 원으로 3천 원의 값 차이가 있다. 그러나 이 집은 자메이카 블루마운틴이나 파나마 게이샤가 1만2천 원으로 비산 편이 아니다. 따로 더치커피도 1병에 1만3천 원에 전국 택배가 가능하다.

케냐 AA top은 케냐 커피협회에서 맛과 향기를 기준으로 인증하는 최고 등급 커피다. 볶을 때 뜨거운 공기 순환을 통해 에어 로스팅 공법을 사용하는 것이 특징이다. 지고이넬 바이젠의 'G선상의 아리아'에 이어 니나 시몬의 '니미 끼뜨바'(떠나지마)가 잔잔하게 흘렀다. 구산은 중저음으로 흐르는 니나 시몬의 목소리가 흥건하게 젖어든 커피를 음미했다. 니나 시몬이 직접 연주한 피아노 소리가 커피 향 속으로 스며드는 분위기였다. 커피 맛이 적당한 산미에 향이 깊고 뒷맛이 깔끔했다. 한참동안이나 고소하면서 쌉싸레한 맛도 입안에 머물러 있는 것 같았다.

구산이 동행한 문영태 원장에게 처음 마셔본 커피 맛이 어떠냐고 물었다.

"좋구만. 케냐 AA에 비해 3천 원어치의 깊은 커피향이 더한 것 같아".

"깔끔하네요. 역시 케냐에요."

문 원장 부인의 말에 모두 웃었다.

'커피콩'에서는 한국 스페셜티 커피교육협회 남원점(커피브루어 2급 자격) 정규과정 교육과정을 개설했다고 한다. 강좌 내용 중'커피 향기 분석과 감상법'이나 '생두 등급과 판별기준' '핸드드립 4대 요건' 같은 과목에 관심이 갔다. 특히 핸드드립 4대 요건으로 원두의 분쇄도, 양, 온도, 추출 시간과 양 등이 흥미로웠다. 무엇보다 이 집에 가면 오랜 시간 커피 향기 속에서 음악을 들으며 머물 수 있다는 점이 마음에 들었다. 그래서 삶의 여유로움을 찾기 위해 자주 가게 된다.

또한 남원에는 동아프리카 커피 전문 커피집 '은달래'가 있어 기억에 남는다. 은달래가 무슨 꽃 이름인 줄 알았는데 에티오피아 말로 '신이 가라사대'라는 의미라고 한다. 이 집 사장이 젊었을 때 에티오피아로 출장 갔었는데, 이곳의 커피에 반해서 사랑에 빠졌고 이 나라에 머물며 공부를 했단다. '은달래'는 스승이 지어준 이름이라고 했다. 지금은 아들과 함께 '은달래'를 운영하고 있는 사장은 평생 아프리카 커피를 너무 사랑하는 삶을 살아오고 있다. 이 집은 에티오피아, 케냐, 탄자니아 등 동아프리카 스페셜 커피를 직접 로스팅하여 비니엄식 핸드드립으로, 고유의 향과 맛을 이끌어내는 전문 로스터리 카페라는 것에 주인의 자부심이 대단하다. 비니엄식이란 원두 가루를 종이 필터에 담고 그 위에 뜨거운 물을 천천히 부어서 추출하는 방식이다.

광한루 주차장에서 도보로 10분 남짓 거리에 있는 '은달래'는 붉은 기와를 올린 전형적인 시골 살림집이다. 안으로 들어가 보면 소박하면서도 어딘가 무채색의 또 다른 분위를 느낄 수 있었다. 테이블이 4개로 그리 넓지 않은 실내는 아프리카 관련 사진이며 그림과 소품들이 눈에 띄었다. 특히 아프리카 산 컵이 눈길을 끌었다. 한옥을 아프리카풍으로 꾸며놓아 소박하면서도 색다른 분위기였으나 낯설지 않고 친근감이 갔다. 메뉴판을 보니 에티오피아 아리차, 코케허니, 테데차, 콩가, 아비아 게이샤, 케냐의 루키라 골드, 친가 퀸, 탄자니아의 킬리만자로 모시 등 주로 동아프리카 3개국에서 생산되는 커피였다. 주인의 추천으로 콩가 지역에서 생산되는 테데차를 마셨다. 살구 향의 여운이 오래 남아 기분이 산뜻했다.

"문 원장, 오늘 커피 어땠어?"

차 속에서 구산이 문 원장에게 물었다. 그들은 커피를 마시고 돌아오는 길에 반듯이 그날 마신 커피집 분위기며 커피 맛에 대한 품평을 하기 마련이었다.

"솔직하게 나는 아직도 커피 맛을 구별하지 못하겠어. 캐냐나 에가체프나 콜롬비아나 안띠구아나 맛이 비슷비슷한 거 같아. 내 혀가 둔해서 그런가?"

문 원장이 웃으면서 말했다.

"난 맛도 맛이지만 분위기도 중요하다고 봐요. 분위기가 맘에 들어야 커피 맛도 좋은 것 같아요."

문 원장 부인은 그러면서, 남원 커피콩 분위기가 마음에 든다고 했다.

"여자들은 분위기를 중요하게 생각허제. 커피 마시러 갈 때는 꼭 그림을 보러 겔러리에 가거나 음악을 들으러 음악당에 가는 기분이어라우."

구산은 아내의 말에 공감하며 고개를 끄덕였다.

"그나저나 다음 여행지는 어딘가?"

"기대하시게나."

구산은 대답을 하고 나서 USB를 꽂고 볼륨을 적당히 높였다. 지난 봄방학에 손자 준철이가 집에 왔을 때 내 인생의 노래 20곡을 녹음 해달라고 하여, 장거리 운전을 할 때면 감상하고 있다. 외국 노래 10곡 중에서 첫 번째 곡으로 폴 사이먼과 가펑클이 부른 '엘 콘도 파사'가 흘러, 구산은 자신도 모르게 창밖의 먼 하늘을 보았다. 맑은 하늘에는 새가 나는 것은 보이지 않고 새털구름만 높이 떠 있었다. 두 번째 노래는 비틀즈의 '렛잇비'였다. 모두 그가 20대 때 좋아했던 노래다. 세 번째는 폴엥카의 '유 아 마이 데스터니'였는데 이 노래는 구산이 결혼식 때 아내 친구들과 축하연을 하던 날 불렀다. 네 번째가 에디뜨 삐아쁘의 '낙엽'으로 삐아쁘가 느린 동작으로 흰 장갑을 벗으면서 노래를 부른 장면이 선하게 떠올랐다. 다섯 번째 루이 암스트롱의 '서머타임'이 격정적으로 흘렀다. 구산도 한때 젊어서는 무더운 여름을 보내면서 서머타임을 목청껏 불러댄 적이 있었다. 여섯 번째 사라 브라이트만의 '넬라 판타지아'를 들으며 환상적인 세상을 꿈꾸었고, 일곱 번째 아바의 '더 윈터 테이크스 잇 올'을 좋아했을 때는 그의 나이 어느덧 오십이 넘었었다. 칠십 대에 들어 바브라 스트라이샌드의 '이프 유 고 어웨이'를 들으며 멀리 떠난 사람을 생각했고, 한때는 야니 연주에 벤 존슨의 노래 '러브 이스 올'을 좋아했다. 여가수 벤 존슨이 온몸으로 노래 부르는 것을 보면서 그는 언제 저렇듯 한순간이라도 혼신을 다해 살았던 적이 있었는가 하고 반성해 보기도 했다. 열 번째 흑인 가수 니나 시몬의 '블랙 이스 더 컬러 오브 마이 트루 러브 이스 헤어'다. 이 노래를 들을 때마다 흑인들의 슬프고 고통스러운 삶을 느끼고 마음이 무겁게 가라앉곤 했다.

국내 첫 번째 노래로, 어렸을 때부터 귀가 아프게 들었던 이난영의 '목포의 눈물'이 흘러나왔다. 이난영의 청순하고도 애절한 목소리가 가슴을 쥐어짜는 듯했다. 옛날 노래인데도 1980년대에 전라도 사람들이 왜 이 노래를 애타게 불러댔는지 몰랐다. 열두 번째는 백설희 '봄날은 간다'의 간드러진 목소리가 낮게 깔렸다. 지금도 기분이 울적하거나 하루가 다르게 자신이 인생의 종착역에 가까이 왔음을 실감할 때, 구산은 순간 자신도 모르게 이 노래를 흥얼거린다. 열세 번째 김광석의 '어느 60대 노부부 이야기'는 이미 그 기간을 뛰어넘었는데도 어쩐지 마음이 갔다. 열네 번째는 이선희의 '인연'과 열다섯 번째 이소라의 '바람이 분다'를 좋아했다. 특히 이소라의 '바람이 분다'는 가사가 시적이어서 한국 시인들이 좋아하는 것으로 알고 있다. 열여섯 번째 조수미의 '나 가거든'이 흐른 뒤 열여섯 번째 임형주의 '천개의 바람'. 이 노래를 들을 때마다 세월호 침몰로, 못다 핀 꽃 같은 학생들의 영혼을 생각한다. 열일곱 번째 최백호의 '낭만에 대하여'는 홍탁 한잔 했을 때 자신도 모르게 흥얼거리게 된다. 열아홉 번째 김기태의 '내 생애 단 한 번만이라도'와 스무 번째 홍이삭의 '당신은 모르실 거야'는 근년에 싱 어게인 출신 젊은 가수가 부른 노래로, 80이 넘은 그에게도 촉촉한 울림이 있어 즐겨 듣게 되었다.

　인생 노래 20곡을 듣다 보니 어느새 집에 다 왔다. 오늘 하루도 커피와 노래로 구산의 마음은 흥건히 젖어 행복했다.

14

큰 스승 어머니

점심 때 구산은 청국장을 끓여 먹으면서 어머니 생각을 했다. 어찌 된 일인지 청국장을 먹을 때면 어머니에 대한 그리움에 가슴이 시려진다. 대학에서 정년을 마친 그는 잠시 광주 변두리 호수가 있는 첨단지구에서 살았다. 생오지로 귀향하기 전, 한동안 아파트에만 붙박여 하릴없이 지내던 구산은 하루에 3~4회씩 커피를 내려 마셨다. 커피라도 마시지 않으면 몸도 정신도 끝없이 밑바닥으로 가라앉을 것처럼 무기력해졌다. 그날도 아침 10시가 넘어서야 일어난 그는 커피부터 마셨다.

"아이 와, 밥도 안 묵고 빈 속에 또 커피부텀 마시냐?"

"정신 좀 차리려고요."

"왜? 어째서 정신이 나갔어?"

"커피를 마시면 나갔던 정신이 다시 돌아오니까요."

"뭣이라고? 어디 나도 한잔 줘 봐라. 나도 정신 좀 채릴란다."

어머니가 노인정에 나가려다 말고 식탁 의자에 앉았다.

"어머니는 커피 안 좋아하시잖어요."

"그래도 정신 채릴랑께 한 잔 묵어볼란다."

구산은 커피를 마시다 말고 어머니가 원하는 대로 서둘러 커피를 머그잔에 털어 넣고 물을 부어 휘저은 다음 어머니 앞에 놓았다. 어머니는 한 모금 홀짝 마시더니 오만상을 찡그렸다.

"오메 오메, 무신 맛이 이런다냐? 느글거리고 쓰고 시고…비위가 상해 못 마시겠다."

"어머니 입맛에 안 맞은 모양이네요."

"아이 와, 내가 보리단술이나 식혜를 해 줄테니께 커피 마시지 말거라. 정신 채리는디는 달달한 보리단술이 좋아야"

90이 넘은 어머니는 당장 엿기름부터 사와야겠다면서 서둘러 아파트를 나섰다. 그리고 사흘 후 아침, 어머니는 구산이 일어나기를 기다렸다가 보리단술 한 사발을 차반에 받쳐 들고 내미는 것이었다.

"인자부텀 몸에 해로운 커피 묵지 말고 보리단술을 묵어라."

구산은 그날 어머니가 만들어 준 보리단술 한 사발을 마시고 나서 다시 커피를 내려 마셨다. 배가 너무 불러 아침밥도 먹을 수가 없었다. 그 후로도 어머니는 보리단술과 식혜를 자주 만들어 주면서 커피를 마시지 말라고 하였으나, 그는 끝내 커피를 포기하지 못했다. 어머니가 세상을 뜬 후로 다시는 그 달달한 보리단술 맛을 볼 수가 없게 되었다.

지금까지 살아오는 동안 구산에게 가르침을 준 큰 스승은 어머니였다. 사람들은 살아가면서 많은 스승을 만나 지혜를 얻고 인생의 길 찾기에 도움을 받는다. 그에게 어머니는 나침판과 같은 존재로 방향타 역할을 하여, 삶에 기름진 자양분이 되어주었다. 어떤 스승보다 큰 가르침을 준 것이다. 그가 어머니에게서 배운 것 중에서 크게 감동시킨 것은 땅에 대한 애착과 겸허함이었다.

구산이 30대 때의 일이었다. 아침에 집을 나간 어머니가 날이 어두워도 들어오지 않았다. 파출소에 신고를 하고 친척 집에 연락하는 등 백방으로 행방을 찾았다. 어머니는 밤이 깊어서야 숨을 헐근거리며 큰 보퉁이를 이고 집에 왔다. 보퉁이 속에는 보리 이삭이 가득 들어 있었다. 보리 수확을 하는 논에서 이삭을 줍다가 날이 어두워지자 5킬로 도 더 되는 먼 길을 걸어왔다는 것이었다. 어머니는 며칠 동안 아파트 옥상에서 주어 온 보리 이삭을 말리고 방망이로 두들기거나 손으로 비벼서 탈곡 한 다음, 곱게 빻아 미숫가루를 만들었다. 어머니의 이삭줍기는 몇 년 동안 계속되었다. 봄에는 보리 이삭, 가을이면 벼 이삭을 주워 왔다. 제발 그만두라고 사정을 해가며 말렸지만 소용없었다.

"땅에서 곡식 줍는 것을 부끄러워하면 천벌을 받는 겨. 땅은 하늘이고 사람이여."

어머니는 오히려 화를 내는 구산을 호되게 꾸짖었다. 어머니한테 회초리로 종아리를 얻어맞은 것보다 더 아프고 부끄러웠다. 어머니의 그 말에 바짝 정신이 들었다.

어머니는 철저한 농사꾼이었다. 다시 고향으로 돌아가 흙 주무르며 농사짓는 것이 소원이라면서 늘 농사꾼을 부러워하였다. 비가 오지 않거나 태풍이 불면 농사 걱정부터 하였다. 어머니의 땅에 대한 강한 집념과 애착 앞에 저절로 고개가 숙여졌다. 어머니는 또한 땅을 대하듯 사람들 앞에서는 습관처럼 겸손하게 허리를 구부리며 자신을 낮추었다. 구산은 그런 어머니에게서 약하고 가난한 사람들 앞에서 교만을 떨지 않아야 한다는 것을 배웠다.

'사랑'이니 '희생'이니 하는 낱말을 문자로 표현할 줄 모르고,

'생명'과 '땅'에 대한 개념의 깊은 의미에 대해서도 설명할 줄도
모르는 어머니는 이렇듯 본능적이고도 실천적 삶을 통하여 그 의
미를 몸소 아들에게 보여준 것인지도 몰랐다.

그런 어머니가 97세로 세상을 뜨자 구산은 중심을 잃은 듯 한
동안 휘청거렸다.

"나 죽으면 이 돈으로 관이나 사그라."

어머니는 세상 떠나기 직전에 배게 속에 감추어 둔 저금통장
을 꺼내 아들에게 주었다. 통장에는 4백만 원이 들어있었다. 자
식들한테서 받은 용돈을 안 쓰고 옴씰하게 모아놓은 것이었으리
라. 어머니의 마음을 충분히 헤아리면서도, 먹고 싶은 것도 참고
애면글면 돈을 모았을 어머니를 생각하자 구산은 괜히 화가 났
다. 차마 그 돈을 쓸 수가 없었다.

어머니가 세상을 뜬 후 그는 한동안 뜬눈으로 밤을 새우다시
피 하면서, 평생 땀에 절여서 살아온 어머니를 그리워했다. 잠을
못 자고 버르적거리는 동안, 코에 어머니의 체취가 솔솔 풍겼다.
그의 기억 속에서 어머니 몸에서는 향수 냄새보다는 쿰쿰한 청국
장 냄새가 났다. 그러나 그 청국장 냄새는 이 세상 어떤 향수보
다 향기로웠다. 새벽에 일어나 '어머니의 향기'라는 시를 썼다.
그리고 다음날 돌집으로 달려가서 어머니 키 높이만 한 오석(烏
石)에 시를 새겨 집 마당에 세웠다.

어머니를 생각하면
청국장 냄새가 난다
세월의 밑바닥에 가라앉은
쓰디쓴 삶의 발효
사무치게 보고 싶은 오늘
그 향기 더욱 푸르고
빛이 바랠수록 그립다.

비록 어머니가 준 돈으로 세운 것 이기는 해도, 구산이 이 시비를 볼 때마다 어머니를 여읜 슬픔이 조금은 위안이 되었다. 구산은 시비를 대할 때마다 어머니를 보는 것처럼 마음이 흥건해졌다. 그는 어머니처럼 가식 없는 시각으로 세상을 바라보며 살고 싶었다. 비록 낫 놓고 ㄱ자도 못 그리는 무지렁이 농사꾼의 질박하고 본능적인 삶이었지만, 그것이야말로 참으로 아름답고 숭고하게 느껴졌기 때문이다. 어머니는 저승에 가서도 이승의 아들을 가르쳤다.

15

"서두르지 말고 천천히 오세요"

아내가 고향의 옛 친구를 만나러 간 사이 구산은 이미 세상을 떠난 지인들의 전화번호를 지우기 위해 소파에 허리를 곧게 펴고 앉았다. 오래전부터 휴대폰에 저장된 고인들 전화번호를 지우려고 했으나 십 수 년 동안 자꾸 미뤄오던 것을 오늘에야 결행하기로 한 것은 특별한 이유가 있다. 어제 밤 일이었다. 후배한테 전화 할 일이 있어서 휴대폰을 꺼내 서둘러 이름을 검색하다 말고, 엉겁결에 성씨가 같은 죽은 친구 이름을 누르고 말았다. 순간 가늘고 맥 빠진 여자의 목소리가 흘러나와 깜짝 놀랐다. 구산은 자신도 모르게 2년 전에 죽은 친구의 번호를 누른 것이었다. 정신없이 전화를 끄고 생각해 보니, 전화를 받은 사람이 친구의 아내가 분명한 듯싶었다. 죽은 친구의 부인은 남편의 휴대폰을 버리지 않고 그대로 두었던 것일까. 구산은 한참동안 눈을 감고 고인이 된 친구 얼굴을 떠올렸다.

구산은 자신의 휴대폰에 저장된 지인들이 몇 명이나 될까 생각해보았다. 80평생 동안 많은 사람들을 만나 서로 손잡고 살아왔다. 얼마 안 되는 고향 사람들과 가깝게 지냈던 이웃들이며 직장 동료들, 초 중 고 대 동창들이며 문인들, 그리고 제자들이며 이런저런 인연으로 알게 된 사람들을 합하면 천여 명은 될 터였다. 이들 중에서 그의 휴대폰에 이름이 저장된 사람들은 고작 이삼백 명 남짓에 불과하다. 그리고 초등학교부터 대학을 졸업하기까지 이름이 저장된 동창들은 초등 3명, 중학교 4명, 고등학교 35명, 대학 11명에 불과했다. 그러나 이들 덕분에 구산의 삶은 그렇게 외롭지 않았다. 그동안 세상을 떠난 사람들은 못해도 100명은 넘을 것이다.

구산은 휴대폰에 저장된 고인들 중에서 먼저 지인들 이름을 지우고 난 다음에 친척들과 가까운 문인들 그리고 친구들로 순서를 정했다. 이름을 지우기 전에 잠시 고인이 된 얼굴을 떠올렸다. 그리고 한동안 망설였다. 휴대폰에서 전화번호를 지운다는 것은 그들에 대한 마지막 기억들마저 없애는 것이라는 생각 때문이다. 전화번호를 하나씩 지울 때마다 마지막 얼굴이 떠올랐다. 그는 영원한 이별이란 또 하나의 세상을 잃어버리는 것과 같다는 생각을 했다. 결국 자신이 죽음에 이를 때쯤이면 헤아릴 수 없을 정도로 많은 세상을 잃어버려 어둠의 세상만 남게 되지 않을까 싶었다.

구산은 생물학적 죽음이란 망각 되어지는 것이라고 생각하고 있다. 죽음이란 결국 살아 있을 때 슬픔에 잠기거나, 미소 띤 얼굴이며 날카로운 눈빛과 높고 낮은 목소리에서부터, 걸음걸이 하나까지 모두 기억에서 사라지게 되는 것이 아닌가 싶었다. 아무리 가까웠던 사람이라도 기억에서 멀어지면 결국 죽은 것이나 다름없지 않은가. 그는 전화번호를 지울 때마다 살아있을 때의 모습이 스치곤 했는데, 그들은 슬픈 얼굴로 그에게 무슨 말인가 하고 싶어 하는 표정들이었다.

구산은 친척들의 전화번호를 지우면서 마음속으로 숙부님, 숙모님, 처남, 고모님, 이모님, 형님, 아우님, 하고 나직하게 불러보았다. 그때마다 울적한 마음에 잠시 눈을 감았다가 다시 떴다. 전화번호를 지우다가 하마터면 번호를 누를뻔 하여 소스라치듯 놀라기도 했다. 번호를 누르면 금방이라도 어디선가에서 반가운 목소리가 튀어나올 것만 같았다. 아쉬움과 함께 떨리는 마음으로 지인들과 친척들 전화번호를 다 지우는데 얼추 한 시간이나 걸렸다.

구산은 전화기를 소파 위에 던지고 잠시 눈을 감았다. 그리고 다시 한번 고인이 된 지인들과 친척들 얼굴을 떠올렸다. 어떤 사람은 기억이 선명하고 또 어떤 사람은 아무 기억도 떠오르지 않았다. 어쩌면 기억이 남아 있는 사람은 아직 그에게는 살아있는 존재인지도 모른다는 생각이 들었다. 그리고 기억이 흩어지거나 파편화되면 쉽게 잊혀지겠지만, 기억에 이야기가 담겨있거나 그리움이 더해지면 추억이 되어 서 오래도록 잊혀지지 않는다는 것을 깨닫게 되었다. 오래전에 죽은 사람일지라도 이야기가 있는 추억이 더해지면 결코 쉽게 잊혀지지 않는다는 것도 알았다. 이름이나 숫자는 쉽게 잊혀지지만 잠깐이라도 함께 이야기를 만들었던 사람들은 추억이 되어 오래 기억되었다. 또한 나이가 들어 늙어갈수록 최근의 기억은 쉽게 잊혀지지만 오래 된 기억일수록 생생하게 살아있음을 알게 되었다. 행복했던 기억보다 슬프고 괴로웠던 기억이 더 오래 남게 된다는 것도.

구산의 인생에서 첫 번째 기억은 5살 때의 증조모 장례식이다. 집 마당에 불을 피우고 많은 사람들이 모여서 밤늦도록 술을 마시고 시끌벅적하게 떠들어대던 모습이 선명했다. 며칠 동안 아버지와 어머니 외에 가까운 친척들은 헐렁한 삼베옷에 이상한 모자와 노란 허리띠를 두르고 대나무 작대기를 짚고 서 있었다. 서너 밤이 지난 후 아침이 되자 사람들은 꽃상여를 메고 집 마당을 한 바퀴 돌아 대문을 나서는 모습도 생생했다.

구산이 초등학교 1학년 때였던가, 증조할머니 제삿날 밤에 어머니로부터 증조할머니가 9대 종손으로 태어난 그를 애지중지 귀하게 키웠다는 이야기를 들었다. 증조할머니는 그가 기어다닐 때 행여 무릎이 상할까 싶어 방석을 들고 따라다니면서 무릎 앞에 깔아주었다는 것이었다. 그리고 그가 응가를 할 때는 손에 따뜻한 물을 묻혀가며 똥고를 깨끗하게 닦아주었다는 이야기도 해주었다. 그 후로 그는 어른이 되어서도 화장실에 갈 때마다 그의 똥고를 닦아주었다는 증조할머니의 부드럽고 따스한 손길을 떠올리곤 했다. 그리고 그가 증조할머니를 이장했을 때, 기억 속의 따스한 손길을 떠올리며 증조할머니의 유골에 묻은 흙을 백지로 깨끗하게 닦아주었다. 증조할머니의 유골을 손으로 닦으면서 애틋했던 사랑에 고마움의 눈물을 흘렸다. 깨끗하게 닦은 증조할머니의 유골을 넣은 박스를 이장지까지 품에 안고 가면서 마음속으로 몇 번이고 증조할머니를 불러보았다.

80년 전에 세상을 뜬 증조할머니에 대한 기억을 떠올리고 있는데 아내한테서 전화가 왔다. 아내는 어제 부부가 갔던 절 이름을 물었다. 친구를 만나서 어제 부부가 함께 갔던 절 이야기를 하다가 절 이름이 생각나지 않아서 전화했다는 거였다. 아내가 갑자기 어제 이야기를 물었지만 그는 선뜻 대답을 하지 못했다. 갑자기 머릿속이 깜깜해졌기 때문이다. 80년 전의 일은 생생하게 떠오르는데 하루 전의 일이 생각나지 않은 것 때문에 벌컥 홧증이 동하면서 혈압이 올랐다. 이것 때문에 아내는 그에게 오늘의 일기 대신 어제의 일기를 쓰라고 했지만 그때마다 그는 그 때마다 화를 내곤 했다.

7살 때 생애 처음으로 유성기 소리를 들었던 기억도 생생했다. 마을에 구산보다 스무 살쯤 나이가 많은 앉은뱅이 만기 아재가 있었다. 그는 두 다리를 쓰지 못해 가죽장갑을 낀 손바닥에 힘을 주어 땅을 짚고 엉덩이로 기어다녔다. 그는 언제나 구산 또래 아이들하고만 놀았다. 어느날 서울에서 옷 장사를 하여 부자가 되었다는 그의 형이 앉은뱅이 동생한테 유성기를 선물로 사 보냈다. 구산은 그의 집에서 난생 처음으로 유성기 소리를 들었다.
구산은 밤마다 제일 먼저 만기 아재 집으로 달려가 유성기 앞에 자리를 잡았다. 그는 은근히 만기 아재의 유성기가 욕심이 났다. 어떻게 해서라도 그 유성기를 자기 것으로 만들고 싶었다. 유성기가 자신의 것이 된다면 마을 사람들의 인기를 독차지할 수 있을 것 같았다. 그러던 어느날 그는 아버지가 장에 나가 소를 판 돈을 시렁 위 이불 속에 넣어두는 것을 보았다. 그날 그는 아버지가 외출을 하는 사이 돈 보자기를 몰래 꺼내 들고 만기 아재 집으로 뛰어갔다. 그리고 다짜고짜 유성기를 사고 싶다고 했다. 만기 아재는 보자기를 풀어 대충 돈을 세어보더니 거듭 고개를 끄덕였다. 그러나 구산은 당장 유성기를 집으로 가져올 수가 없었다. 그런데 참으로 이상한 일이었다. 그날 해질 무렵 집에 돌아온 구산의 아버지 손에 만기 아재한테 유성기 값으로 건네주었던 검정 돈 보자기가 들려있지 않겠는가. 순간 구산은 도망치듯 대문 밖으로 뛰쳐나가 만기 아재 집으로 달려갔다. 그런데 잔뜩 겁먹은 얼굴로 숨을 헐떡이며 뛰어온 그를 본 만기 아재가 손뼉을 치며 박장대소하는 것이 아닌가.

"돈 보따리 네 아부지 한테 돌려주었다. 느그 아부지 한테 혼내지 말라고 단단히 당부했으니 걱정 말그라."

만기 아재는 헤헤거리며 계속 웃기만 했다. 겁을 먹은 그는 만기 아재 집에서 저녁밥까지 얻어먹고 밤중이 다 되어서야 슬금슬금 집으로 돌아왔다. 아버지는 그가 돌아온 것을 알성 싶었지만 아들한테 한마디도 하지 않았다.

다음날 아침 일찍 서당 선생이 사랑방에서 구산을 불렀다. 그 무렵 그의 아버지는 사랑방에 훈장을 모셔 와 서당을 열었다. 훈장님은 멈칫멈칫 들어서는 구산에게 무조건 바지를 걷어 올리라고 하더니 불문곡직 회초리로 종아리를 때렸다. 그는 눈물이 쏟아지도록 아팠으나 이유를 따지지 않았고 울지도 않았다.

"느그 아버님 대신 벌을 준 것이다. 네가 왜 맞았는지 아느냐?"

훈장님은 종아리가 벌겋도록 핏발이 서서야 매질을 멈추며 물었다. 구산은 무겁게 두 번 고개를 끄덕였다. 훈장님 앞에서는 눈물 한 방울 보이지 않았던 그는 곧장 사랑에서 뛰쳐나가 아무도 없는 헛간 뒤쪽 감나무 밑에 쪼그리고 앉아 엉엉 울었다.

그 후로도 아버지는 그 일에 대해 아들을 직접 나무라지 않았다. 그로부터 1년 쯤 후에 아버지는 새 유성기를 사왔다.

잠시 후 구산은 마음을 가라앉히고 나서 가장 슬펐던 기억과 고통스러웠던 기억을 떠올렸다. 슬펐던 기억이 가슴 밑바닥으로부터 솟구쳐 올랐다. 15년 전 어머니가 97세로 세상을 떠났을 때, 어머니를 천주교 묘역에 묻고 산을 내려오다 말고, 갑자기 설움이 북받친 그는 길바닥에 퍼질러 앉아 어린애처럼 엉엉 소리내어 울고 말았다. 살아계실 때 잘못했던 일들이 꾸역꾸역 떠오르자 울컥 울음이 터졌다. 뒤따라오던 손자 준철이가 할아버지가 서럽게 우는 모습을 보고 놀라며 옆에 쪼그리고 앉더니 손을 잡아주었다. 그때야 그는 울음을 멈추고 손자 손을 잡고 비틀거리며 산을 내려갔다. 그 후 10년 쯤 지나서 손자가 조심스럽게 그날의 일을 꺼냈다. 손자는 가끔 할아버지가 소리를 내어 울던 모습이 떠오른다면서, "저도 엄마가 돌아가시면 할아버지처럼 울 것 같아요."라고 조심스럽게 말했다.

생애 가장 고통스러웠던 구산의 기억은 1951년 봄부터 가을까지, 화순군 이서면 월산리에서 논바닥에 토굴을 파고 동냥질 하여 가까스로 연명을 하던 시절이었다. 빨치산 토벌 작전지역이

라는 이유로 마을이 깡그리 불태워지고 소개(疏開)를 당했기 때
문이다. 잠잘 곳도 먹을 것도 없이 알몸으로 고향에서 추방당한
마을 사람들은 마을 앞 논바닥에 토굴을 파 임시 거처를 마련할
수 밖에 없었다. 천장에 쥐와 뱀이 구물거리는 지옥 같은 환경
속에서도 목숨을 지탱하기 위해 발버둥치듯 살았다. 그 시절 배
고픔보다 더 무서웠던 것은 없었다. 식구들은 굶주림 끝에 이질
에 걸리고 말았다. 치료도 받지 못한 채 사경을 헤매면서도 용케
살아났다. 훗날 그가 어른이 되어 열악한 환경 속에서도 결코 좌
절하지 않고 꿋꿋하게 버틸 수 있었던 것은 6.25 시절에 겪었던
고통이 극기의 힘이 되어주었기 때문에 가능했을 것이었다. 그
시절의 뼈저린 고통이 그를 강하게 만들어주었다고 생각한다.

  구산이 어른이 되어 깨달은 것은 기억은 시간이 흐르면서 그
색깔도 무게도 변한다는 사실이다. 한때 검은색이었던 기억이
보랏빛으로 변하는가 하면, 초록빛 기억이 갈색으로 변하기도
한다는 사실을 알았다. 그리고 어둡기만 했던 기억이 처음엔 불
행하게 느꼈는데 보라빛으로 변색하자 행복으로 느껴졌으며, 행
복했던 초록빛 기억이 어느 순간에는 슬픔으로 느껴지기도 했
다. 그렇지만 기억의 무게만큼 행복하거나 불행하지는 않았다.
기억은 시간이 흐르면서 여러 가지 색깔과 무게로 잠재의식 속에
깃들게 되지만, 결과적으로는 행복과 불행으로 쉽게 구분되지는
않는다는 것이다. 아무리 어두웠던 무채색 기억이라도 현재가
행복하면 그 기억의 색깔도 밝은 보랏빛으로 변색이 된다는 사실

을 깨닫게 된 것이다.

　구산은 이승을 떠난 친구들 전화번호 지우는 것을 포기하고 천천히 소파에서 일어나 창 쪽으로 다가갔다. 화사하게 출렁이는 봄날 오후의 햇살 속에 영산강이 은빛으로 빛났다. 강물이 은빛으로 출렁일 때 하늘 빛은 더욱 푸르다. 그는 푸른 하늘을 볼 때마다 천자문의 첫 구절 '천지현황'(天地玄黃)을 떠올리곤 한다. 한동안은 왜 하늘은 검고 땅은 누르다고 했을까 의문을 품기도 했었다. 땅이 누렇다는 것은 쉽게 납득할 수 있었지만 하늘이 검다는 건 이해할 수 없었다. 젊은 시절 그 의문을 풀기 위해 화가이면서 한자와 한글 겸용 운동을 했던 오지호 화백한테 물어본 적이 있었다. 오지호 화백은 중국의 광활한 대지가 하얗게 눈에 덮였을 때 백설로 인한 지상의 눈부심으로 하늘은 반대로 검게 보였을 것이라면서, 노자와 장자의 입장에서 볼 때 하늘은 무한하고 언제나 허무하기만 하여 검게 느껴질 수 있다고 했다. 구산은 오지호 화백으로부터 그 이야기를 듣고 나서야 의문이 풀리는 듯 싶었다. 그러나 그가 글을 쓰면서부터 현(玄)은 검다는 의미보다 '끝이 없다' 즉 '가뭇없다'로 이해했다.

　구산은 가뭇없는 하늘을 한참 동안 바라보다가 시선을 내렸다. 그는 언제부터인가 마음이 울적하거나 떠나간 사람이 그리울 때면, 우두커니 영산강을 바라보는 습관이 생겼다. 보이지 않는 시간 속으로 흐르는 강물을 바라보고 있으면 울컥울컥 눈물이 쏟아지려고 했다. 슬프거나 아쉬움 때문이 아니다. 나이가 들면서부터 아름다운 꽃을 봐도 반가운 사람을 만났을 때도 눈시울이 펑 젖을 때가 있다.

흘러가는 강을 보며 시를 썼다

흘러가는 것은
사라지는 것이 아니다
잠시 우리 곁에 머물며
꽃을 피우고
마음속 깊이 스며들어
내일을 꿈꾸며
미지의 시간 속으로
함께 살아가는 것이다

강물이 휘돌아가는 가야산 밑 앙암바위 쪽을 한동안 바라보고 있으면 울컥한 기분이 물결처럼 잔조롭게 가라앉았다. 그 바위 절벽에 깃든 아랑사와 아비사의 슬픈 사랑의 전설 때문일지도 몰랐다. 강물을 바라보고 있으면 어차피 세상 사람들은 강물처럼 망각의 시간 속으로 가뭇없이 흘러간다는 것을 깨닫기 때문일까. 어쩌면 사라진다는 것은 소멸이 아니라 미지의 시간 속으로 흘러간다는 것인지도 모른다는 생각을 했다.

또한 강은 높은 곳에서 낮은 곳으로 흐르면서 빈 곳을 채우고 높고 낮음이 없는 수평 세상을 이룬다. 수평 세상은 민주주의 기본 철학인 평등 세상을 의미한다. 그러므로 높고 낮음 없이 수평을 이루며 유장하게 흐르는 강을 바라보고 있으면, 마음의 평정을 되찾아 안정되기 마련이다. 그에게 산이 두려움의 공간이라면 강은 부드럽고 평화로운 시간을 암시한다. 그래서 강을 인생에 비유하는 것인지도 모른다. 강의 흐름 속에서 시간조차 망각하고 무한궤도의 역사를 한눈에 볼 수가 있다. 흘러오고 흘러가는 과정이 곧 무한한 시간의 영속성을 말해주고 있기 때문이다.

그날 오후 구산은 서울에 사는 친구가 세상을 떴다는 부고를 받았다. 대학에서 동양철학을 강의했던 이 친구는 정년을 마치고 10년 넘게 서예를 공부하며 소일하다 뇌졸중으로 이승을 떠났다. 구산은 요즘 부음을 접할 때마다 죽음의 그림자가 서서히 그에게로 다가오는 것만 같아 조금은 불안하여 마음이 무거워질 따름이다.

좋은 삶이 곧 좋은 죽음을 가져온다고 한다. 자신은 과연 좋은 삶을 살아왔는가. 80여 성상을 살아온 구산은 때때로 과거를 돌아보며, 그동안 험한 길 헤쳐오느라 고생 많았다고 자신을 위로해 보기도 한다. 과연 인생이란 무엇인가. 예수는 일찍이 사랑을 이야기했고 석가모니는 자비를, 공자는 인(仁)을 이야기했다. 그런가 하면 덴마크 철학자 킬케골은 인생에 대해 '다시 돌아올 수 없는 완웨이 티켓(oneway tiket) 한 장을 들고 불안이라는 열차를 타고 고통이라는 터널을 지나 죽음이라는 종착역에 이르는 것,

이라고 했다. 또한 사르트르는 '내가 삶이 무의미하다고 한 것은 나의 반대쪽에서 아니오 라는 말이 나오기를 기대한 것'이라면서 '한번 뿐인 삶 의미 있게 살자'고 강조하고 있다.

천상병 시인은 '인생은 소풍'이라고 하여 큰 의미를 부여하지 않았다. 또한 조병화 시인은 '어머니 심부름하는 것'이라고 했다. 세상의 모든 어머니들은 자식을 세상에 내놓으면서 착하게 잘 살아달라는 심부름을 시키고, 자식은 평생 어머니 심부름을 하며 살아간다는 것이다. 또한 서울대 교수였던 오세영 시인에게 물어봤더니 '인생은 학교 가는 것'이라고 했다. 자신은 평생 학교에 가서 공부하는 마음으로 살아왔다는 것이다. 학자에게 딱 어울리는 표현이다.

어느 작가는 인생은 드라마(DRAMA)라고 하면서, 꿈과 낭만과 모험과 기적과 행동이 수반되는 것이라고 했다. 그러나 구산은 인생은 인간이 연출하여 우연이 중첩되는 이야기가 아니라, 신이 연출하기 때문에 한 치 앞도 알 수 없는 필연적인 전개라고 생각하고 있다. 또한 노랫말처럼 인생은 뜬구름, 한바탕 꿈, 아침 이슬, 나그네 길, 두레박, 빈 술잔, 빈 손, 꽃 한송이, 씨앗, 강물에 비유하기도 한다. 인생은 정답이 없다.

구산은 인생은 길 찾기라고 생각한다. 인간은 세상에 태어나서 저마다 자기 길을 찾아가는 것이 아닌가 싶다. 어떤 사람은 이미 잘 닦여진 길을 그대로 답습하는가 하면, 어떤 사람은 나름대로 자기만의 새로운 길을 찾아 개척하는 것이라고 생각한다.

특히 자기 세계를 열어가는 예술가들은 자기만의 새로운 길을 개척하는 것이 아닌가 싶다. 그렇다고 모든 사람들이 각기 자기만의 길을 찾는 것은 아니다. 새로운 길을 찾기보다는 힘들이지 않고 기존의 길을 답습하기를 좋아한다.

그렇다면 좋은 죽음은 무엇인가. 좋은 삶을 살면 저절로 좋은 죽음으로 이어진다는 말인가. 오래전에 보았던 손톤 와일더가 쓴 연극 『우리 읍내』에서 죽은 에밀리가 생일날 나타나서 어머니에게 한 말이 생각난다. "엄마 엄마, 나 왔어요. 나 좀 보세요. 엄마는 인생이 뭔지 아세요? 산다는 건요 똑딱똑딱 시계 소리 듣는 거, 목욕하고 싶을 때 목욕하는 거, 보고 싶은 사람 보는 거라고요. 나는요, 하루만이라도 최선을 다하는 삶을 살고 싶어요." 는 대화가 많은 것을 암시하고 있다. 하루하루 최선을 다하는 삶이야말로 좋은 죽음을 가져온다는 이야기가 아니겠는가.

구산은 몇 년 전에 언론인이었던 최철주가 쓴 『존엄한 죽음』을 읽었는데 '죽음을 알면 삶이 달라진다.'와 '죽을 때까지 살지 말고 살 수 있을 때까지 살자.'라는 대목이 기억이 남는다. 또한 예일대학에서 죽음학을 강의하는 셸리 카간 교수가 말한 '죽음의 본질을 알면 가치 있게 살 수 있다'는 말도 떠오른다.

그렇다면 어떻게 하면 좋은 죽음을 맞이할 수 있을까. 아름다운 노화가 좋은 죽음을 맞을 수 있을 것 같기도 하다. 좋은 죽음 대신 준비된 죽음이라는 말이 더 마음에 와닿는다. 좋은 죽음의 전제조건은 준비하는 죽음일 수 있겠다 싶다. 그러나 무엇을 어떻게 준비해야 한다는 것을 알면서도 기실 그것을 실천하기란 쉽지가 않은 것도 사실이다. 그는 때때로 자신은 죽음에 대해 얼마나 준비가 되어 있는가 하고 스스로에게 묻기도 한다. 자식들에게 특별히 남기고 싶은 말이 없어서 유서는 쓰지 않기로 했고 연명치료사전의향서는 오래전에 보건소에 가서 작성을 해두었다. 선산과 시골집은 아들과 손자에게 증여를 했다. 마음을 비우는 것, 두려워하지 않고 맞는 죽음, 사랑하는 이와 함께하는 죽음, 오래 기억될 수 있는 죽음도 좋은 죽음일 수 있겠다 싶다.

구산은 죽음을 준비하기 위해 오래전에 그가 묻힐 장지도 마련해 두었다. 그들 부부가 묻힐 곳은 어머니가 계시는 담양 천주교묘지다. 오래 전 5대1이 되는 경쟁 속에 추첨을 통해 겨우 이 자리를 마련할 수 있었다. 이날 추첨장에서 당첨된 사람들끼리 서로 악수를 하며 축하한다는 말을 주고받으면서도 야릇한 기분을 느꼈던 기억이 새롭다. 그들 부부는 명절이면 어머니를 만나러 이곳을 찾아가곤 한다. 2년 전이었던가, 그가 코로나에 걸려 한달 쯤 앓다가 간신히 기운을 차릴 수 있게 되자 어머니를 만나러 이곳에 갔었다. 그때 묘지 관리인을 만나 인사를 나눴는데 그가 웃는 얼굴로 부부를 보며 '서두르지 말고 천천히 오세요.'라고 말했다. 그 말에 자신도 모르게 활짝 웃으며 '또 만납시다'라고 응답했다. 지금도 '서두르지 말고 천천히 오시라.'는 그 말이 수시로 머릿속에서 부스럭거릴 때마다 그는 자신도 모르게 빙그시 미소를 떠올리곤 한다.

“여보, 아직도 당신은 마지막 길 떠날 준비가 안 된 거야?”

오늘 아침 친구의 남편이 세상을 떠났다는 부음을 접한 아내는 한동안 우울한 표정이었다. 요즘 아내는 마지막 순간이 두렵다는 말을 자주 했다.

“준비할 게 뭐 있어요? 그냥 가면 되는 거지요. 미련도 아쉬움도 없어요. 다만 낯선 길 혼자 간다는 게 무서울 따름이지요.”

“걱정하지 마. 내가 미리 가 있다가 그 시간에 딱 맞게 당신 데리러 올거니까.”

“내가 먼저 가게 되면요?”

“그땐 나도 당신 발목 잡고 뒤 따라 갈게.”

구산의 아내는 늘 한때 고생은 좀 했지만 지금까지 큰 풍파 없이 잘 살아왔으니 회한은 없다고 입버릇처럼 말하면서도, 막상 죽음 이야기가 나오면 이내 표정이 어두워지면서 상반신을 으스스 떨곤 했다. 그때마다 그는 마음이 여린 아내를 놀려댔는데, 기실 두려운 건 그도 마찬가지다. 마치 도가 튼 사람처럼 ‘준비를 잘하면 잘 죽을 수 있다’는 말을 버릇처럼 나불거리면서도 내심으로는 두려움에 마음이 무거워지는 것은 어쩔 수 없다.

죽음에 대한 생각 때문인지 그날 밤 부부는 밤 12시가 넘도록 잠을 이루지 못하고 뒤척였다.

“여보, 당신은 죽기 전에 꼭 한번 만나보고 싶은 사람이 있어?”

“죽기 전에요?”

“그래, 거리낌 없이 말해 봐.”

“마지막이라면... 당연히 우리 새끼들이지요.”

“자식들 말고.”

“자식들 말고... 누가 있을까....?”

“친구도 좋고... 좋아했던 사람이나...”

“없네요. 새끼들 말고는 없어요. 당신은요?”

“있지.”

“누군데요?”

구산은 6.25 피난 시절 그에게 쌀밥 한 그릇을 주었던 옛 친구 황원섭을 꼭 한번 만나보고 싶었다. 12살 때였다. 구산의 가족은 한동안 떠돌이처럼 살다가, 신안군 비금도에 잠시 정착하게 되었고 구산은 비금중앙초등교 5학년에 편입했다. 그해 가을소풍을 갔는데 어머니는 집에 쌀이 한 톨도 없어, 도시락이 아닌 양은그릇에 보리죽을 담아 보자기에 싸주었다. 보리죽이 식으면 두부처럼 되직하게 굳어지기 때문에 흘러넘치지 않았다. 그들은 학교에서 출발 한 시간쯤 걸어 절에 도착하였고 노래자랑이 끝나자 모두 소나무 그늘에 앉아 도시락을 까먹기 시작했다. 구산은 친구들과는 멀리 바위 등걸 뒤에 외따로이 혼자 앉아 점심 보자기를 풀고 숟가락으로 보리죽을 떠먹고 있었다. 그때 친구 황원섭이 그에게로 다가와 밥그릇을 낚아채더니 보리죽을 옴씰하게 풀밭에 쏟아버렸다. 구산은 친구의 행동에 너무 화가 나서 주먹을 불끈 쥐고 무섭게 노려보았다. 친구는 그 같은 구산의 행동에는 아랑곳하지 않고 빈 그릇과 숟가락을 들고 가더니, 친구들 도시락에서 흰 쌀밥을 한 숟가락씩 떠서 밥그릇에 담기 시작했다. 그리고 잠시 후에 빈 죽 그릇에 흰 쌀밥을 가득 담아 와서 구산 앞에 내밀었다. 그는 끝내 구산을 끌다시피 하여 친구들과 어울려 같이 밥을 먹자고 했다. 그러자 다른 친구들이 도시락 뚜껑에 소고기 장조림이며 달걀부침 황태 무침 등 맛있는 반찬을 가득 담아 구산 앞에 놓아주었다. 구산은 부끄러움보다 슬픔이 덮쳐와 눈물을 훔치면서 친구들로부터 받은 쌀밥과 고기반찬을 정신없이 먹었다. 그 후로 황원섭과 그는 더욱 가까워졌다. 친구는 가끔 구산을 그의 집에 데려가서 쌀밥과 고깃국을 먹여주기도 했다.

그로부터 1년 후 구산은 섬을 떠나 외가 동네로 들어가 농사를 짓다가, 가출하다시피 하여 광주로 나가 학강초등학교에 편입했다. 그날부터 지금까지 그는 언젠가 황원섭을 만나면 세상에서 제일 맛있는 밥 한 끼를 대접하겠노라 스스로에게 거듭 다짐하곤 했다. 그가 어른이 되어 자신의 힘으로 먹고 살만해지면서부터, 황원섭을 만나고 싶은 간절한 마음에 알음알음으로 수소문 해보았더니, 그는 오래전에 섬을 떠나 서울에서 자리 잡고 잘 산다고 했다. 들려오는 소문만으로도 구산은 자신이 초라해질 뿐이었다. 그렇지만 언제가 됐건 꼭 한 번 그를 만나고 싶은 마음 간절하다.

"누구인가 마지막으로 나를 만나보고 싶은 사람이 있을까?"

잠을 이루지 못하고 몸살 나도록 뒤척이던 구산이 혼잣말처럼 나지막하게 아내에게 물었다.

"당신이 누구에게 평생 잊을 수 없을 만큼 좋은 일 한 적이 있어요?"

아내의 그 말이 어쩐지 그를 비꼬는 것처럼 들렸다.

"기억에 없어. 하긴 나 살기도 엄청 힘들었으니까...."

"우리 결혼하고 당신 고향에 갔을 때 마을 어른들이 나를 '밥 엄마네 큰 며느리'라고들 하더라고요. 어머니께서 고향 마을에 사실 때 누구든지 집에 오는 사람들에게 밥을 먹여 보냈다고 하더라고요. 어머님이 베푸신 덕분에 우리가 이만큼이나마 누리고 사는지 모르겠어요."

아내의 말에 그는 할 말을 잃은 채 한동안 눈을 뜨고 무겁게 가라앉은 어둠을 바라보았다.

"그건 그려. 헌데 우리는 아무 것도 베푼 게 없으니 어쩌지?"

한참 후에 그가 입을 열었으나 아내는 대꾸가 없었다. 어느덧 잠이 든 것 같았다. 그는 잠을 못 이루고 뒤척이면서 80평생 자신의 삶을 한 줄로 입축해서 표현해보려고 끙끙거리다가 잠들고 말았다. 다음날 새벽에 얼핏 잠이 깬 구산의 머리 속에 '나만의 길을 찾아 헤매느라 지치기도 했지만 행복했다'라는 문장이 떠올랐다.

16

"오늘 하루도 감사합니다"

아침에 일어나 보니 밝은 햇살이 간절한 몸짓으로 창문을 간질이고 있었다. 구산은 창문을 열어젖히고 서둘러 커피를 내렸다. 창 밖에는 잔조로운 바람이 햇살을 품은 소나무 가지를 가볍게 흔들어댔다. 노부부는 나란히 식탁에 앉아 영산강을 바라보며 커피잔을 들었다. 그 모습이 수채화처럼 아름답다.

"여보, 오늘 하루도 감사하는 마음으로 시작합시다. 우리 두 늙은이 탈 없이 아침에 일어나 햇빛을 볼 수 있고, 우리 이렇게 나란히 앉아 영산강을 바라보며 커피를 마실 수 있고, 또 자식들 탈 없이 잘들 있으니 얼마나 감사한 일이오."

"그래요, 하루하루가 축복이지요. 별로 좋은 일 한 것도 없는데 이렇게 은혜를 받으니 부끄럽네요"

"우리 매일 하느님께 3가지 감사 말씀을 드리는 게 어때?"

"좋지요. 헌데 왜 세 가지요?"

"그거는... 아주 작은 것에도 감사하며 살자는 거지."

"그래요. 그럼"

"당장 감사한 것 세 가지에 대해 이야기해볼까. 먼저 오늘 아침 우리 부부가 함께 영산강 바라보며 모닝커피를 마실 수 있어 감사하고... 어제 저녁에 사랑하는 손자 전화 받아서 감사하고... 그리고 또 오늘도 함께 산책할 수 있어서 감사하고... 이만하면 감사할 일 아닌가?"

"그러네요. 소소한 거지만 정말 감사한 일이지요."

"참 오늘은 유씨 부부가 오는 날이지."

그렇다. 오늘은 같은 동네에 사는 유 사장 부부와 함께 그의 집에서 커피를 마시기로 한 날이다. 그들은 매주 토요일 점심을 먹고 나서 오후 2시에 만나 커피를 마시기로 약속했다. 3개월 전에 처음 만난 이 친구는 65세로 가전제품 수리공이다. 슬하에 두 딸이 있는데 1년 전에 결혼한 큰딸은 광주에서 고등학교 교사로 근무하고 있고 둘째 딸은 서울에서 간호사로 일하고 있다고 했다. 영산포로 이사 온 후 처음으로 구산은 커피를 통해 이웃 주민과 가깝게 지낼 수 있게 된 것이다. 이사 온 다음날 갑자기 냉장고가 가동되지 않아서 서비스센터에 연락하게 되었고 두 시간 만에, 60대 초반쯤 되어 보이는 작업복 차림의 기술자가 집에 왔었다. 구산은 냉장고를 고치는 동안에 그를 대접할 만한 음료가 없어서 커피를 내려주기로 했다.

"어르신, 향이 좋네요. 무슨 커핍니까요?"

커피를 내리다 말고 그가 묻는 소리에 구산은 약간 놀라 한동안 주춤했다.

"무슨 커피라니오?"

"혹시 코나가 아닌가해서요."

"코나? 하와이 코나 말이오?"

구산은 거듭 놀라며 큰 소리로 반문했다. 가전제품 수리공이 코나 커피를 알고 있다니 모를 일이었다. 냉장고 수리가 끝나자 구산은 수리공을 소파에 앉게 하여 커피잔을 탁자에 놓았다.

"자, 커피 한잔 드시지요. 이건 안띠구아입니다."

"아, 네, 감사합니다. 저도 핸드드립을 마십니다요."

그가 소파에 앉아 커피잔을 들고 천천히 향기를 맡고 나서 말했다.

"아, 핸드드립을…?"

"저보다는 집 사람이 핸드드립 커피를 좋아해서요. 우리는 주로 코나를 마십니다."

"아, 코나요?"

구산은 코나가 세계 3위 안에 드는 고급 커피라는 것을 알고 있었기에 다소 놀랐다.

"제 처남이 하와이에서 커피숍을 하고 있거든요. 그 처남이 10여 년 전부터 코나를 보내주고 있답니다. 헌데 이 커피와 코나 맛이 크게 다르지 않네요."

그는 지금까지 10년이 넘도록 코나 한 가지만 마셔왔다고 했다. 그러면서 자기 주변 사람들은 대부분 아메리카노나 믹스 커피를 즐겨 마시고 핸드드립을 마시는 사람은 없다면서 무척 반가워했다. 그날은 그렇게 헤어졌다. 그런데 1주일쯤 후에 그가 예고도 없이 코나 원두 한 봉지를 들고 불쑥 구산의 집을 찾아왔다. 뜻밖에 커피를 선물 받은 부부는 너무 부담스러워 마음이 편치가 않았다. 결국 부부는 다음날 고마운 마음에 홍어 전문 식당으로 부부를 초대하여 점심 대접을 했다. 그리고 그날 그의 이름이 유영선이며 태생지가 영산포라는 것을 알게 되었다. 그는 6년 전까지는 광주에서 가전제품 대리점을 했는데, 개인 사업을 하는 동생이 은행 대출을 받을 때 보증을 서주었다가, 부도가 난 바람에 대리점을 접고 수리공이 되어 고향인 영산포로 돌아왔다는 것을 알게 되었다. 더욱이 유 사장은 구산 아내와 같은 성씨에다가 본까지 같아서 아내가 더 각별히 대해주었다. 이렇게 몇 번 같이 점심을 먹게 되었고 점심을 먹은 다음에는 구산이 집으로 초대해서 커피를 내려 마시곤 했다. 그리고 한 달 전부터는 매주 토요일마다 두 부부가 만나 커피 마시는 날로 정한 것이었다.

2시가 되자 어김없이 유 사장 부부가 구산 집에 왔다. 이날은 유 사장이 구산 집에서 코나를 내려주기로 정해진 날이다.

"아이고, 고모님, 오늘은 유난히 햇살이 곱네요."

넉살 좋은 유 사장은 구산의 아내를 고모라고 불렀다. 그 뒤를 따라 유 사장 부인이 활짝 웃으며 코나 원두를 분쇄하여 가득 담은 유리병과 그들 부부가 마실 찻잔을 넣은 초록색 노란 봉투를 들고 따라 들어오더니 커피를 내리기 위해 주방으로 갔다. 구산과 유 사장이 소파에 앉자, 유 사장 부인은 커피를 내리기 시작했고 구산의 아내는 나무 쟁반에 벨기에 산 과자와 카카오 초콜릿을 담아 내왔다. 이윽고 네 사람은 커피잔을 앞에 놓고 탁자에 둘러앉았다.

"참, 유 사장이 처음 우리집에 왔을 때 내가 커피를 내리자 코나냐고 물었었지?"

"집에서 마시던 커피 향과 비슷해서요."

"그래. 안띠구아와 코나의 향이 비슷한 이유를 내가 말해주겠네. 1892년에 과테말라에서 티피카 품종을 처음으로 하와이 코나 지역에 심었던 거야. 그러니까 하와이 코나의 조상이 바로 과테말라는 거지. 더욱이 코나는 하와이 마우나로아 화산지역 근처라서 스모키한 향도 나는 거고. 우리가 지금 마시고 있는 코나 티피카 커피는 말이야, 『톰소여의 모험』을 쓴 마크 트윈이 최고의 향미를 갖춘 커피라고 칭찬했던 거라고.”

“아, 그래요? 저는 커피 맛은 잘 모르겠어요. 솔직히 저는 맛으로 마시는 거보다는 멋으로, 그러니까 폼으로 마십니다요. 제 인생의 모토는 폼이랍니다. 그래서 우리집 가훈도 ‘폼나게 살자,랍니다요.”

“멋으로 마신다? 인생의 목표가 폼이라?”

구산은 유 사장의 말에 고개를 갸웃거리며 물었다.

“누구나 마시는 아메리카노가 아니고 핸드드립을 마신다는 거 꽤나 폼나지 않아요? 저는 청년 시절에 폼 내고 싶어서 담배를 피웠거든요.”

구산과 그의 아내는 가볍게 웃어넘겼다.

“저는 커피 내리는 과정을 너무 좋아한답니다. 믹스 커피는 봉지만 뜯고 뜨거운 물에 넣은 다음 휘저어서 금방 먹을 수 있는데, 핸드드립은 콩을 분쇄하는 것부터 신경을 써야 하는 건 물론, 물의 온도도 체크해야 하고... 또 천천히 시간을 계산하면서 조심해서 물을 부어가며 맛을 조절해야 하고..그 과정이 중요하지 않아요? 그래서 저는 커피를 내리는 것이 꼭 세상 살아가는 것과 같다고 생각해요."

유 사장 부인의 말에 구산의 아내는 박수를 쳤다. 구산도 커피를 내리는 과정이 어쩌면 우리네 삶과 닮았다는 표현에 공감했다.

"암튼 우리는 커피 때문에 친구가 되었으니 좋은 일이지요."

"그렇습니다. 커피 때문에 선생님과 고모를 알게 되었으니까요."

구산의 말을 유 사장이 받았다. 이날 커피 타임은 1시간쯤 후에 끝났다. 다음 주 토요일에는 구산 부부가 유 사장 집으로 가서 안띠구아를 내려주기로 했다. 구산 부부는 커피를 통해 나주에 와서 처음으로 이웃 친구를 얻게 된 것이다. 구산은 이웃이란 울타리나 다리와 같은 것이라는 생각을 했다. 허허로운 땅에 홀로 살기보다는 이웃이라는 울타리를 치고 문을 열고 살면 외로움의 방패막이가 되어 마음 든든하지 않겠는가. 그리고 다리를 건너 다른 울타리 사람들과 소통하며 살면 외롭지 않을 것이 아닌가. 그런 의미에서 울타리의 문은 우리가 되는 소통의 채널과도 같다는 생각을 했다. 그리고 같은 울타리 안에 산다는 것은 마음을 주고 받을 수 있는 친구를 얻는 것과 같지 않은가 싶었다.

돌이켜보니 지금까지 구산의 삶은 너무 단조롭고 무미건조했다. 그는 바둑도 못 두고 춤도 못 추며 낚시질도 할 줄 모른다. 한평생 오직 글 쓰고 학생들 가르치는 일에만 매달려 살아왔다. 늙어갈수록 그런 삶이 후회되었다. 다행하게도 커피가 삶에 지친 그를 재충전시켜 주었고 사는 게 너무 고달파 주저앉고 싶었던 그를 다시 일으켜 세웠다. 오늘도 그는 자꾸만 무기력해지고 심신이 무너져 내리는 것만 같아서, 삶의 의지를 충전시키기 위해 문 원장네와 함께 커피 여행을 떠났다.

오늘의 목적지는 전북 임실에 있는 옥정호다. 그곳에 뷰가 좋고 호화스러운 대형 커피집이 있다는 말을 들었다. 담양을 지나 순창에서 27번 국도를 따라 달리다가 옥정호를 가로지른 운암교 쪽으로 접어들었다. 먼저 점심을 먹기 위해서다. 운암교 건너기 전에 소문난 '강남 게장집'으로 향했다. 이 집은 두 번째 방문이다. 참게장 잘 못 먹으면 디스토마에 걸린다는 말을 듣고 한동안 조심했었는데, 6개월간 숙성을 하면 아무 문제가 없다고 하여 거리낌 없이 즐기는 편이다. 12시가 못 되었는데도 식당은 예상했던 대로 손님들이 꽉 들어차 있었다. 예약하고 오기를 잘했구나 싶었다. 2년 전 왔을 때는 참게장백반이 1만 7천 원이었는데 그 사이에 1만 9천 원으로 올랐다. 여수 게장과 비교해서 맛은 비슷했지만 값은 큰 차이가 있었다.

식당을 나온 일행은 차에 올라 옥정호로 향했다.

"어이 문 원장, 자네 근자에 해삼창자젓 먹어봤는가?"

게장백반을 먹고 나자 갑자기 해삼창자젓 생각이 나서 물었다.

"아, 고노와다 말인가. 고노와다 비빔밥 최고지. 70년대까지만 해도 일식집에 가면 반찬으로 고노와다가 나왔는데 지금은 너무 비싸서… 인터넷에 들어가 보니까 500g에 5만 원이 넘는다는데 그것도 진짜 사기가 쉽지 않아."

해삼창자젓 이야기에 모두 입맛을 쩝쩝 다셨다. 순간 구산은 그가 먹어봤던 젓갈들을 떠올려 보았다. 어렸을 때 많이 먹었던 민물 새우로 만든 토하젓에서부터 전어 창자로 만든 돔배젓, 송어 새끼로 만든 모챙이젓, 갈치속젓, 낙지젓, 꼴뚜기젓, 명란젓, 창란젓, 멸치젓, 대하젓, 황석어젓 등, 젓갈을 생각하자 갑자기 흰 쌀밥에 짭조름한 젓갈을 넣고 쓱쓱 비벼서 먹고 싶어졌다.

"참, 홍어젓 먹어 봤는가?"

구산이 다시 물었다.

"홍어젓도 있어?"

"영산포에서 홍어젓도 팔드만. 생각보다 맛이 괜찮어."

구산은 계속 입맛을 다시며 말했다. 그들은 차 속에서 한참 동안 전라도 음식에 대한 이야기를 나누었다. 전라도는 맛의 고장이다. 그래서 옛날에 전라도에서는 시집간 딸이 친정에 오면 처음 묻는 말이 "그래 네 시댁은, 먹는 것은 제대로 해 먹고 살더냐."고 물었다고 한다. 충청도 사람들이 예절을 중히 여기고 서울이나 경기도 사람들은 옷 사치, 경상도 사람들이 집 사치를 좋아했다면 전라도에서는 입 사치를 으뜸으로 쳤다. 그런가 하면 전라도에 와서 2년만 있다 가면 풍류와 서화, 입맛을 제대로 안다고 했다.

전라도에 와서 아무 식당에나 들어가서 음식을 시켜 먹어도 반찬이 맛있어 밥 한 그릇을 뚝딱 먹어 치우게 된다. 허름한 싸구려 백반집이라도 상다리가 부러질 정도로 반찬이 푸짐하게 나

오고, 일식집에서 청주 한 잔만 시켜도 공짜 안주가 연달아 나온
다. 맛있는 집과 맛없는 집의 편차가 심하지 않다.

　구산은 커피 생각이 너무도 간절해 옥정호 '인디비쥬얼 카페'
를 향해 속력을 올렸다. 일성종 휴게소를 지나 운암교를 건너자
하얀 2층 건물이 눈앞에 그림처럼 솟구쳐 올랐다. 입구에 세워진
'커피 한잔?'이라는 입간판의 물음표가 무엇을 묻고 있는 것인지
를 생각하면서 싱긋 웃었다. 이 집 역시 넓은 홀에는 손님들로
벅신거렸다. 가족 단위 손님이 많아 아이들도 많이 보여 다소 분
위기가 수선스러웠다. 이곳은 가까운 전주뿐만 아니라, 정읍 임
실 순창 남원에서까지 손님들이 찾아온다는 이야기를 들은 바 있
다. 먼저 눈에 띈 것은 베이커리 진열장이었다. 사실 이 집은 커
피보다 빵이 더 유명해서 주말에 늦게 가면 빵 맛을 볼 수 없다
고 했다. 일행은 겨우 호수가 보이는 창가 귀퉁이에 자리를 잡았
다. 거의 모든 좌석이 창 쪽으로 배치되어 있었다. 구산은 하늘
빛 호수가 손에 잡힐 듯 한눈에 들어와 하마터면 탄성을 지를 뻔
했다. 56km나 되는 둘레길이 유명한 옥정호는 출렁다리 건너
붕어섬이 한 번쯤 가 볼만한 관광지로 소문이 나 있다. 특히 물
안개 낀 옥정호는 꿈속처럼 아름답다고 했다. 구산은 자리에 앉
기 전에 주위를 살펴보다가, 박춘열 사장의 로스터리 자격증과
함께 '맛집 인디비주얼 커피 전문가가 직접 볶은 신선한 원두로
내린 진짜 커피, 카페 인디비주얼에서 경험하세요'라는 선전 문

구를 발견하고 미소를 떠올렸다.

메뉴를 살펴보았더니 반갑게도 과테말라 안띠구아가 눈에 띄어 주문을 했다. 메뉴 중에 양촌리 라떼와 치즈 고장답게 임실 치즈라떼도 보였다. 역시 안띠구아는 산미가 약한 대신에 고소한 맛과 상큼 매콤한 향기가 입안에 은은하게 퍼졌다. 옆 좌석에 60대 쯤으로 보이는 부부가 빵을 먹고 있었는데, 남자가 자꾸 그들 쪽을 흘금거리더니, "커피 마시면 암에 걸린다드만."하고 여자에게 말하는 소리가 들렸다.

"정말 커피 마시면 암에 걸려요?"

옆자리 남자 목소리를 들었는지 아내가 얼핏 구산을 보며 눈을 깜박거렸다.

그 사이에 출입문 쪽이 소란스러워 얼핏 보았더니 여남은 명이 한꺼번에 우루루 몰려 들어왔다. 아이들도 두 명이나 있는 것을 보니 가족인 듯싶었다. 이 집은 주말이 아닌 평일에 와야 커피를 마시면서 호수 구경을 함께 할 수 있겠구나 싶었다. 서둘러 커피잔을 비우고 2층으로 올라갔다. 슬리퍼를 신고 들어가는 2층에서는 커피를 마실 수 없고 수석이며 고급스러워 보이는 전통 가구들이 전시되어 있었다. 2층에서 바라보니 확 트인 옥정호가 한껏 가깝고 넓어진 것 같았다. 구산은 이곳에서 아무 생각 없이 커피를 마시면서 한 일주일쯤 머무르고 싶었다.

"여보, 아까 우리 옆자리에서 대추차에 샐러드빵 먹고 있던 남자가 커피 마시면 암에 걸린다는 데 정말이어요?"

돌아오는 길에 차 속에서 구산의 아내가 뚜벅 물었다.

"무엇이든 태운 음식에서는 아크릴아마이드라는 발암물질이 나오기는 하지. 그렇지만 커피에 들어있는 그 함량은 아주 적어서 걱정할 거 없어."

커피뿐만 아니라 감자튀김, 감자칩, 심지어 시리얼에서도 발암물이 들어있다. 모든 식품을 120도 이상 고열에서 장시간 가열을 할 경우 발암물질이 생긴다는 것은 알려진 사실이다. 몇 년 전 커피에서 발암물질 아크릴 아마이드가 검출되자, 미국 켈리포니어 고등법원에서는 커피에도 담배와 같이 발암물질 경고문을 부착해야 한다는 판결을 내리기도 했었다. 그러나 그 함량이 아주 미세하다는 것이 확인된 후 고법에서는 판결을 취소했다. 이와는 반대로 커피가 심장병에 좋다는 연구 결과도 있다. 최근 미국 존스홉킨스 의과대에서는 커피가 우리 몸에 좋은 9가지를 발표해서 화제를 모으기도 했다. 하루에 커피 3잔을 마시면 카페인, 비타민 B2, 마그네슘, 항산화제인 클로크겐산, 카피스톨 등이 들어 있어, 당뇨병이나 관상동맥 심장질환과 심부전 뇌졸중을 예방하고 신장 간 건강에 도움을 준다고 했다.

문치과 부부와 함께 정읍으로 커피 여행을 떠났다. 구산은 정읍에 갈 때 고속도로를 타지 않는다. 국도나 지방도를 천천히 달리면서 시골 풍광을 즐기기 위해서다. 생오지에서 정읍으로 가는 길은 담양을 지나서 순창 땅을 거치며 추령을 넘는 쪽과, 장성을 지나 노령(갈재)을 넘는 길이 있다. 구산은 오래전에 장편소설『정읍사. 그 천년의 기다림』을 쓰느라, 여러 차례 갈재를 넘고 샘바다 (井海)를 지나곤 했었다. 정읍에는 내장산 단풍도 유명하거니와 먹거리가 풍부한 도시이다. 점심은 그동안 몇 번 찾아간 적이 있는 우렁쌈밥을 먹기로 했다. 정읍에는 요즈막 들어 우렁쌈밥집이 몇 군데 더 생겨났지만 구산이 오래 전부터 자주 찾은 곳은 당시 한 곳뿐이었던 국화회관이다.

오랜만에 다시 찾아온 국화회관은 식당 앞에 플라스틱 수틀이 줄지어 놓여있는 것을 보니 웨이팅 손님들이 많은 것 같다. 식당 내부도 더 넓어진 것 같고 좌석에서 입석으로 바뀌었다. 일요일이라 겨우 자리를 잡고 앉은 그들은 우렁쌈밥에 청국장 우렁이무침을 곁들인 1만 2천 원 짜리를 주문했다. 메뉴판을 보니 낙지와 돼지고기 주물럭이 나오는 우렁쌈밥은 2만 원이었다. 벽에 정읍시가 지정한 정읍 맛집 표지판이 붙어 있다. 이내 주문한 음식과 상추 등 푸짐한 쌈 채소가 나왔다. 먼저 우렁이 초무침에 젓가락이 먼저 갔다. 새콤달콤한 맛이 입안에 가득 차오르면서 막걸리 생각이 간절해졌다.

언제나 그렇듯 점심을 먹고 나니 커피 생각이 간절해져서 일행은 서둘러 커피집으로 향했다. 시기동 천주교 성당 옆에 있는 '프로방스'는 구산이 처음 드립커피에 맛을 들이기 시작하면서 주말이면 자주 찾던 커피 전문점으로, 올 때마다 원두를 한 봉지씩 사 가기도 했었다. 근처에 있는 공용 주차장에 차를 세워두고 서둘러 카페 안으로 들어섰다. 널찍한 공간에 별로 꾸밈이 없이 소박한 분위기가 옛날이나 지금이나 별로 달라진 것이 없었다. 문을 열고 들어서자 짙은 커피 향이 확 덮쳐와 탄성을 지르고 싶을 만큼 기분이 좋았다. 사장이 이태리에서 바리스타 공부를 하고 왔다는 이 커피집은, 스페셜티 원두도 판매하고 있어 오래된 이태리식 카페 분위기가 물씬 풍겼다. 아마 원목 인테리어 때문에 편안한 느낌을 주기 때문인지도 모르겠다. 들어서서 오른쪽으로 꺾으면 또 하나의 홀이 나오고 그 옆에 로스팅 하는 공간이 따로 있다.

프로방스의 핸드드립은 주로 콜롬비아 과테말라 에티오피아 중심이다. 그러고 보니 내가 콜롬비아와 과테말라 커피를 선호하게 된 것도 정읍 프로방스 때문인지도 모르겠다.

"오늘, 사장님께서 추천해 주실 커피 있어요?"

"아, 에티오피아 게이샤를 로스팅한 지가 오늘이 3일째라 향이 살아있습니다."

이날은 스페셜티 싱글오리진 바리스타 추천 커피로 에티오피아 게이샤를 주문했다.

보통 원두는 로스팅을 한 몇 분 후부터 매일라드(maillard)라고 하는 물리적 변화를 시작, 3일부터 1주일까지가 향미가 좋고 15일이 지나면 맛과 향을 내는 원소들이 줄어들기 마련이다. 오랜만에 마셔본 에티오피아 커피의 달콤 새콤한 딸기 맛이 입 안에 가득 퍼졌다. 커피향을 오래 간직하기 위해 물을 마시지 않았다.

17

커피 맛, 100人 100味

　구산은 아내가 갑자기 쓴 커피가 마시고 싶다고 해서 에스프레소를 내려 주었다. 살다 보면 쓴맛이 그리울 때가 있기 마련이다. 구산이 어렸을 때 밥 먹기 싫다고 하면 어머니는 쓰디쓴 익모초 즙을 짜서 억지로 마시게 했다. 오만상을 찌푸리고 쓰디쓴 익모초 즙을 마시고 나면 이상하게 밥 입맛이 돌아오곤 했었다. 쓴맛 뒤에 오는 단맛은 더욱 깊고 짜릿하게 느껴진다. 인생도 그렇다.

　구산은 오래전부터 멋진 핸드드립 카페가 있는 도시를 동경해 왔다. 규모가 크고 화려한 카페보다는 주변 정경이 아름답고 분위기가 고즈넉하면서도 커피 맛이 좋은 집. 음악감상까지 할 수 있으면 더욱 좋다. 그런 카페라면 날마다 들러서 음악을 들으며 커피를 마시고 싶다. 그는 돈이 있다면 영산강변에 그런 멋진 카페를 만들고 싶기도 하다. 커피는 이제 단순한 기호 음료 차원을 넘어 감성에 맞닿은 또 하나의 문화가 아닌가. 때로는 입이 아닌 눈과 가슴으로 보다 깊은 맛과 향기를 느끼고 싶었다.

　구산은 오래전 마음속에 그리고 있는 카페를 찾아 강릉에 가고 싶었다. 커피 도시 강릉이라면 그가 꿈꾸는 카페가 있을 것 같았기 때문이다. 10여 년 전, 시를 쓰는 큰딸이 강릉에 가자고 졸라 1박 2일로 다녀온 적이 있었다. 10년의 세월이 지난 지금쯤은 아마 그가 그리는 이상적인 커피집이 생겼을지도 모르지 않겠는가 싶어 기대가 컸다.

　"보헤미안과 테라로사는 어떻게 변했는지 가보고 싶어요."

큰딸이 졸라대는 바람에 그는 서둘러 다시 강릉에 가보기로 했다. 그의 영향 때문인지는 몰라도 자식들도 모두 커피를 좋아한다. 특히 큰 딸 리보는 오래전부터 그에게 전국 유명 커피집을 찾아다니는 '커피 맛 따라 향기 따라'라는 제목으로 책을 내자고 제안하기도 했다. 약속만 해놓고 아직 실천에 옮기지는 못하고 있다. 커피 맛 기행을 쓴다면 첫 번째로 강릉부터 가보고 싶었다.

어느덧 강릉은 커피 메카가 되어 있다. 커피 하나로 이제 엄청난 브랜드 가치를 창출한 셈이다. 횟집이 즐비했던 안목해변에 커피 거리가 조성되어 커피집이 줄지어 있고 커피 자판기만도 많을 때는 50대 이상이 늘어서기도 한단다. 자판기에서 커피를 뽑아 들고 해변을 걷는 데이트족들 모습이 수채화처럼 아름답다. 바다와 커피와 사랑이 잘 어울리는 정경이다.

강릉에는 현재 커피집이 100개소가 넘어 관광객이 늘어나고 있는 추세다. 2009년에 막을 올렸던 강릉커피축제도 2024년으로 16회째를 맞았다. 16회 커피축제 때 실내외 부스가 2백 80개나 되었고 푸드 트럭이 10여 대에 방문객만 해도 30만 명이 넘었다고 한다. 해마다 10월에 열리는 커피축제에서는 전국 유명 커피 업체들이 참여하여 무료 시음을 할 수도 있다. 무엇보다 가슴 설레게 하는 것은 해마다 축제 기간에 100명의 바리스타가 참여하여 100가지 맛을 즐길 수 있는 '100인(人)100미(味)' 행사다. 커피 애호가들은 100가지의 커피 맛을 맛보기 위해 전국에서 몰려든다. 이 밖에도 시민포럼, 커피 아카데미, 커피 전문가 세미나,

바리스타 어워즈, 음악회, 다큐 영화 감상, 커피 성지순례 등 다양한 행사도 곁들인다.

커피 도시 강릉에 가면 커피 거리 외에도 꼭 가봐야 할 곳이 많다. 우리나라 바리스타 1호이며 강릉이 커피 도시로 명성을 날리게 되기까지 주춧돌 역할을 한 박이추 커피집 '보헤미안'과, 강릉 커피 박물관, 그리고 커피숍 '테라로사' 등이다. 구산은 10년 전 '보헤미안'에 가서 박이추 씨가 직접 내려 준 커피를 마셔본 적이 있었다. 시내에서 조금 떨어진 한갓진 곳에 자리 잡은 2층 건물이었는데 1층 커피 공장은 문이 닫혀 있었고 커피숍은 2층에 있었다. 안으로 들어서자 입구 왼쪽 유리 칸막이 안에서 회색 점퍼 차림의 박이추 씨가 허리를 구부리고 커피를 내리는 모습이 매우 인상적이었다.

기사식당에서 흔히 볼 수 있는 낡은 테이블에는 손님 세 팀이 보였고 창 쪽에는 스님들 3명이 자리를 잡고 여유롭게 커피를 마시고 있었다. 커피를 마시고 있는 스님들 쪽으로 자꾸만 시선이 갔다. 하기야 요즘에는 스님들이 녹차 대신에 커피를 더 좋아한다고 하지 않던가, 커피집에서 스님들을 자주 보게 되어 낯설지가 않았다.

구산은 드립을 하는 공간 가까이 자리를 잡고 앉아서 박이추 씨가 커피 내리는 모습을 눈여겨 지켜보았다. 드리퍼에 물을 천천히 붓고 나서 주전자를 놓을 때마다 탁탁 바닥을 치는 소리가 유난히 컸다. 세 번에 나누어 천천히 물을 붓고 있다는 것을 알 수 있었다. 커피 한 잔을 내리는데 대략 3분 정도가 걸렸다. 구산은 자메이카 블루마운틴을 마셨는데 맛이 어땠는지는 별로 기억에 없다. 다만 유명한 바리스타 박이추 씨가 내려준 커피를 마셨다는 것만으로 만족해하였다. 그러나 지금은 나이가 많아서 1주일에 한 번 정도 커피숍에 얼굴을 나타낸다고 했다. 요즘은 강릉커피 1호점이라는 유명세를 타고 사람들이 몰려드는 바람에, 보헤미안 커피숍은 시장바닥처럼 바글거려 옛날 여유로웠던 그 분위기가 아니라고 했다.

강릉에 도착한 구산 부부와 딸은 점심을 먹기 위해 메밀국수집부터 찾았다. 구산이 강릉을 찾는 이유는 커피의 유혹 때문이기도 하지만, 이곳에 오면 그가 좋아하는 메밀막국수를 먹을 수 있기 때문이다. 강릉을 비롯해 강원도 일대에는 고 정주영 회장이 헬기를 타고 와서 먹었다는 메밀막국수집이 십여 개소가 넘는다. 정주영 회장이 찐 단골이었음을 선전하기 위해, 가게에 정 회장의 인물사진까지 걸어놓고 있다. 강원도의 소문난 메밀국수는 50% 이상 국산 메밀만을 사용한다고 한다.

메밀소바를 좋아하는 구산은 한때 전국 유명 메밀 집을 찾아다닌 적이 있었다. 대부분 메밀 집에서는 순 메밀을 30% 정도 사용하는데, 50% 정도 사용한 집을 찾기도 어렵다. 코로나19 전까지만 해도 광주 증심사 입구 버스 주차장 옆에 자리 잡은 메밀 전문점 '초야'에서 100% 메밀만을 사용하여 애호가들의 입맛을 돋우곤 했었는데 지금은 문을 닫아 아쉽다. 그리고 보니 1960~

1970년대만 해도 광주에는 산수옥을 비롯 메밀 집이 많았고 값도 싸서 자주 이용했던 터라, 씹을수록 구수한 맛과 담박한 메밀 향이 아직도 기억 속에 그대로 살아있다. 2000년대 초까지만 해도 광주에서 가까운 화순읍에, 옛날 산수옥에서 근무했다는 사람이 문을 연 메밀 집을 자주 찾아다니곤 했었는데, 그가 세상을 뜬 후로 산수옥 그 맛을 다시 맛볼 수 없음이 매우 아쉽다. 최근에 판교에서 가까운 고기리 메밀 집에서 먹은 들기름 메밀 막국수 맛도 일품이었다. 5~6년 전까지만 해도 서울에 갈 때면 이곳 메밀국수가 생각나 찾아가곤 했다.

그들은 송정해변에서 메밀막국수를 먹고 서둘러 왕산면에 있는 커피 박물관으로 향했다. 1인 1음료 주문하면 관람료는 무료였다. 여러 나라의 특징적인 커피 추출 도구들이 진열되어 있어 눈길을 끌었다. 전시관 외에 커피 체험관, 교육관, 커피 메이커스관, 로스팅관, 그라인더관, 뮤지엄 카페 등이 있다. 또한 커피 재배에서부터 커피 추출 과정까지 체험할 수 있고 커피나무를 팔기도 한다. 이곳에는 세계 커피 유물들이 전시되어 있어 커피에 대한 역사와 문화를 공부하고 커피 체험도 즐길 수 있어, 커피 애호가라면 꼭 한 번은 와봐야 할 곳이다. 박물관에서 갖가지 체험을 다 즐기자면 반나절은 소요될 것 같아 서둘러 발길을 돌렸다.

커피 박물관을 구경한 다음 전설이 되다시피 한 커피 명소 테라로사를 다시 가보기로 했다. 10년이 지난 그곳은 얼마나 변했는지 궁금했다. 강릉에는 '보헤미안'이나 '테라로사' 외에도 '카페 툇마루', '커피 정미소'등 전통 깊은 유명 카페들이 있으나, 그들은 '테라로사'를 선택했다. '테라로사'는 동화은행에서 정년퇴직한 김용덕 씨가 강릉의 고향집 마당에서 로스팅을 시작하면서부터 시작되었다고 한다. 그는 2002년에 카페 테라로사의 문을 열었다. 성장을 거듭하여 20여 년이 지난 지금 연 매출이 4백 억에 달하며, 양평 세종 제주 동탄 부산 등지에 스페셜티 커피숍 지점을 두고 있다. 구산은 강릉 테라로사에 오기 전에 양평 테라로사와 제주 감귤밭에 자리 잡은 테라로사에 들러 커피를 맛본 적이 있었지만 그 맛은 특별하지는 않았다.

그들은 강릉시에서 자동차로 한참을 달려 구정면 외진 곳에 있는 테라로사 본점에 도착했다. 오래된 공장이나 폐교 같은 건물 안으로 들어서자 꽤 널찍한 웨이팅 룸이 있었다. 지금은 주말마다 찾아오는 사람들이 많아 주차하기도 어렵고 커피 한 잔 마시자면 키오스크로 주문하여 한 시간 이상 기다려야 한다고 했다. 이날은 마침 평일 늦은 오후라서 대기소에서 기다리는 손님이 없었다. 강당처럼 넓은 1층 홀로 들어서자 확 트인 1~2층이 한눈에 들어왔다. 베이커리 진열관이 먼저 눈에 띄었고 드문드문 자리에 앉은 손님들이 커피를 곁들여 케익을 먹고 있는 모습이 예전과 다를 바 없었다. 이 집 케익은 서울까지 소문이 날 정도로 맛이 있는데 특히 레몬치즈 케익이 인기라고 했다.

구산 부부와 딸은 이달의 스페셜티로 멕시코 파트라나를 주문했다. 값은 6천 원으로 비싸지 않았으나 생소한 커피 맛이 궁금했다. 자리에 앉아 커피를 기다리는 동안 인터넷으로 파트라나를 검색해 보았더니, 멕시코 남부 과테말라와 가까운 지역에서 생산되는 커피였다. 커피가 나오자 한동안 잔을 들고 향기를 맡아보았다. 구산은 처음 마시게 될 때는 서둘러 혀끝으로 맛을 보기보다는 향기부터 음미해 보는 버릇이 있다. 고소한 향이 코끝을 기분 좋게 간질였다. 드디어 호흡을 가다듬고 천천히 맛을 보았다. 다크 초콜릿의 쌉싸레한 풍미와 고소한 향이 잘 어울렸고 신맛과 쓴맛이 적당한 밸런스를 유지해서 좋았다. 차를 마시고 나서 2층 구경을 했다. 앤틱한 의자와 고풍스러운 분위기에 취해 한참 동안 아무 생각 없이 앉아 있었다.

'아, 맛있는 커피, 천 번의 키스보다 황홀하고 모스카토 와인보다 부드러워'

강릉을 떠나 서울로 가는 차 속에서 문득 바하의 커피 칸타타 가사 한 대목이 떠올랐다. '천 번의 키스보다 황홀하다'는 대목이 자꾸만 머릿속에서 부스럭거렸다. 바하의 경지에 이르자면 아직 멀었다는 생각에 구산은 저절로 고개가 숙여졌다. 문득 밥 딜런의 노래 '원 모어 컵 오브 커피'가 듣고 싶었다.

영산포로 옮겨 온 후 구산 부부는 시간 나는 대로 영산강 강변 길 드라이브를 즐기거나 시내 곳곳을 훑으며 산책하기를 좋아했다. 사람이 드문 큰길보다 좁은 골목길에서 풀꽃 같은 정을 느끼고 싶었기 때문이다. 부부는 그날도 오후 느지막이 영산포 철도 공원 숲길을 산책했다. 오늘은 철로가 놓인 구역사까지 갔다가 되돌아서 택촌 도내기 샘을 거쳐 영산조창(榮山漕倉) 터까지 갔다가 돌아왔다. 물 한 방울 고여있지 않은 도내기샘 앞을 지날 때마다 이 마을 출신인 기생 나합이 떠오르곤 했다. 이 마을 사람들은 영의정 김좌근의 애첩인 나합이 주인의 힘을 등에 업고 세력을 휘두르며 살았지만 그녀를 크게 비난하지 않았다. 그것은 흉년이 들었을 때 김좌근이 구휼미를 보내와 굶주림을 면할 수 있었기 때문이란다. 도내기샘에서 백여 미터를 더 가면 조창 터자리가 있다. 이곳에 조창이 있을 때까지만 해도 전라남도 각지에서 곡식을 싣고 온 마바리들로 넘쳐 마을이 흥청거렸다.

저녁을 먹고 있는데 시민군 조 기사한테서 전화가 왔다.

"구산 선생님, 내일 시간 있으십니까?"

지난 5월 강변 유채꽃밭 촬영을 마치고 돌아간 후 다섯 달 만에 전화를 한 조 기사는 다급한 목소리로 내일 스케줄부터 물었다.

"시간은 왜?"

"내일 저랑 같이 해정이 엄마 좀 만나러 가 주실 수 있을까 해서요?"

"나랑 같이?"

"네, 사모님도 같이요. 해정이 엄마가 나주 암자에 있다는 걸 알았습니다요."

"아, 그래? 그렇다면 같이 가세."

구산은 조 기사와 같이 다음 날 오전 중에 암자에 있다는 해정이 엄마를 찾아가기로 약속을 한 다음 아내한테 전후 사정을 이야기했다. 아내는 깜짝 놀라면서 자기도 같이 가겠다고 했다. 아내는 그동안 조 기사 처의 가출이 마치 자기 잘못이기라도 한 것처럼, 그에게 해정이 엄마를 소개해 준 것을 후회하고 있었다.

"살아 있었구만요 잉. 그래, 암자에 있다면 스님이 됐답디까?"

"글쎄.. 스님도 아닌 몸으로 오랫동안 절에 머물 수는 없겠지."

"도대체 왜 가출을 해서 소식을 끊었는지 당최 모르겠다니께요. 제 어머니 말로는 해정이를 낳고 산후 우울증을 심하게 앓으면서 무기력증에 빠졌다고 합디다만... 그 와중에 의지하고 살았던 홀어머니마저 갑자기 세상을 뜨고 말았으니, 살아갈 의욕을 잃어버렸을지도 모르지요. 그렇다고 어린 딸과 남편을 놔두고 가출을 하고 소식을 끊다니... 매정한 년."

구산 아내는 자리에 누워서도 한동안 잠을 이루지 못하고 뒤척이면서 깊은 한숨을 몰아쉬었다. 아내는 다음날 서둘러 아침을 먹고 나서 외출 준비를 하고 조 기사를 기다렸다. 조 기사는 10시가 다 되어서야 나타났다. 아내는 조 기사의 얼굴을 보자마자 해정이 엄마에 대해 이것저것 묻기 시작했다.

"그래, 애 엄마를 만나서 어떡할 건가요? 집으로 데려갈 건가요?"

"글쎄요. 막상 찾아가서 만나기로 결심을 해놓고도 어찌해야 좋을지 모르겠네요. 스님이 되었다면 집에 돌아오지 않을 테지요. 암턴 그래도 꼭 한번은 만나보고 싶네요. 만나서 따져보고 싶기도 하고... 그동안 얼마나 변했는지 보고도 싶고...”

“스님이 되었답디까?”

아내가 큰 소리로 물었다.

“같은 택시회사에서 일하는 동료 누이가 오래전에 출가해서 스님이 되었는데, 제가 동료한테 좀 알아봐 달라고 부탁을 했지요. 그런데 올봄에 연락이 왔습니다요. 동료 말로는 해정이 엄마가 스님이 되었다고 하더라고요. 법명이 연행이라고 했습니다.”

조 기사는 말을 하고 나서 마음이 무거운 듯 거푸 한숨을 몰아쉬었다. 그러면서 아내를 만나러 가기가 두렵기라도 한 듯 짐짓 얼굴이 어두워졌다.

“정 내키지 않으면 내가 먼저 살며시 가서 미리 만나보는 것이 어떨까요. 스님이 되었다면 환속하기가 쉽지는 않을 테니, 우선 의향을 떠보는 것이...”

“일단 함께 가보드라고. 조 기사가 직접 만나는 문제는 가면서 생각하기로 하고...”

구산은 그렇게 말하고 서둘러 일어섰다. 구산 아내와 조 기사도 따라 일어서서 현관으로 나왔다. 부부는 말없이 조 기사의 차에 올랐다.

신걸산 중턱에 자리 잡은 비구니 사찰 복암사까지는 자동차로 영산포에서 20분도 안 걸리는 가까운 곳에 있었다. 목포 방향으로 5분쯤 달리다가 산모퉁이를 오른쪽으로 돌아 가파른 산길을 느린 속도로 올라갔다. 아찔할 정도로 경사가 심했으나 하늘을 가린 잡목 숲길이 고즈넉하게 아름다웠다. 한참 올라가자 2층 절집이 덩실 떠올랐다. 조 기사가 주차장에 차를 세우자 세 사람은 밖으로 나와 주변을 둘러보며 심호흡을 했다. 주황빛으로 물든 산색이며 화려하게 내려앉은 달콤한 가을 냄새가 훅 덮쳐왔다. 산 아래 숲 사이로 펼쳐진 들녘이 잔조롭게 출렁여왔다.

"자네가 나타나면 놀라서 숨어버릴지도 모르니 여기 있게. 분위기를 봐서 자네를 부름세."

구산은 조 기사에게 말하고 아내와 함께 천천히 절집 안으로 들어섰다. 절집 마당으로 들어서자 대웅전 옆 10층 석탑이 한눈에 들어왔다. 구산 부부는 아무 스님이나 만날 수 있기를 바라며 절 구경 온 사람처럼 천천히 주변을 돌았다. 복암사 안내 해설판을 읽고 있다가 마침 종무소 앞에서 빗자루를 들고 대웅전 쪽으로 가고 있는 나이 지긋한 스님을 만날 수 있었다. 구산이 아내한테 눈짓을 하자 아내가 천천히 스님 앞으로 다가가 합장을 했다.

"저어... 이 절에 연행 스님이라고 계십니까?"

하고 덤덤하게 지나가는 말투로 물었다.

"연행 스님을 아십니까?"

"아, 몇 년 전 법회에서..."

구산 아내가 미적거리며 말끝을 흐렸다.

"아, 네. 연행 스님은 여기서 조금 더 올라가서 망일암에 있답니다."

스님은 턱 끝으로 산등성이 쪽을 가리키며 대답을 하고 대웅전 쪽으로 발걸음을 옮겼다. 부부는 암자로 올라가는 길을 찾기 위해 절 주변을 천천히 돌았고 마침내 '망일암 가는 길'이라는 작은 표지판을 찾을 수 있었다.

설법전 옆 산길을 한참 오르자 고즈넉하게 자리를 잡은 암자가 보였고 가까이 다가가자 흰 강아지 한 마리가 앙칼지게 짖어댔다. 중년의 비구 스님이 텃밭에서 배추를 뽑다 말고 개 짖는 소리에 허리를 펴고 낯선 방문객을 바라보았다.

"시주 좀 하러 왔습니다."

구산 아내는 큰 목소리로 자연스럽게 말하고 천천히 스님 옆으로 다가갔다. 몸피가 작고 깡마른 스님이 손에 묻은 흙을 털며 느린 걸음으로 가까이 다가왔다.

"시주함에 좀 넣어주십시오."

아내가 준비해 온 봉투를 스님에게 전하며 유심히 얼굴을 살폈다. 스님도 시주 봉투를 받아 들고 서서 한참 동안 그들 부부의 얼굴에 시선을 꽂았다. 다소 경직된 눈빛이었으나 예상했던 것과는 달리 크게 놀라는 눈빛은 아니었다. 스님이 두 사람을 알아본 것이 분명해 보였다. 스님은 조금도 흐트러짐 없이 희미한 미소를 떠올린 채 꼿꼿하게 서 있었다.

"우리를 알아보시는구먼."

구산 아내가 두 손으로 연행 스님의 손을 잡으며 나지막이 말했다. 연행 스님은 고요한 얼굴로 가볍게 고개를 끄덕였다. 잠시 후 부부는 암자 토마루에 앉았고 그사이 연행 스님이 차를 끓여 내왔다.

"그간에 소식이라도 한번 주지 그랬어...요."

구산 아내가 녹차를 한 모금 마신 후 옆에 앉은 연행 스님 옆얼굴을 살피며 흐린 말 끝에 존댓말로 말했다. 친구의 딸이라고는 하지만 출가하여 법복을 입은 스님에게 하대를 할 수가 없었기 때문이다.

"죄송합니다. 집을 나왔을 때는 곧장 극락세계에 계신 어머니한테로 가고 싶었어요. 살고 싶지가 않았답니다. 헌데 부처님께서 자비를 베풀어 저를 살리시려고 불가의 길로 안내해 주셨지요. 해서 부처님을 따라 여기까지 왔습니다."

연행 스님이 길게 한숨을 내쉬고 나서 담담하게 말했다.

"그래도 소식은 주었어야지. 궁금하지도 않았어요? 해정이 올해 대학에 들어간답니다. 엄마 없이도 아주 예쁘고 착하게 잘 컸어요. 해정이 아빠도 택시 기사를 하면서 사진작가가 되었고."

구산은 잠자코 차만 홀짝거렸다. 햇살 속에서 바람이 건듯 불어 빨갛게 익어가는 뜨락 한켠의 감나무 잎을 쉬지 않고 때렸다.

"밖에 해정이 아빠가 와 있는데 들어오라고 할까요?"

구산 아내가 연행 스님의 표정을 조심스럽게 살피며 물었다.

"한갓 속가의 인연은 부질없는 일이지요. 나뭇가지에 앉은 새가 오래 있지 못하고 날아가 버리는 것을 필연이라 할 수는 없지요."

연행 스님의 그 말에 구산 아내가 한숨을 깊게 몰아쉬었다.

"혹여 해정이가 엄마를 찾아온다면 어찌하겠어요?"

"부처님을 찾아온다면 반갑게 맞겠지만 생모를 찾는 것이라면 냉정해야겠지요."

"해정이가 불쌍하네."

"그 또한 그 아이가 짊어지고 가야 할 몫이지요."

"여기까지 왔으니 잠깐 해정이 아빠 얼굴이라도…"

구산 아내가 다시 묻자 연행 스님은 말없이 고개를 가로저었다.

"그래 지금 스님은 가족을 버리고 이곳에 와 있으니 행복하시우?"

아내가 약간 찍는 목소리로 물었다.

"행복은 마음의 평정을 말하지요. 부처님 덕에 저는 지금 가까스로 마음의 평정을 찾았답니다."

연행 스님의 그 말에 구산 아내가 갑자기 벌떡 일어섰다. 그리고 야릇한 눈빛으로 연행 스님을 질러보았다. 연행 스님은 구산 아내의 그 같은 눈빛을 담담히 받아들였다.

"여보, 그만 갑시다."

아내가 큰 소리로 말하자 구산도 천천히 따라 일어섰다. 아내는 말없이 걸음을 옮겼고 구산은 연행 스님을 향해 합장을 하고 아내 뒤를 따랐다. 연행 스님은 부부의 모습이 시야에서 사라질 때까지 합장을 한 채 고개를 깊숙이 떨구고 서 있었다.

복암사 뜰로 내려오자 주차장에 초조한 얼굴로 서성거리고 있던 조 기사가 반달음으로 다가왔다.

"해정 엄마 만났어요? 그래 뭐라고 합디까? 우리 부녀 안부를 묻던가요? 몸은 건강해 보이던가요? 해정이가 보고 싶다고 하던가요?"

조 기사는 안절부절못하며 숨가쁘게 거듭 물었다.

"그래요. 만나긴 했어요."

구산 아내의 말에 조 기사는 자신도 당장 만나보고 싶다며 암자로 통하는 샛길을 향해 뛰어갈 듯싶었다. 구산이 조 기사의 팔을 붙잡아 끌었다.

"만나고 싶지 않다니까 오늘은 그냥 가세."

구산의 말에 조 기사는 한동안 말없이 암자 쪽을 바라보고 서 있었다. 구산이 힘을 주어 팔을 잡아끌어서야 그는 마지못해 천천히 발걸음을 돌렸다. 그는 차에 올라 산길을 내려오면서도 말 한마디 하지 않았다. 아니, 영산포에 도착할 때까지도 입을 열지 않았다.

18

인생의 맛, 쓴맛 뒤에 숨은 단맛

구산 주변의 많은 사람들은 쓴맛 때문에 핸드드립 커피를 마시지 않고 달달한 믹스 커피를 즐긴다고 했다. 삶이 너무 써서 입에 맞은 단맛을 즐기려는 것일까. 그러나 쓴맛을 모르고 어떻게 단맛을 즐길 수 있겠는가. 인생이 어디 단맛뿐이겠는가. 쓴맛을 알아야 단맛의 깊이를 알 수 있음을 왜 모를까. 쓴맛 뒤에 단맛과 감춰져 있는 또 다른 맛을 왜 모르는가. 그는 가끔 쓴맛을 즐기기 위해 원두를 뭉글게 갈고 100도 가까운 뜨거운 물로 아주 천천히 3분 이상 추출하여 마시거나, 투 샷으로 에스프레소를 만들어 마신다. 심신이 나른해졌을 때 쓴 커피를 마시게 되면 피로가 가시고 정신 줄이 팽팽해지면서 긴장감이 살아나는 것을 느낄 수 있기 때문이다. 지금까지 살아오면서 뼈저린 자아성찰(自我省察)을 통해 자신을 반성하고 닦달하고 위로해 준 것은 언제나 쓴맛이 아니었던가.

"쓴맛을 줄이고 신맛을 좀 살리면 안 되남요?"

아내는 구산이 내려준 커피를 마실 때마다 너무 쓰다고 불평이다. 신맛이 강하면 너무 싱겁다고 변명 아닌 변명을 해보지만, 아내는 언제나 구산이 내려준 커피에 대해 약간의 불만을 토하곤 한다. 그렇다고 그의 아내는 자신이 직접 커피를 내려 마시지는 않는다. 그가 내려 준 커피 맛이 좋다는 것을 인정하고 있기 때문이다.

"당신은 고생을 모르고 호강하고 자라서 쓴맛을 싫어한 걸 거야."

“말도 안 되는 소리 하지 말아요. 당신한테 시집와서 얼마나 고생을 많이 했는데...”

“쓴맛에 길들여지면 아주 미세한 단맛도 민감하게 느낄 수가 있거든. 우리 인생도 마찬가지야. 고통스러울 때는 아주 작은 기쁨에도 큰 행복을 느낄 수 있는 것처럼.”

쓴맛 커피를 내리기 위해서는 바싹 볶은 원두와 몽글게 간 가루, 95도가 넘는 뜨거운 물, 3분 이상의 느린 추출 외에 마지막 물 붓기에 비중을 두어야 한다. 커피의 쓴맛은 카페인 때문이 아니라 원두를 볶을 때 생겨난다. 약배전 즉 약하게 볶으면 쓴맛이 덜하고 신맛이 강하지만, 중간 정도나 에스프레소처럼 강배전으로 바싹 볶을수록 쓴맛은 더하기 마련이다. 우리네 인생에서 삶이 고달프면 고통 또한 심해지는 이치와 같다.

커피의 쓴맛은 원두에 풍부한 폴리페놀 화합물질 그룹인 클로로겐산(CGA) 때문이다. 로스팅 과정에서 클로로겐산이 변형하여 카페오일퀴닉산으로 분해하면서 쓴맛으로 바뀐다. 또 혀 앞쪽에서 느끼는 쓴맛과 혀 안쪽에서 느껴지는 쓴맛은 다르다. 혀 끝으로 느끼는 쓴맛이 약간 상쾌한 느낌이라면 안쪽의 쓴맛은 마시기 싫은 약의 쓴맛처럼 오래간다.

구산은 오늘도 100% 발효된 호밀빵 한 조각에 계란과 야채로 아침을 떼웠다. 이같은 아침 메뉴는 어느덧 10 수년째 계속되고 있다. 아침과 점심은 간단히 떼우지만 점심만은 제대로 먹고 있다. 아침과 저녁을 간단히 먹게 된 후부터 건강도 좋아진 것 같지만 무엇보다 하루 세 끼 꼬박꼬박 끼니 준비를 하지 않게 되어 아내가 좋아했다.

"우리가 짐승도 아닌데 하루 세 끼 꼬박꼬박 배부르게 먹는다는 것을 좀 부끄럽게 생각해야죠."

"그런 소리 하지 마. 일하러 나가는 사람들은 아침을 든든하게 먹어야 힘을 쓰지. 우리야 늙어서 종일 집에 있으니까 간단히 먹어도 되지만 말야."

"암튼 먹는 것에 인생을 낭비하는 건 좀 그래요."

아내는 그러면서 점심만큼은 배부르고 맛있게 먹기 위해 최선을 다하고 있다. 구산은 오늘 아침에도 간단히 끼니를 때우고 나서 서둘러 커피를 내렸다. 간단하지만 아침 준비를 아내가 하는 대신에 커피는 그의 담당이다. 커피를 내리고 나서는 아내의 품평을 기다린다. 아내가 커피 맛이 좋다고 하면 그의 기분이 으쓱해지지만, 맛이 그저 그렇다고 하면 주눅이 들게 마련이다. 정성을 다해 내린 커피는 호평을 받지만 대충 내린 커피는 크게 환영을 받지 못한다. 그 때문에 그는 커피를 내릴 때는 마음을 가다듬고 정성을 다하게 된다.

입맛에 맞는 커피를 마시기 위해서는 원두 선택부터 신경을 쓰지 않을 수가 없다. 원두의 선택은 각자 취향에 따라 다를 수밖에 없다. 어떤 원두가 자신의 입맛에 맞는지 결정해야 한다. 신맛, 단맛, 쓴맛, 고소한 맛, 상큼한 맛, 묵직한 맛 외에 자기 취향에 맞는 향기까지도 따져봐야 한다. 물론 자신의 입맛에 맞는 원두를 결정하기 위해서는 여러 종류 커피를 골고루 마셔봐야 한다.

원두를 꺼내 분쇄할 만큼만 그라인더에 넣고 나머지는 다시 냉장고에 넣어둔다. 남은 원두는 공기와 습기를 차단할 수 있도록 반드시 밀폐된 용기에 넣어 보관 해두어야 한다. 어두운 냉장고에 보관하는 이유는 원두가 빛에 노출되면 품질이 저하되기 때문이다. 원두는 고온이나 습기에 민감하므로 서늘하고 건조한 곳에 보관 해두어야 한다.

원두가 결정되었으면 어느 정도의 밀도로 분쇄할 것인가를 결정해야 한다. 커피 맛을 결정하는 데 있어서 원두 다음으로 분쇄의 밀도가 중요하다. 분쇄 밀도는 매우 굵은 분쇄에서부터 거친 분쇄, 중간 분쇄, 미세 분쇄, 초미세 분쇄 등 다섯 가지로 나눌 수 있다. 굵은 분쇄의 입자 크기는 1.5mm이고 초미세 분쇄는 0.1mm 정도다. 콜드블루는 굵은 분쇄에 해당 되고 미세 분쇄는 에스프레소가 적당하다. 분쇄 밀도에 따라 커피 맛과 향기가 달라진다. 가루가 굵으면 신맛이 강하고 가루가 몽글면 쓴맛이 강하다.

전라도 토박이말로 미세 분쇄는 몽글몽글한 것이고 굵은 분쇄는 성글성글한 것이다. 구산의 경우는 몽글몽글한 것과 아주 성글성글 한 것 사이에 보통 굵기 등 세 등분으로 나누어, 아침에는 산뜻하고 가볍게 마시기 위해 약간 성글성글하게 갈고 고기 등 기름진 음식을 먹은 점심 후에는 다소 몽글몽글하게 갈아서 쓴맛을 즐긴다. 그는 전동 그라인더로 분쇄하고 있다. 손으로 돌려서 분쇄하는 핸드밀이 휴대하기가 편리하지만, 전동 그라인더가 균형 있게 분쇄하기가 좋기 때문이다.

분쇄가 끝나면 필터의 종이 맛을 없애기 위해 여과지에 끓은 물을 살짝 붓는 린싱으로 물기를 없앤다. 단맛과 신맛 쓴맛을 골고루 맛보기 위해서 물의 온도는 85도에서 95도가 적당하다. 팔팔 끓는 물을 드립 포드에 부어 5분 쯤 기다리면 95도 아래로 내려간다. 물이 뜨거울수록 쓴맛이 강하다. 이때 온도계로 물의 온도를 재는 것이 좋지만 그는 그냥 눈대중으로 결정하고 있다. 커피 가루를 필터 위에 붓는데 1인용이면 커피스푼으로 넘치게 세 스푼 정도면 200g이 된다. 드리퍼는 구멍이 3개인 칼리타 플라스틱을 사용하고 있다. 구멍이 1개인 하리오 경우는 여과속도가 느리기 때문에 맛이 다소 무겁다.

드리퍼도 플라스틱과 사기 유리 등이 있는데 그는 가볍고 깨지지 않아서 처음부터 플라스틱을 애용한다. 드립 포드 즉 주전자는 가는 물줄기를 조절하기 위해 주둥이가 가늘고 긴 것이 좋다. 커피 가루 20g에 물은 얼마나 부으면 될까. 보통 가루의 15~18배면 적당하므로 300~350g 쯤이 좋다. 그는 커피를 내릴 때 3.3.3 원칙을 정해놓고 있다. 첫 번째는 단맛, 두 번째는 신맛, 세 번째에 쓴맛이 많이 우러난다. 첫 번째는 되도록 물줄기를 최소한 가늘게 하여 세 번에 나누어 물을 붓거나, 두 번째는 한 번에 30초 동안 붓고 30초 동안 기다려서 전체 3분에 걸쳐 드립을 끝낸다. 취향에 따라서는 두 번째 물을 더 많이 붓는 경우도 있다.

첫 번째 추출은 아직 커피 맛이 제대로 우러나지 않고 세 번째 는 진액이 거의 빠져나갔기 때문에, 두 번째 물을 부어 추출한 커피가 전체 맛의 균형을 맞춰준다. 또한 물을 부을 때는 중앙부 터 점점 원을 키워가는 것이 보통이다. 구산은 처음에는 중앙에 돌려가며 천천히 물을 부었다가 두 번째는 가에서 안으로, 세 번 째는 다시 중앙에서 바깥쪽으로 돌려가며 붓는다. 마지막 한 방 울까지 추출이 끝나면 찻잔에 따라 마시면 된다.

커피를 어디서 누구와 함께 마시느냐 하는 것도 중요하다. 아 메리카노를 마실 때는 굳이 사람과 장소를 따지지 않는다. 아무 데서나 누구하고라도 함께 어울려 마실 수가 있다. 그러나 핸드 드립의 경우는 다르다. 되도록 커피를 사랑하고 커피 맛을 제대 로 즐길 줄 아는 사람과 함께 마셔야만 감성적 소통이 가능하기 때문이다. 사람과 공간의 분위기에 따라 커피 맛이 다르다. 구산 의 경우 추운 겨울에는 되도록 바깥 풍경을 바라볼 수 있는 창가 에서, 춥지 않은 날은 바깥 베란다나 데크에 앉아 햇빛과 바람을 곁들여 마신다. 그리고 맛과 향을 충분히 음미하면서 되도록 천 천히 마신다.

무엇보다 커피는 정성을 들여서 내려야 한다. 시간에 쫓기듯 건성으로 대충 내리거나 불편한 마음으로 내리면 맛이 가볍다. 커피를 내리면서 말을 하거나 딴 생각을 하면 원했던 맛을 추출 하기가 어렵다. 커피에도 다도(茶道)가 필요한 것인지도 모른다.

동양에서는 예로부터 다도를 차를 마시며 심신을 닦는 행위로 여겨왔다. 8세기에 육우(陸羽)가 지은 다경(茶經)이 중국을 비롯해 한국 일본 등지에 널리 유포되었는가 하면, 조선시대 초의(草衣)는 동다송(東茶頌)을 지어 다도의 이론을 정립하기도 했다. 초의는 '찻잎을 딸 때 묘(妙)를 다하고 차를 만드는데 정(精)을 다하고 물은 진수(眞水)를 얻고 끓임에 있어서 중정(中正)을 얻으면 체(體)와 신(神)이 어울려 건실함과 신령함이 어우러진다'고 하였다. 또한 끽다는 평상심(平常心)이고 평상심은 도(道)이자 선(禪)이라는 다선일미(茶禪一味) 사상은 고려 이후 조선의 선가(禪家)에 큰 영향을 주었다. 커피 한 잔을 마시면서 이렇듯 몸과 마음을 정갈하게 할 때 진정한 풍미를 음미할 수 있다는 것을 새겨둘 필요가 있다.

문득 송나라 주돈이(周敦頤)의 애련설(愛蓮說)과 함께 그가 즐겼다는 꽃차 이야기가 떠오른다. 주돈이의 아내는 연꽃잎이 오므라드는 저녁이면 종이에 차를 싸서 연꽃 속에 재워주었다가, 아침에 꺼내서 남편과 함께 마셨다고 한다. 연꽃 속에 하룻밤을 재운 차를 아침마다 마신 부부의 모습이 얼마나 여유롭고 향기로운가. 이렇듯 옛사람들은 사랑하는 사람과 차 한 잔마실 때도 지극한 정성을 다했다.

구산 부부가 복암사에 다녀온 후 한 달쯤 지났을까, 뜻밖에 연행 스님한테서 전화가 와서 깜짝 놀랐다.

“구산 선생님 그간 안녕하십니까. 망일암 불자 연행입니다.”

연행 스님의 목소리는 냉엄할 정도로 차분하고 담담하게 가라앉아 있었다.

“아니 어떻게?”

“네. 시청 문화예술과에 전화를 해서 구산 선생님 번호를 알았습니다.”

“아, 그런데 어쩐 일로…”

“네. 해정이 아버지를 좀 만나야 할 것 같아서요.”

“네?”

“선생님께서 해정이 아버지께 연락을 좀 해주십사하고 전화를 드렸습니다. 헌데… 조건이 있습니다. 첫째, 선생님 내외분과 한 자리에서 같이 만나고 싶고… 또 둘째, 해정이 아버지와 해정이가 저를 스님이라고 불러달라는 것입니다요.”

“네?”

“선생님께서 해정이 아버지와 상의해서 날짜와 시간이 결정되면 언제라도 이 휴대폰으로 연락을 주시기 바랍니다. 그럼 안녕히 계십시오.”

연행 스님은 극히 사무적인 데다가 일방적으로 자기 말만을 던진 후 전화를 끊어버렸다. 구산은 한동안 휴대폰을 귀에 댄 채 우두커니 앉아 있었다. 옆에 있던 아내가 그의 표정을 보고 다소 의아해하는 말투로 무슨 일이냐고 물어 와서야 난감해하는 표정으로 휴대폰을 내려놓았다. 그는 빈총 맞은 기분이 되어 입맛만 쩝쩝 다셔댔다.

"해정이 엄마, 아니 연행 스님이야."

"뭐라고요? 뭣 땜시 전화를 했대요?"

아내가 펄쩍 놀라는 얼굴로 구산을 보며 거듭 물었다.

"딸을, 아니 조 기사 부녀를 만나고 싶다는구만."

"그래요? 뭐 느낀 바가 있었나 보네요."

아내의 말에 그는 천천히 고개를 가로저을 뿐이었다. 연행 스님의 목소리는 아내와 엄마의 정감 어린 느낌이라기보다는 마치 채무 관계로 얽힌 것처럼 냉엄하고 계산적으로 들렸기 때문이다. 옆에서 아내가 당장 조 기사한테 연락을 하라고 재촉을 했음에도 그는 한동안 떨떠름한 기분이 되어 미적거리고 있었다. 그는 한 시간쯤 후에야 조 기사에게 전화를 걸었다.

연행 스님이 제시한 두 가지 조건을 이야기 해주었는데도 조 기사는 큰 소리로 환호까지 질러대며 당장 내일이라도 만나고 싶다고 했다. 절에서 가까운 장소에서 두 가족이 함께 점심을 먹을 수 있도록 해달라고 했다. 구산은 조 기사의 부탁대로 다음 날 영산포 한식집에 점심 예약을 하고 양 쪽에 장소와 시간을 알려주었다. 조 기사는 반갑고 흥분된 목소리였으나 연행 스님은 담담하게 알았다고만 답했다.

그날 구산 부부는 연행 스님이 무엇 때문에 조 기사 부녀를 만나고 싶어 하는 것인지 의아해하며 서로의 생각을 주고받는 것으로 시간을 보냈다. 아내는 좋은 징조라고 예견했으나 그의 생각은 그렇지가 않았다. 연행 스님은 가족의 새로운 관계 개선이 아닌, 속가의 인연을 완전히 단절하고자 하는 것에 비중이 클 것이라고 생각했다. 구산의 생각이 맞는다면 결국 조 기사와 해정이 상처만 더 커질 것이 아닌가. 해정이가 얼마나 큰 상처를 입을까 싶어 마음이 무거워지기까지 했다. 차라리 만나지 않은 것이 좋을 것 같다는 생각이 앞섰다. 이 같은 그의 생각을 아내한테 이야기했더니 뜻밖에 아내 생각은 달랐다.

"그래도 해정이한테는 엄마가 살아 있다는 것만으로도 얼마나 반갑고 기쁜 일이겠어요. 그리고 연행 스님도… 스님이기 전에 인간, 아니 엄마잖아요. 누가 천륜을 끊겠어요. 부처님이라도 천륜은 함부로 못 끊지요."

구산 아내는 그러면서 내일이 너무 기다려진다면서 흥분을 쉽게 가라앉히지 못했다.

다음 날 아침 부부는 여느 날보다 일찍 일어났다. 구산 아내는 그와는 달리 약간 달뜬 기분이 되어 그가 내려준 커피를 마시면서 자꾸만 시계를 보았다. 아내는 구산에게 조 기사한테 전화를 걸어 늦지 않게 서둘러 오라는 당부를 하라고 졸라대기까지 했다. 그러나 그는 조 기사한테 전화를 하지 않았다.

부부는 약속 시간보다 30분쯤 앞서 자동차에 올라 예약 해놓은 한식집으로 향했다. 식당에 도착하자 11시 40분으로, 약속 시간에서 20분이나 남았다. 부부는 주차장에 차를 세우고 나서 내리지 않고 그대로 앉아 있었다. 부부는 조 기사가 도착할 때까지

기다리기로 했다. 5분쯤 지나 조 기사 택시가 주차장에 도착, 말끔한 신사복 차림에 넥타이까지 매고 택시에서 내렸다. 그런데 해정이가 보이지 않았다. 구산은 서둘러 차에서 내려 조 기사에게 다가가 해정이부터 찾았다.

"해정이는 오지 않겠답니다요."

조 기사가 약간 화난 표정으로 목소리가 불컥거렸다.

"해정이가 안 오다니? 왜요?"

구산 아내가 다급한 목소리로 물었다.

"처음에 엄마를 만나러 간다니까 펑펑 울면서 기뻐하며 이것저것 입고 갈 옷을 고르더니만, 스님이라고 부르라는 조건부라는 말에 갑자기 얼굴이 굳어지며 만나지 않겠다고 밖으로 뛰쳐나가버렸습니다."

"그랬구나. 어유 짠해라."

구산은 순간 얼굴이 나무토막처럼 굳어졌고 아내는 언짢아하는 마음에 거듭 혀끝을 찼다.

"해정이도 없이 꼭 만나야 하는가?"

구산은 식당 안으로 들어가려는 조 기사의 팔을 거칠게 잡아당기며 물었다.

"무슨 말씀이죠?"

"그냥 돌아가는 게 어떻겠나. 해정이도 안 왔는데…"

"그냥 돌아가다니오? 안 됩니다."

조 기사는 그러면서 구산의 손을 강하게 뿌리치고 먼저 식당

안으로 들어섰다. 하는 수 없이 구산은 아내를 따라 들어갔다. 종업원의 안내를 받고 예약된 방으로 들어서자 먼저 와서 기다리고 있던 연행 스님이 천천히 일어서 합장을 하며 맞았다. 조 기사는 방 안에 들어서면서부터 연행 스님을 향한 찐득한 눈길을 잠시도 떼지 않았다. 그는 연행 스님과 마주 앉은 자리에서도 경직된 표정으로 계속 시선을 쏟아부었다. 그때까지도 연행 스님은 보이지 않는 해정이에 대해 묻지 않았다.

"해정이는 오지 않았답니다. 어머니를 어머니라 부르지 못하게 한다면 스님을 만나지 않겠다고 했답니다."

구산 아내가 꼬장꼬장한 목소리로 그렇게 말하고 연행 스님의 표정을 자세히 살폈다. 연행 스님은 알겠다는 듯 말없이 가볍게 딱 한 번 고개를 끄덕였을 뿐이다.

그사이 식사가 나왔고 구산과 그의 아내는 굳은 표정으로 밥을 먹기 시작했다. 연행 스님도 수저를 들었고 조 기사만이 어색한 표정으로 여전히 연행 스님의 얼굴만 바라보고 있었다. 식사가 끝날 무렵까지도 구산 부부는 더 이상 아무 말도 하지 않았다. 구산은 연행 스님이 수저를 놓기를 기다리며 자리에서 빨리 일어서고 싶었다.

"소승은 살기 위해 부처님이 인도해 주신 길을 따라왔고 속가의 인연을 끊었기에 아무 미련이 없습니다. 허나, 앞으로 해정이 아빠가 저를 스님으로 만나고 싶다면 언제든지 찾아와도 좋습니다."

잠시 후 연행 스님이 수저를 놓고 또렷또렷한 목소리로 말했다. 그리고 연행 스님의 말이 끝나기가 바쁘게 구산이 아내를 향해 눈짓을 하자 약속이라도 한 듯 함께 벌떡 일어섰다.

"스님, 밥값은 우리가 계산하고 가겠습니다."

구산은 그렇게 말하고 힘을 주어 아내의 팔을 잡아당기며 방에서 나갔다. 계산을 끝내고 밖으로 나가 서둘러 차에 올랐을 때까지도 조 기사는 방에서 나오지 않았다. 구산은 조 기사가 나올 때까지 기다릴 생각이었지만 아내가 한사코 그냥 가자고 성화여서 먼저 차를 몰아 집으로 향했다.

"세상에, 어머니를 어머니라고 부르지 말라는 부처님도 있어요?"

"당신 그 말 잘했어."

집에 도착해서 커피를 마시고 있는데 초인종이 울려 문을 열자 조 기사가 우두커니 서 있었다.

"들어와서 커피 한 잔 드시게."

구산은 빳빳하게 표정이 굳어있는 조 기사를 끌고 들어왔다. 조 기사는 커피를 다 마실 때까지 말 한마디 하지 않았고 구산 아내도 더 이상 아무것도 묻지 않았다. 조 기사는 커피 한 잔을 더 마시고 싶다고 하면서 진하게 내려달라고 했다.

"해정이가 걱정이네요. 해정이 잘 좀 다독거려주세요."

구산 아내가 두 잔째 커피를 마시고 있는 조 기사에게 말했다.

19

자식들에게 추억을 내려주다

느지막이 점심을 먹은 후 구산 부부는 아파트 뒤쪽 퇴촌 숲길 산책에 나섰다. 별봉산 아래에 자리를 잡은 택촌은 영산포 원도심으로, 오늘날 영산포 선창이 번창하기 전까지만 해도 이곳 어장촌을 중심으로 고깃배가 드나들었다.

부부는 택촌을 지나 내친김에 제창 마을까지 걸었다. 구휼미 구제창이 있어서 제창 마을이라 불리운 이곳에는 제창 터 주춧돌만 남아있다. 이 마을에는 조선 후기 도학자 허목(許穆, 1595~1682)을 추모하기 위해 세운 미천서원(眉泉書院)이 있다. 서원을 둘러보고 구진포로 이어지는 길을 비껴 우측으로 조금 걸어 들어가자 용머리 마을이 나왔다. 마을회관 앞에서 잠시 쉬고 있는데 휴대폰이 울렸다. 오늘 로스팅한 안띠구아 원두를 택배로 보냈다는 며느리의 전화였다. 요즈막 부부는 며느리 덕분에 신선도 높은 커피를 즐길 수 있게 되어 행복하다.

구산은 커피 한잔의 추억이 그리움을 만들고 삶을 아름답게 색칠한다는 것을 나이 들면서 더욱 절실하게 깨닫게 되었다. 시를 공부하던 고교 시절 김현승 선생께서 손수 내려주었던 커피의 짙은 향이 결국 그를 문학인의 삶으로 들어서게 하지 않았던가. 김현승 선생 말고 그는 어떤 선배 문인들로부터도 손수 내려준 커피를 마셔본 적이 없다. 술을 사준 선배들은 많았지만 손수 커피를 내려준 사람은 오직 김현승 선생 한 분뿐이라서, 그 추억은 그에게 더욱 소중하게 자리 잡고 있는 것이 아닌가 싶다.

　1972년 독일에서 돌아와 단편『오, 상여 울음』을 써서 서울 동대문운동장 옆에 있는 김동리 선생 댁을 찾아갔을 때, 그는 커피 대신 김 선생께서 아낀다는 송순주(松筍酒)를 얻어 마셨다. 처음 마셔본 송순주는 솔 향기가 깊고 쌉싸래한 뒷맛이 목에 오래 머물렀다. 그는 훗날 지리산에 가서 송순 한 상자를 따서 동리 선생께 보내드린 것으로 보답했다. 한 잔의 송순주 추억도 그에겐 늘 생명수처럼 소중하게 살아있다.

　커피를 사랑했던 다형 김현승 시인과 술을 좋아했던 동리 선생 인생관에도 차이가 있었다. 다형 선생은 큰 욕심 없이 조용하게 고독을 즐겼고 동리 선생은 뜨거운 열정과 야망을 품고 살았다. 다형 선생이 62세로 세상 떠나기 직전, 구산이 '한국문학' 소설 신인상을 받고 병문안을 갔더니 "시처럼 소설을 쓰라"고 당부했고, 동리 선생은 81세로 세상을 하직하기 한달 전 찾아갔더니 "죽는 날까지 쓰는 자 만이 작가다" 면서, 자신은 이제서야 소설이 무엇인지 알 것 같은데 더 쓸 수 없어 안타깝다고 아쉬워했다. 커피를 좋아했던 김현승 시인은 62세로 세상을 하직했고 술을 좋아했던 동리 선생은 81세까지 살았으니, 누가 먼저 이승 떠나게 될지 참 알 수가 없다.

　그 시절을 떠올릴 때마다, 구산은 후배나 제자들에게 어떤 삶의 여운을 남겨주었는가 깊이 반성하게 만든다. 구산은 60대 후반 접어들어 커피를 내려 마시면서, 마음속으로 그를 찾아온 문인들에게 술이 아닌, 커피를 직접 내려서 대접해야겠다는 생각을 하면서도 실천하지 못했다. 그리고 가끔 그를 찾아온 제자들에게 특별히 마음을 써서 커피를 내려줄 때마다, 구산은 문학소년 시절에 김현승 시인으로부터 커피를 얻어 마신 이야기를 해주곤 했다. 제자들이 한꺼번에 여러 명이 찾아올 것을 대비해서 드리퍼 등 커피 내리는 기구들도 더 장만했다. 작은 드리퍼 하나로는 3잔 이상 내리기가 어렵기 때문이다. 그런데도 막상 제자들에게 커피를 내려주는 일은 생각처럼 그렇게 쉽지가 않았다. 귀찮아서였을까 게을러서였을까.

"교수님, 저도 집에서 핸드드립을 해서 마시고 싶은데 어떤 커피가 맛이 좋은지 원두 추천 좀 해주셔요."

어느날 집에 찾자 온 제자가 구산에게 말했다.

"하, 그건 마치 어떤 음악이 좋은지 추천해달라는 말과 같구먼."

"음악이라니오?"

"그래. 각자 취향에 따라 좋아하는 음악이 다르잖아. 대중음악 중에서도 트로트를 좋아하는 사람, 재즈나 소울, 또는 락이나 발라드를 좋아하는 사람이 있잖어. 커피도 마찬가지야. 자신이 이것저것 마셔보고 그 중에서 자신의 입맛에 맞는 커피를 스스로 골라야지. 나도 콜롬비아나 안띠구아를 좋아하기까지는 5년쯤 걸렸을 거야."

그 말에 제자는 공감한 듯 고개를 끄덕였다.

"물론 재즈를 좋아하는 사람이 느리고 서정적인 발라드나 블루스에 비해서 비트가 강하고 낭만적인 리듬 앤 부루스가 듣고 싶을 때가 있는 것처럼, 스모키한 향이 좋아서 안띠구아를 마시다가, 가끔 강한 산미가 땡길 때는 예가체프를 진하게 내려서 마실 때도 있지."

그렇다. 구산은 집에서는 주로 안띠구아 원두를 주문해서 마시지만, 비가 추적추적 내리거나 우울할 때 포르투칼의 파두가 듣고 싶은 것처럼, 햇살이 고운 늦가을에는 일부터 커피숍에 가서 케냐A를 마시기도 한다.

"내가 안띠구아를 좋아하는 것은 흑인 여가수 니나 시몬의 노래를 좋아하는 이유와도 같다네. 인권운동을 해온 니나 시몬은 흑인이라서 많은 눈물을 흘리며 살았거든. 검은 눈물과도 같은 안띠구아 커피와 니나 시몬의 슬픈 노래는 너무 닮았으니까."

구산은 제자들에게는 실천하지 못하고 있으면서도 언제부터인가 그의 집에 오는 자식들에게는 커피를 내려주고 있다. 그럴만한 계기가 있었다. 어느 날 아들이 고등학교에 다니는 손자를 데리고 그의 집에 왔다. 아들이 손자와 소파에 몸을 바짝 대고 앉아서 서로 어깨를 치거나 깔깔대면서 축구 이야기를 하는 모습을 보고 아픈 마음으로 크게 깨닫게 된 바가 있었다. 부자가 마치 친구처럼 다정하게 이야기하는 모습이 조금도 어색하거나 이상하지 않고 오히려 부럽기까지 했다.

그런가 하면 아들과 손자는 시간 나는 대로 같이 여행을 즐긴다고 하지 않던가. 그런데 구산은 지금까지 자식들과 어떤 관계로 어떻게 대했던가. 사랑과 친밀보다는 일방적으로 아버지의 권위만을 내세우려고 하지 않았던가. 언제 한 번이라도 자식들과 온몸 부딪혀 깔깔대며 시간을 보낸 적이 있었던가. 그가 엄한 아버지 밑에서 순종하며 자랐던 것처럼, 그 또한 자식과는 일정한 거리를 유지하고 경직된 몸과 마음으로 엄격하게만 대해오지 않았던가. 삼강오륜의 부자유친은 달달 잘도 뇌까리면서도, 부자유친의 참뜻이 부모와 자식이 서로를 이해하고 존중하며 사랑해야 한다는 부자 관계의 중요성을 강조하는 것으로만 알고 있으면서도, 사랑하는 방법에 대해서는 깊이 생각하지 않았었다.

구산은 과연 자식들과 어느 정도의 친밀관계를 유지하였고 지금까지 몇 번이나 외식을 즐겼으며 기억에 남은 여행을 했던 적이 있었던가. 기껏해야 가까운 해수욕장에 한번 가 본 기억뿐이지 않는가? 순간 그는 더럭 불안해지기 시작했다. 세상 떠난 후 과연 자식들 마음속에 아버지에 대한 추억이 한 가지라도 남는 게 있을까. 기억은 사라지지만 이야기가 있는 추억은 영원하다지 않는가.

아버지로 살아온 과거가 너무 후회스러운 그는 마침내 늦었지만 이제부터라도 자식들에게 추억을 만들어주기로 결심했다. 그때부터 집에 찾아온 자식들에게 커피를 내려주기 시작했다. 벌써 10년 가깝게 아들과 딸들 며느리와 사위가 집에 올 때마다 어김없이 커피부터 내려준다.

"아부지, 커피요."

주말을 맞아 부모 집에 온 아들이 현관으로 들어서기가 바쁘게 커피를 외쳤다. 이날따라 아들의 목소리에 생기가 넘쳐 그들 부부의 표정이 한껏 밝았다. 아내는 아들의 얼굴빛부터 살폈고 구산은 서둘러 커피를 내리기 시작했다. 자식들한테 커피를 내려 줄 때 그는 잔잔한 행복감에 취한다. 이 나이에 자식들을 위해 해줄 수 있는 것이란 커피 내려 주는 것 외에는 없지만, 이것만으로도 그는 행복했다.

"우리 아부지 커피가 세상에서 제일 맛있어요."

아들의 칭찬에 그는 흡족해하며 미소를 떠올린다. 그리고 그가 내려준 커피를 마시는 아들을 보며 '이 세상에 나 없더라도 부디 아비가 내려준 이 커피 맛을 오래 기억해주기 바란다.'하고 마음속으로 빌어보았다. 자식들은 먼 훗날 그가 없는 세상에서도 커피를 마실 때마다 아버지를 기억해 줄 것이라고 믿고 싶었다.

구산은 커피를 내려 주는 것 말고 자식들에게 남겨줄 것이 더는 없어 안타깝기만 하다. 어떻게 하면 아들이 아비를 가깝게 생각하고 오래오래 기억할 수 있게 할까 생각해보았다. 그렇다고 값이 비싼 선물을 사줄 수도 없지 않는가. 물질적인 것이 아니라 깊고 은근한 사랑으로, 퇴색되지 않고 오래 간직할 추억을 만들어주고 싶었다. 더욱이 요즘 아들은 바쁜 일상에 지쳐있는 것처럼 보였다. 집에 올 때마다 피곤하다면서 소파에 앉은 채 졸기 마련이다. 의사인 아들은 요즘 수술 때문에 목디스크가 왔다면서 아무래도 목 수술을 해야 할 것 같다고 했다. 구산은 그런 아들이 안타까웠다. 그가 아들에게 해줄 수 있는 말이란 "눈 앞의 이익에 너무 집착하지 마라. 인생 별거 아니니 천천히 여유를 즐기면서 행복하게 살아라."고 하는 것뿐이다.

구산은 새해를 맞아 아들에게 긴 편지를 썼다.

〈사랑하는 아들에게〉

아들아, 어느덧 너도 이제 지천명(知天命) 고개를 넘어 곧 이순(耳順)의 나이에 이르게 되었구나. 귀가 순해졌다는 말은 자신뿐 아니라 타인의 입장을 존중하고 포용하여 삶의 완숙함을 보이라는 의미란다. 그래, 지금까지 네가 정신없이 걸어왔던 삶이란 도대체 무엇이더냐. 무엇을 꿈꾸었고 무엇을 얻었더냐. 헤밍웨이는 『노인과 바다』에서 인생을 고기잡이에 비유했고 베케트는 『고도우를 기다리며』에서 기다림에 의미를 부여했다. 어쩌면 인생은 끝없는 기다림인지도 모른다. 기다림이야말로 희망의 깃발이 될 수 있기 때문이다. 또한 허만 멜빌은 『백경』에서 도전정신에 인생의 방점을 찍었고, 괴테는 『파우스트』에서 인간의 끝없는 욕망을 경계했다. 얼마 전에 내가 읽은 소설 『연을 쫓는 아이』에서 할레드 호세이니는 인간의 자유의지를 말하려고 했다. 인간은 누구나 연처럼 자유롭게 날아가고 싶어 하지만 현실이라는 비극적인 속박의 줄에 묶여 있다는 것이다.

사랑하는 아들아, 나는 인생이란 자기 길을 찾는 것, 즉 시간의 배를 타고 끝없는 항해를 계속하는 것이라고 생각한다. 항해하면서 1년에 한 번씩 기항지에 도착해서, 잠시 쉴 여유도 없이 닻을 올리고 다시 출항하기를 평생을 되풀이하는 것이 우리의 삶이 아닌가 한다. 출항할 때마다 꿈을 안고 희망의 보따리를 배에 가득 싣지만, 항해 도중에 풍랑을 만나 위험해질 때마다 보따리를 하나씩 바다에 던져버린다. 결국 빈 배로 기항지에 도착하게 되고 보따리 하나라도 남아있다면 성공했다고 할 수가 있다.

우리는 언제나 미지의 시간 속으로 출항하고 있단다. 미지의 시간은 불안을 잉태하고 있지. 기대가 무너졌을 때의 허탈감은 우리를 더욱 절망케 한다. 이 답답함이 언제까지 계속될지도 모르는 불투명성으로 인해 불안은 더욱 증폭되고 있다. 그러나 모든 역사는 시작과 끝이 있다. 우리는 시지푸스 인내와 용기로 새 역사를 쓰기 위해 다시 도전할 수가 있다. 우리는 지금 절망의 낭떠러지에 서 있는 것이 아니고 불안과 절망의 다리를 건너 새롭게 시작하는 출발점에 서 있는 것이다.

아들아, '과거의 창을 통해 미래를 보라'는 말이 있다. 그러나 과거를 잊지 말되 과거의 시간 속에 묶이지 말아야 한다. 과거에 매어 있는 한 진정한 시작은 없다. 새해에는 절망을 보지 말고 희망을 향해 새로 출발하자. 우리 주위에는 시작조차 못 하는 사람들이 많다. 한 해의 시작을 단순한 일상으로 받아들여서는 안 된다. 시작하기에 이미 늦었다고 포기해서도 안 된다. 언제나 시작하는 사람들에게 발전이 있다.

어느 날 빅톨 유고는 후배로부터 한 통의 편지를 받았단다. 후배는 '50세가 되고 보니 인생이 허무해져서 아무것도 할 수 없다'

고 했단다. 유고는 '50세는 젊음의 끝일 수는 있다. 그러나 그 나이는 노년의 시작이 아닌가. 자네의 지난날은 인생의 연습이었다면 이제부터 새로운 인생의 시작이니 희망을 가져라.'고 답장을 보냈단다. 도도하게 흐르는 양즈강도 남상(濫觴)에서 비롯된다. 술잔 하나 넘칠 정도의 작은 물줄기에서 시작하여 큰 강을 이룬 것이다.

스티브 잡스는 중고차를 팔아 마련한 1,300불로 애플을 시작하지 않았더냐. 너도 새해에는 너 자신을 위해 무엇이라도 시작해 보아라. 아들아, 아비는 해가 바뀔 때마다 시간의 흐름이 더욱 빨라지는 것을 절감한다. 산수(傘壽)의 나이에 들어서면서부터 마치 시간의 미끄럼을 타고 질주하는 기분이다. 하강에 가속도가 붙어 시간의 흐름은 더욱 빨라지게 마련이다. 이럴 때 하루 한 시간이 참으로 소중하게 느껴진다.

나이가 들면서 시력은 자꾸 떨어지지만 세상은 더욱 명징하게 잘 보이는 것은 무슨 연유일까. 자기중심의 시선으로 세상을 보면 세상의 색깔은 하나에 불과하지만 총체적 시선으로 보면 세상은 현(玄)의 빛깔, 즉 여러 가지 색깔이 조화롭게 어울려 가뭇없이 보인다. 검은색 안에 청, 홍, 백, 황 등 여러 색깔이 하나 되어 보인다는 것을 알게 된다. 자기만의 독법으로 세상을 보면 충돌과 대립이 따른단다.

아들아, 사람은 행복하기 위해 산다고 했다. 너도 이제 너 자신의 행복을 위해 살기 바란다. 그러나 행복은 사과처럼 손으로 딸 수도, 돈으로 살 수도 없다. 마음의 등불을 밝히고 각자 마음 안에서 느낌으로 찾아야 한다. 행복해지기 위해, 새해에는 구체적으로 꿈을 설계하여 밝은 얼굴로 즐겁게 살기를 바란다. 조선 시대 신흠(申欽)이라는 학자의 인생삼락(人生三樂)을 떠올린다. 문을 닫고 좋은 책을 읽는 것이 즐거움의 첫 번째요, 문을 열고 반가운 손님을 맞는 것이 두 번째 즐거움이며, 문을 열고 나가서 좋은 경치를 구경하는 것이 세 번째 즐거움이라고 했단다.

좋은 책 읽고 좋은 사람 만나고 좋은 경치 구경하면서 여유롭게 살아라. 네가 어디에 있건 태양은 언제나 너를 중심으로 떠오른다. 그러므로 네가 바로 이 세상의 주인인 것이다. 부디 모두 가슴을 펴고 눈을 크게 떠 태양을 바라보며 살기 바란다.

2024년 새해 첫날에

20

섞임의 미학, 블랜딩

오늘은 토요일이라 구산 부부가 아파트 단지 뒷동에 사는 유 사장 집으로 가서 안띠구아를 함께 마시는 날이다. 한 시가 넘어서야 부부는 철도공원 앞에 있는 식당에서 점심으로 생선백반을 먹고 유 사장 집으로 갔다. 유 사장 부부는 커피와 곁들여 먹을 디저트로 한과 한 접시를 식탁에 담아 놓고 구산 부부를 기다리고 있었다.

"어서 오세요. 오늘은 바람이 쌀랑하네요."

유 사장 부부가 현관에 나와 반갑게 맞아주었다. 유 사장네 아파트는 우리 아파트와 같은 소형 평수인데도 살림이 단출해서인지 더 넓어 보였다. 응접실에는 달랑 2인용 소파와 탁자가 놓여 있을 뿐, 엷은 보랏빛 무늬 벽에는 가족사진 외에 그림 한 점 걸려있지 않았다. 구산 아내와 유 사장 부부는 소파가 아닌 주방 싱크대 가까이 놓여 있는 식탁 의자에 앉았고 구산은 커피를 내리기 위해 물을 끓이기 시작했다.

"당신도 선생님처럼 내게 커피 내려 줄 수 있어요?"

구산이 커피를 내리는 것을 볼 때마다 유 사장 부인은 남편한테 가볍게 핀잔을 주곤 했다. 유 사장은 그냥 피식 웃을 따름이었다. 그사이 구산은 커피 네 잔을 내려 식탁에 놓고 앉았다. 네 사람은 이내 커피를 마시지 않고 기도라도 드리듯 사뭇 경건한 표정으로 잠시 숨을 고른 후 천천히 잔을 들었다. 그리고 심호흡을 하고 나서 한 모금 입술을 적셨다.

"저는 안띠구아와 코나 맛 차이를 못 느끼겠다니께요."

유 사장이 잠시 후 커피잔을 놓고 고개까지 갸웃거리며 말했다.

"커피를 폼으로 마시니까 그렇지요. 심호흡을 하고 나서 몸과 마음으로 천천히 맛과 향기를 느껴보세요."

유 사장 부인이 밉지 않게 남편을 향해 눈을 흘겼다.

"참, 두 분은 만델링 커피 마셔보셨나요?"

잠시 후 모두가 커피잔을 비우고 디저트로 유과를 먹고 있을 때 유 사장 부인이 물었다.

"네, 몇 번 마셔본 것 같은데… 왜요?"

"제 입맛에는 조금 묵직한 느낌이 들데요. 코나가 더 깔끔한 것 같기도 하고…"

구산이 반문하자 유 사장 부인이 대답했다. 그러면서 그녀는 예기치 않게 만델링 한 봉지를 구하게 된 이야기를 장황하게 늘어놓았다.

그녀는 3일 전, 우체국 택배 파업으로 하와이에서 부친 코나가 미처 도착하지 않자, 원두를 사러 마트에 갔었단다. 마트에는 브라질 안띠구아 케냐 만델링은 있는데 코나는 보이지 않더라는 것이었다. 마트 직원에게 코나는 없느냐고 물었더니 하와이 원두는 취급하지 않는다며 짜증스럽게 대답했단다. 그때 옆에 있던 빨간 털모자에 하늘색 투피스를 곱게 차려입은 중년 부인이 만델링을 사기에, 유 사장 부인도 하는 수 없이 만델링을 샀다고 했다. 그러자 먼저 만델링을 산 부인이 자기는 10년 전 인도네시아 벌목공장에 파견 근무하던 남편을 따라 살면서부터, 만델링을 마셔왔다면서 코나 맛은 어떠냐고 물어왔다. 그러자 유 사장 부인은 자기는 오랫동안 코나만 마셨는데 향기가 깊고 맛이 상큼하다고 했단다. 그러자 그 부인은 만델링은 풀 바디감이 최고라며 입이 마르도록 자랑하더라는 것이었다. 그러면서 그 부인이 함께 자기 집에 가서 만델링 커피를 마시자고 권해서 따라갔단다. 시청 가까이에 있는 가구점이었다. 그 가구점에서 사장 내외와 함께 만델링 커피를 마셨는데 맛이 좀 색다르더라고 했다.

"아주 점잖고 친절한 사람들이더라고요. 그러면서 그들 부부는 10년 넘게 핸드드립만 마신다기에... 우리도 선생님 내외분과 함께 매주 토요일에 만나서 커피타임을 갖는다고 자랑을 했답니다. 그랬더니 글쎄... 우리 두 집을 부러워하면서 자기들도 커피 모임에 끼워달라고 사정을 하더라니까요. 그런데 선생님, 그 사람들이 만델링이 풀 바디감이 최고라고 자랑을 하던네 풀 바디감이 뭐죠?"

유 사장 부인이 그날의 상황을 장황하게 늘어놓고 나서 구산을 보며 물었다.

"아, 풀 바디감이란.. 뭐랄까... 커피에 대한 전체적인 맛의 느낌에 대한 표현이랄까... 말하자면 온몸으로 느끼는 미감이죠. 가볍고 부드러운 맛을 라이트 바디감, 가벼우면서도 묵직한 맛을 미들탄 바디감, 커피 맛의 강도와 풍미가 풍부한 것을 풀 바디감이라고 하지요. 헌데 인도네시아의 수마트라 지역에서 생산되는 만델링은 산도는 낮고 독특한 흙 향기와 묵직하며 깊이 있는 풍미를 자랑하는 커피로 숨겨진 보석이라고들 한답니다.”

구산의 긴 설명에 모두 고개를 끄덕였다.

“헌데 선생님, 그 사람들이 한사코 토요일 커피 타임에 자기네들도 끼어 달라고 하는데 어쩌지요? 조금 전에도 전화가 왔답니다요.”

유 사장 부인의 말과 함께 부부가 간절한 눈빛으로 구산 얼굴을 보며 답을 기다렸다.

“저야… 괜찮지요. 코나에, 안띠구아, 만델링까지 세 가지 커피 맛을 볼 수 있겠네요 뭐. 다음 주부터 함께 합시다. 다 늙어서 커피를 통해 친구를 얻을 수 있다니 참 좋으네요.”

구산의 말에 유 사장 부부가 밝게 웃어 보였다. 그의 아내도 싫지 않은 듯 다른 말을 덧붙이지 않았다. 이렇게 그들 커피 타임 식구는 세 가족 6명으로 늘어났다.

“소문이 나면 들어올 사람이 더 늘어날 텐데 이러다간 커피 대가족이 되겠네요.”

유 사장 말에 모두 웃었다. 한갓 커피가 이처럼 사람과 사람을 이어주는 매개체가 될 수 있다니 얼마나 아름다운 일인가. 어쩌면 인생도 서로 섞여 어울리며 살아갈 때 우리라고 하는 공간이 넓어지는 것이 아닌가 싶다. 이것 또한 섞임과 소통의 미학 아니겠는가. 이질적인 존재라도 한 덩어리로 섞일 때 새로운 존재로 확장되는 것이 아닐까.

"여보, 우리도 커피머신 하나 삽시다. 내 친구들도 이제 머신으로 커피 내려 마신답디다."

어느 날 아침 아내는 커피 내리는 구산을 보며 뚜벅 말했다.

"커피 내리는 데는 정성이 필요해요. 기계가 내 정성을 따라오겠어? 그렇지 않아도 요즘 카페에서는 에이 아이가 커피를 내린다는데. 기계 때문에 사람다운 정과 인성이 메말라가는 것도 아쉬운 세상에…"

"정성은 무슨… 당신도 그냥 기계적으로 내리는 거 아녀요?"

"아니야. 나는 기도하는 마음으로 커피를 내리거든. 커피 내릴 때는 한눈팔지도 잡담도 하지 않는다는 거 알잖아?"

그러면서 구산은 유년 시절 어머니가 한여름에도 땀 뻘뻘 흘려가며 아궁이에 불을 지펴 솥 밥을 지어주었던 이야기를 해주었다.

"지금은 다들 전기밥솥으로 밥을 짓는다구요."

"그렇지만 한 여름에도 솥에 불을 지펴서 땀 뻘뻘 흘려가며 지은 밥이 더 맛있어. 누룽지는 또 얼마나 고소한지…"

"당신도 참, 요즘에는 전기밥솥으로도 누룽지도 만들어 먹는다고요."

아내는 열을 올려 새로 나온 누룽지 밥솥 이야기를 늘어놓기까지 했다. 하기야 아내의 말마따나 커피 메이커(Coffee maker)가 있으면 손님들이 왔을 때 한꺼번에 간단히 커피를 내려서 대접할 수 있어 얼마나 편리할까 하는 생각도 해보았다. 물탱크에 물을 채우고 분쇄된 커피를 필터와 같이 장착한 다음, 전원 버튼을 누르기만 하면 커피가 추출되는 커피머신을 장만할까 하는 생각도 해 본 적이 있었다. 요즘 커피머신은 분쇄기가 일체화 되고 보온 기능까지 갖추어져 매우 편리해진 것이 사실이다. 값도 비싸지 않고 디자인이 심플하거니와 크기도 작아 미니멀한 공간에 잘 어울리고 야외에 휴대할 수도 있다지 않은가. 더욱이 커피의 양 조절 기능과 자동 멈춤이며 자동 청소 프로그램까지 설정이 가능할 뿐만 아니라, 하나의 머신으로 에스프레소와 아메리카노를 원하는 대로 추출할 수 있다니 얼마나 편리한가. 그렇지만 구산은 손을 움직일 수 있는 한 끝까지 핸드드립을 고수할 생각이다. 그는 자신의 손 끝으로 사람의 정을 담고 싶었다.

그렇지 않아도 지금 로봇 시대가 되어 일자리를 빼앗기고 있다지 않는가. 지금은 로봇이 그림을 그리고 작곡도 하고 소설까지 쓴다고 한다. 그러나 머신으로 내린 커피는 어디까지나 일률적으로 기계화된 맛일 뿐, 정성을 들인 손맛을 낼 수 없지 않겠는가. 더욱이 커피를 내리는 순간의 기분에 따라 맛을 조절할 수 있을 뿐만 아니라, 핸드드립 과정 3분 동안의 감미로운 즐거움을 포기할 수가 없다. 암튼 구산은 19세기 반 기계화 운동(Luddite Movement)이라도 선언하듯 핸드드립만을 고집하고 있다.

얼마 전 구산은 집으로 찾아온 제자로부터 블랜딩 커피 팩을 선물 받았다. 제자 말로는 집에서 맛을 보았더니 괜찮더라는 것이었다.

"교수님 지금은 브랜딩 시대랍니다."

"설마 블랜딩 시대라고 한 건 아니겠지."

"암튼 교수님, 블랜딩 커피 맛은 또 다르다고들 하니 한번 맛을 보세요."

그는 제자가 한 말 중에서 '브랜딩 시대'라는 말을 곱씹어보았다. 하기야 『모든 비즈니스는 브랜딩이다』라는 책을 보면, 브랜딩을 통해서 패션이나 음식 등에 좋은 이미지를 씌워서 제품이나 회사에 대한 인식을 형성하고 관리한다지 않는가. 하지만 이 브랜딩(Branding)은 커피의 블랜딩(Blending)과는 다르다. 브랜딩이나 블랜딩은 '새로운 것을 만들어낸다'는 그 의미는 같다. 하지만 커피나 위스키 포도주 차 향수를 블랜딩 한다는 것은 기존의 것을 새로운 것으로 바꾼다는 것을 말한다. 커피 블랜딩은 여러 가지 원두를 섞어서 새로운 맛을 창출하는 것이다. 잘 알려진 문재인 전 대통령의 커피 블랜딩은 콜롬비아 슈푸리모 40%와 브라질 세하도 30% 에티오피아 예가체프 20% 과테말라 뀌시로 10%를 섞어 만든 것이다. 이 네 가지 원두를 4:3:2:1의 비율로 섞은 커피는 과연 어떤 맛일까. 아마도 비율이 높은 콜롬비아 슈푸리모 맛이 강하지 않을까 싶다. 물론 커피 전문가들 말로는 블랜딩에 황금비율은 없다고 한다. 그의 생각에도 자기 입맛에 맞게 섞는 것이 좋은 방법일 것 같다. 대부분 커피 마니아들은 여러 원두의 맛을 충분히 알고 즐긴 다음에 블랜딩을 시작한다고 한다. 그리고 대부분은 중남미 원두와 아프리카 원두를 섞어 나름 맛을 즐긴다는 것이다. 따라서 요즘에는 전문 커피집에서 블랜딩 커피와 원두를 판매하기도 한다.

이날 구산은 선물로 받은 블랜딩 커피를 내려서 제자와 같이 마셨다. 과테말라 30%, 코스타리카 30%, 에티오피아 20%, 브라질 20%의 비율로 블랜딩한 동서식품 제조 커피의 맛은 그를 사로잡을 만큼 그렇게 특별하지는 않았다.

"교수님 블랜딩 커피 맛이 어떤가요?"

그가 천천히 커피잔을 기울여가며 다 마시기를 기다렸다가 제자가 물었다.

"글세… 과테말라의 스모키한 향도 좀 나는 것 같고 에티오피아 산미도 좀…헌데 특별한 맛은 없는데? 잘 모르겠어. 나는 아직 블랜딩을 즐기기엔 부족한 것 같네."

"그래요? 전 괜찮은 것 같은데요?"

구산은 아직 블랜딩을 즐기지 않는다. 아직은 산지별 원두가 갖고 있는, 순수하고 개성이 강한, 저마다의 독특한 맛을 더 오래 즐기고 싶기 때문이다. 비빔밥처럼 이것저것 섞어 새로운 맛을 경험할 수 있다지만, 하나만의 맛에 더 빠지고 싶은 것이다. 어쩌면 여러 원두의 맛을 충분히 알아서 즐기고 난 다음에 블랜딩 단계로 접어드는 게 맞을 성싶었다. 그는 사람을 사귈 때도 금방 빠져들지 못한다. 여러 차례 만나보고 그 사람만의 심성이나 개성을 파악한 다음에, 죽는 날까지 교유해도 좋을 사람이라는 판단이 서게 되어야만 서서히 그리고 깊게 빠져든다.

"나는 이 세상에 존재하는 모든 것들이 저마다 개체로서의 존재감을 존중하고 싶네. 그래서 나는 집단을 싫어하는 지도 모르지만 말야. 한데 어울려서 아름다운 것도 있지만 혼자라서 더욱 빛나는 존재도 많거든. 나는 늘 혼자이고 싶고, 그래서 외로운지도 모르지만... 외로움도 여유롭게 잘 즐길 줄만 알면 괜찮다네."

제자는 그의 말 뜻을 이해하는 것 같았다. 그날 이후 구산은 그를 찾아온 사람들에게 블랜딩을 좋아하느냐 아니면 한 가지 커피를 좋아하느냐고 묻고 나서 핸드드립을 해주었다. 대부분은 한 가지 커피를 원했다. 또 그를 찾아오는 지인들 중에서 더러는 구산의 집 근처 커피집에서 아웃 테이크 아메리카노를 사 가지고 오기도 한다. 그가 커피를 내려주는 것이 미안해서 그런 것 같다. 이럴 때는 참으로 난감하다. 구산은 집에서는 아메리카노를 마시지 않기 때문이다. 하기야 요즘 대부분 사람들은 카페에서 아메리카노를 마신다. 아메리카노는 가게에 따라 값이 천차만별이지만 드립커피에 비해서 비교적 싼 편이다.

아메리카노는 1943년 이태리에 상륙한 미군들이 에스프레소에 뜨거운 물을 타서 마신 데서 비롯된 것. 그러나 이태리 사람들은 아메리카노를 마시지 않는다. 프랑스에서는 아메리카노를 마시는데 한국의 아메리카노보다 진하고 쓴맛도 강하다. 구산은 어쩌다가 아메리카노를 마셔야 할 경우에는 에스프레소 두 잔에 뜨거운 물을 타는, 투 샷으로 주문한다. 요즘에는 인스턴트 스틱 아메리카노도 출시되고 있다. 과테말라 코스타리카 각 30%에 에티오피아와 브라질 각 20%를 블랜딩한 스틱 아메리카노 6개 들이 한 봉지에 4~5만 원이면 살 수가 있다. 한 잔에 7천 원 이상이니 생각보다 비싼 편이다. 요즘에는 젊은이들이 야외는 물론 사무실이나 당구장 골프 연습장에서 캔커피를 즐긴다고 한다.

우리나라에서 캔 커피가 처음 등장한 것이 1968년 미주산업의 MJC로 인기를 끌었는데 지금은 여러 회사에서 제조하고 있다. 구산은 1969년 7월20일 오후, 광주역 대합실에서 우주선 아폴로 11호 달 착륙 티브이 방송을 보면서 캔커피를 마셨던 기억이 새롭다. 얼마 전 아이들과 여행 중에 휴게소에서 에스프레소와 크림을 섞어 만든 스타벅스 캔커피를 마셔보았다. 애들은 에스프레소가 진하고 크림이 쓴맛을 잡아주어 입맛에 맞는다고 했으나 그의 취향은 아니었다. 그에게는 여전히 뜨거운 핸드드립 커피가 딱이다.

21

"커피는 아직 내게 너무 써요"

"할아버지는 왜 커피를 좋아하셔요? 커피가 그렇게 맛있어
요?"

주말에 나주에 온 손자가 점심을 먹고 쿠션 좋은 소파에 등을
기대고 앉아서 커피를 마시고 있는 구산을 보며 가볍게 물었다.
대학에 다니는 그의 손자는 캔에 든 콜라를 마시고 있었다. 콜라
는 몸에 좋지 않으니 물을 마시든가 아니면 차라리 커피를 마시
는 게 건강에 좋다고 했으나, 손자는 커피는 너무 쓰다면서 한사
코 콜라를 마셨다.

"준철아, 너는 왜 콜라를 마시느냐?"

"콜라는 청춘의 맛이죠. 거품이랑 톡 쏘는 맛이 낭만적이잖아
요."

"청춘의 맛이라고? 언제부터 마셨는데?"

"유치원에 다닐 때쯤이었을까요… 그땐 날마다 엄마한테 콜라
사달라고 떼를 썼어요. 참, 할아버지는 어려서 콜라 안 마셨어
요?"

"그 시절에는 콜라가 뭔지도 몰랐단다. 목이 마르면 냇가에 코
를 박고 엎드려서 흘러가는 냇물을 들이켰지."

그랬었다. 배가 고프면 산에 올라 찔레꽃이나 진달래꽃을 따
먹었고 목이 마르면 마을 앞 하천가로 달려가 배가 터지도록 냇
물을 퍼마셨다. 어쩌다가 설이나 추석 때는 식혜나 보리단술을
먹기도 했는데 달짝지근한 그 맛이 참으로 환상적이었다. 특히
어머니가 해주었던 보리밥에 누룩을 넣어 만든 달달한 보리단술

맛을 잊을 수가 없다.

"콜라는 마셔도 마셔도 자꾸 마시고 싶어요."

"커피도 그렇단다. 쓰고 시고 단 맛이 잘 어울리는 게 꼭 인생의 맛과 같단다."

"저는 아직 인생의 맛에 대해선 몰라요. 인생이 왜 쓰고 시다는 건지 의미를 잘 모르겠어요. 몇 살쯤 되면 인생의 맛을 알게 될까요?"

"알려고 애쓰지도 서두르지도 마라. 할아버지는 11살 때 6.25 전쟁을 만나서 가난해졌기 때문에, 고등학교 1학년 때부터 신문 배달을 하며 돈을 벌었단다. 그때부터 인생의 쓴맛을 본 거였단다. 너는 부모 덕분에 아직 인생의 쓴맛을 모르는 게 당연하지. 하지만 앞으로 살아가면서 여러 가지 맛을 경험하게 될 거다. 그리고 쓴맛은 단맛이나 신맛의 균형을 잡아주기도 한다는 것을 깨닫게 될 게다. 암턴, 앞으로 살아가면서 네 입맛에 맞지 않은 맛들을 피하려고 하지 말고 받아들여서 잘 소화해야 한다. 그래야 네가 성장하고 강해진단다."

"옛날 사람들도 커피를 마셨어요?"

"우리 조상들은 숭늉을 마셨단다. 밥을 퍼낸 솥에 물을 붓고 누룽지를 주걱으로 박박 긁어서 마시면 배도 부르고 맛이 고소롬했지. 우리나라에서 상류층 사람들은 녹차나 연잎차 같은 것을 마시기도 했단다. 지금은 세계인들이 하루에 28억 잔씩의 커피를 마시고 있지만 옛날에는 영국이나 프랑스에서는 황제들이나 마셨단다. 음악가 바흐가 활동하던 17세기까지만 해도 귀족들이나 돈 많은 사람들이 커피를 마셨지. 그 시절 파리 카페 프로코프에는 음악가 쇼팽이나 사상가 루소 같은 사람들이 자주 들락거렸단다. 나폴레옹도 커피를 좋아해서 모든 군인들에게 커피를 마시라고 지시하기도 했지. 우리나라에서는 고종 임금이 처음 마셨다더라."

그의 이야기에 손자는 관심 있는 표정을 지어 보이며 커피의 어원에 대해 물었다.

"커피의 고향은 에티오피아 카파(kaffa)라는 곳이다."

구산은 9세기 초에 처음으로 이슬람 율법학자들이 잠을 쫓기 위해 커피 열매를 생으로 씹어서 먹었다는 이야기며, 이슬람 교도들이 천주교에서 예수님의 피라면서 와인을 마시는 것을 비난하면서 커피를 애호하게 된 이야기도 해주었다. 유럽에는 12세기 십자군 전쟁 때 커피가 들어왔고 1475년에 투르키에의 콘스탄틴노불에 커피하우스가 생긴 것, 그 무렵 천주교 사제들이 교황에게 커피 마시는 것을 금지해달라고 탄원했다는 이야기도 해주었다.

구산은 이어 그가 쓴 시 〈커피를 마시며〉를 낮은 목소리로 낭독했다.

나는 오늘도 커피를 마신다
씁쓸했던 고통의 맛

달달했던 사랑의 맛

시큼했던 오욕(汚辱)의 맛

짭짤했던 눈물의 맛

내 인생의 맛도 함께 마신다

천천히 목을 넘기면서

기억 속에 오래 묻어둔 그리움과

묵직하면서도 향기로운 뒷맛과

간질간질한 기다림의 맛까지도

깊게 음미하며 마신다

"할아버지, 짭짤한 눈물의 맛이 무슨 의미여요?"

손자는 그의 시를 듣고 나서 한참 동안 말이 없다가 물었다.

"이집트 신화를 보면 눈물을 통해 신이 인간으로 변신했다는 내용이 있다. 그만큼 눈물은 인간에게 중요한 의미가 있단다. 그리고 커피의 쓴맛을 눈물의 맛이라고 표현했단다. 많은 농민들이 커피를 재배하면서 슬픔을 겪었거든."

구산은 손자에게 과테말라 안띠구아 커피 농장 농부들이 군부독재 시절 학살당한 이야기도 해주었다.

"너도 커피 맛이 어떤지 한 모금 마셔볼래?"

그는 손자에게 마시고 있던 커피잔을 내밀었다. 손자는 말없이 그를 쳐다보더니 커피잔을 받아 들고 한 모금 입에 털어 넣자마자 오만상을 찡그렸다.

"커피는 몇 년 더 있다가 마셔야겠어요. 아직 저에게 커피는 너무 써요."

"하하, 사랑은 내게 써요가 아니라 커피는 내게 써요구나."

"할아버지 사랑은 내게 써요 노래 아세요?"

"알고말고, 산울림이 불렀잖으냐."

"아, 옛날 노래인데 요즘 제 또래들이 많이 불러요. 참, 할아버지는 어렸을 때 꿈이 뭐였어요?"

"꿈? 트럭 운전사가 되는 거였지. 나 어렸을 때 우리 마을에 가끔 장작을 실러 온 트럭이 있었거든. 그때 나는 커서 트럭 운전사가 되면 마을을 떠나 멀리 가 볼 수 있을 거리고 생각했단다. 그때는 멀리 가보는 것이 소원이었다. 그 시절에는 우리 마을 내 또래 아이들 중에서 면소재지에 가 본 애들도 드물었거든, 아니지, 노인들도 평생 면소재지 밖까지 가본 사람들이 많지 않았단다. 한평생 골짜기 마을에 붙어 살았지. 그래서 마을을 떠나 가장 멀리 가본 사람이 늘 부러움의 대상이 되었지. 그래서 나도 무등산 너머 멀리 멀리 가보고 싶었단다. 초등학교 때 나는 전교생들이 7키로 쯤 떨어진 재 너머 면사무소가 있는 본교에 가서 회충약을 한 대접씩 마시고 왔었는데, 그게 가장 멀리 가 본 거였지."

그랬다. 그 무렵 구산이 다니던 학교는 1년에 한 차례 찔레꽃 피는 봄이면 전교생들이 줄을 서 합창을 하며 유둔재 너머 면소재지에 있는 본교에 가, 김장 때 쓰는 청각을 끓인 국물을 한 대

접씩 먹고 오곤 했었다. 그의 이야기를 들은 손자는 회충과 회충
약으로 마셨다는 청각에 대해 이것저것 자꾸 물었다. 손자는 아
직 회충을 보지 못했다고 했다.

"회충약을 먹지 않으면 지렁이처럼 생긴 회충이 콧구멍으로
구물구물 기어나오기도 했단다."

구산의 말에 손자는 자지러지듯 몸을 떨며 진저리를 쳤다.

"그럼, 할아버지는 젊었을 때부터 커피를 마셨어요?"

"아니다. 젊었을 적에는 술을 마셨지."

민주주의 세상이 오기 전, 고단하고 숨이 막혔던 어둠의 세상
을 이겨내기 위해서는 목이 말라 낮에는 커피를 마셨고 밤에는
술에 취할 수밖에 없었다. 술에 취하지 않고서는 분노와 슬픔을
이겨낼 수 없었다. 술을 좋아하지 않았지만 토악질을 하면서 밤
새도록 마셨고 한낮까지 몸도 마음도 취해서 비틀거렸다. 그 시
절에는 술에 취해야만이 모든 불안과 고통과 분노를 잊을 수가
있었다. 궁핍했던 하루하루가 불안했고 고통스러웠으며 분노로
몸이 떨려서, 취하지 않고는 삶을 버텨나갈 자신이 없었다.

유년시절 6.25를 겪을 무렵에는 배고픔이 고통이었지만, 스무
살 이후 4.19 혁명과 5.16 군사쿠데타, 5.18광주항쟁을 겪으면
서부터는 불안이 분노로 변하면서 심신이 송곳처럼 날카로워졌
으며, 영혼이 모래알처럼 흩어졌고 위축되었다. 특히 5.18 때 도
청 앞 상무관에 가득 안치된 시민군들의 시신을 본 날은 정신을
가눌 수 없을 정도로 취했다. 구산은 그 때 죽음을 통해 창 끝처

럼 날카롭고 불꽃처럼 뜨거운 생명을 느꼈다. 눈물 대신 울부짖음이 터져 나왔다. 그러나 5.18 직후 반체제 기자라는 낙인이 찍혀 신문사에서 해직이 되었으면서도 목소리 한번 내지르지 못할 만큼 주눅이 들었고, 술에 취해서 납작 엎드린 채 겨우 목숨을 부지할 수가 있었다. 온 정신으로는 버티기가 어려웠다. 정의가 짓밟히고 역사가 뒤틀리고 있다는 것을 알면서도 제대로 목소리를 내지 못한 자신이 너무 부끄러웠다. 그 때문에 역사 앞에 무거운 부채를 안고 살아왔다.

아마도 술은 이성을 죽이고 감성을 살리며, 커피는 감성을 죽이고 이성을 살리는 것인지도 모르겠다. 술을 마시게 되면 정신을 옥죄고 있던 이성이 풀려, 그동안 참고 억제했던 감성이 되살아나면서 울고 싶어지고 소리 지르고 싶어진 것이 아니겠는가. 이와는 반대로 커피를 마시게 되면 감성 중심이었던 사람이 이성과 감성의 평형을 이루면서, 이성적 생각이 깊어지는 사람이 되는 것인지도 모른다.

"그런데 할아버지, 제가 콜라를 마시는 건 목이 마르기 때문인데, 할아버지는 목이 말라서 커피를 마시는 게 아니라고 하셨지 않아요. 콜라 마시면 뱃속이 시원한데... 커피를 마시면 어떤 점이 좋아요?"

"커피를 마시면 좋은 점이 뭘까... 글쎄다, 아마도 커피가 정신적으로 부스터 역할을 해준다고나 할까?"

구산은 부스터(booster) 역할에 대해 설명해주고 싶었다.

"인공위성이 궤도나 비행 선상에 도달하기 위해 속도와 방향을 줄 때 필요한 보조 추진장치라고나 할까. 사전적 의미로는 밀어주는 사람, 승압기, 무선 주파 증폭기인데, 이성을 일깨우고 의욕을 느끼게 하는 정신작용이라고나 할까. 커피를 마시면 잠들었던 내 이성의 엔진이 돌아가거든"

"그러니까 할아버지는 커피를 마시면 기분이 좋아지고 의욕이 생긴다는 거죠? 저도 목마를 때 시원한 콜라를 마시면 힘이 생기는 거 같거든요. 하지만 콜라가 몸에 좋지 않은 것처럼 커피도 몸에는 해롭겠지요?"

손자의 말에 그는 소리 없이 웃었다. 구산은 커피가 몸에 좋은 점에 대해서도 말해주었다. 가끔 의사들이 티브이에 나와서 커피에는 발암물질이 있으니 삼가는 게 좋다는 말들을 하는데 꼭 그렇지만은 않다. 얼마 전 서울대 식품영양학과 교수팀이 19만 명을 대상으로 조사한 결과 커피를 마신 환자들 중에서 장기 질환 사망률이 낮아졌다고 했다.

"너도 이제 대학생이 되었으니까 콜라 대신 커피를 마실 줄 알아야지. 커피가 마시고 싶을 때가 되면 할애비한테 와서 내려달라고 해라. 내가 맛있게 내려줄게."

구산은 또 손자에게 고등학교 때 김현승 시인이 내려준 커피를 마셨던 이야기도 해주었다. 손자는 거듭 고개를 끄덕였다. 그는 손자가 커피를 마시게 될 날이 기다려졌다.

22

영산강은 지금도 울고있다

6월 장마가 시작되자 사흘째 폭우가 쏟아지더니 오늘 아침부터 햇살이 눈부시게 꽂혀 내렸다. 영산강 물도 그들먹하게 불었다. 물 흐르는 소리가 중모리 가락으로 들려오면서 사람들의 발걸음도 빨라졌다. 구산 부부는 오랜만에 햇볕을 쪼이고 싶어 서둘러 아침 산책에 나섰다. 온몸에 따가운 햇살을 받으며 강변길을 걸으니 바싹 말라붙었던 기분이 한결 촉촉해졌다. 생오지에서 영산포로 옮겨와 살면서부터 제일 즐거운 일은 강변을 산책하는 일이다. 물길 따라 강변을 걷는 것과 풀과 나무들에 둘러싸여 산을 오르는 것은 그 맛이 다르다. 강을 보고 물 흐르는 소리를 들으며 강변을 걸을 때는 음악에 취한 기분이라면, 바람과 함께 꽃들을 보며 숲속을 거닐 때는 진한 향기에 취한 기분이랄까.

강물을 따라 걷고 있는데 강물 소리에 섞여 휴대폰이 희미하게 울렸다. 뜻밖에 손 화백이었다.

"나 시방 자네 아파트 앞에 와 있네."

오랜만에 듣는 손 화백의 목소리가 여름날 햇살처럼 맑고 짱짱했다.

"어? 시방 어디서 오는 길인가?"

"여기저기 돌아다녔지. 해남에 있다가 집에 가는 길에 구산이 보고 싶어 전화했네. 커피 생각도 나고 해서…."

"우리 강변길 산책하고 있네. 바로 돌아갈 테니 조금만 기다리게."

손 화백은 그동안 해남에 방을 얻어 혼자 지내며 낚시질로 소일하고 있다는 소식을 전화를 통해 알고 있었다. 그동안 두 사람은 사흘이 멀다하고 자주 통화를 했다. 구산과 그의 아내는 손 화백을 만나기 위해 이내 발걸음을 돌렸다.

"댁으로 들어간다니 손 화백님은 이제 떠돌이 살이를 끝낸 건가요?"

"그런가 봐. 아마 집을 나온 지가 일 년이 다 됐지?"

"따님은 얼마나 속이 탔을까."

"아니지. 나중에 들은 이야긴데... 요양병원에서 나오던 날 딸한테는 전화로 알렸다드만."

"그분 참 독특한 분이어요."

"나는 그런 손 화백을 이해할 것 같아."

"그렇기는 하지만... 그렇다고 부러 떠돌이 살이를 할 필요까지는... 그러기에는 남은 시간이 너무 아까운데...."

"하긴 그래. 허지만 이 친구는 딸을 위해 선택한 거라던데?"

"세상에, 그런 딸이 어디에 또 있을지..."

구산 아내는 어두운 얼굴로 말끝을 흐렸다. 잠시 후 부부는 아파트 앞에서 기다리고 있는 손 화백을 만났다. 6개월 만에 만난 손 화백은 건강이 훨씬 좋아진 듯 얼굴빛도 맑고 겨울날 대나무처럼 생기가 돌아 보였다.

"정말 이제 집으로 들어가는 길인가?"

"귀양살이가 끝났으니까. 그동안 내공이 쌓였다네. 이제 혼자서도 별로 외롭지 않다네. 홀로 잠도 잘 자고... 산책도 하고...

이젠 택배 주문도 척척 잘 한다네. 그뿐인가. 식당에서 키오스크로 주문도 할 줄 안다니까. 이제는 마누라 없이 혼자서도 잘 살 수 있네.”

손 화백 말에 세 사람은 동시에 씁쓸하게 웃었다.

“나, 다시 그림을 그리기로 했네.”

손 화백이 어색하게 웃는 얼굴로 말했다.

“정말이야? 자네 똑똑해졌구만.”

“실은 두어 시간 전에 영산포에 도착했다네. 지난번 자네가 내게 포기하는 거는 실패라고 했던 말을 곱씹어보면서 영산강을 따라 좀 걸었네. 강물 가까이 다가가서 손에 강물을 적셔보기도 하고… 한참 동안 쪼그리고 앉아서 물 속을 들여다보기도 하고… 강변의 풀들과 나무들도 만져보고… 또 강이 소리를 내면서 꿈틀거리며 흘러가는 모습을 한참 바라보기도 했네. 처음으로 강과 대화를 해봤다네. 지금까지 살아오면서 강을 바라보기만 했지 가까이 다가가서 오랫동안 물속을 들여다본 건 처음이었네. 처음으로 강도 영혼이 있다는 것을 느꼈다네. 오늘 처음으로 신비롭고 감동적인 강의 세상을 느꼈어. 강이 숨 쉬는 소리를 들었어. 강은 분명 살아있었네. 처음으로 나는 사람과 초목과 물고기와 벌레들이 한데 어울려 살아가는 강의 공동체 세상을 본 거지.”

구산은 다소 놀라운 표정으로 손 화백의 이야기를 듣고 있었다.

"그래서 결심했네. 앞으로 강의 이야기, 아니 강의 생명을... 강의 형태보다 강의 생태와 영혼을 나만의 시선과 해석으로 그려 보고 싶네. 강은 강의 힘으로 자연스럽게 흘러야 하는 데도 인위적으로 자연스러운 흐름을 막고 있는 장애물에 대해서도 관심을 갖고 싶어졌다네. 건강하게 살아있는 강을 그리고 싶은 거네. 이상하게도 영산강 강변을 걷고 난 지금 내게는 강이 자꾸만 영혼을 가진 거대한 생명체로 느껴진다네."

"허, 역시 인생은 깨달음이야. 잘 생각했어. 우리 쉽게 포기하거나 그만두지 말고 사는 날까지 삶의 책임과 의무를 다해야지. 우리들 삶의 중심은 어제도 내일도 아닌, 오로지 지금 이 순간이란 것을 깨닫고 살세. 내가 흐르는 영산강을 보면서 깨달은 게 있네. 거듭 말하지만 흘러가는 것은 사리자는 것이 아니라는 거네. 강은 물속의 고기들이며 다슬기와 조개들 그리고 강변의 꽃들과 풀과 나무와 곡식을 키우며 흔적을 남기지. 그러니 흐르는 것은 소멸이 아니고 거듭남이고 되살아남이라네. 인생도 마찬가지야."

"그렇구만. 암턴 강을 그리자면 앞으로 영산강에 자주 와야겠어. 나도 자네처럼 아예 영산강으로 이사를 올까?"

"나야 언제든지 대환영이지."

구산은 밝게 웃으며 커피를 내리기 위해 소파에서 일어섰다. 그때 조 기사한테서 전화가 왔다.

"구산 선생님, 저 지금 해정이랑 같이 복암사에 가서 해정이

엄마 만나고 돌아오는 길이구만요. 아파트 앞에 다 왔네요. 올라
가서 뵙고 말씀드리지요.”

조 기사는 약간 흥분한 목소리로 자기 말만 하고 일방적으로
전화를 끊었다.

“조 기사가 해정이 하고 절에 갔다 오는 길이라는 구먼.”

“해정이가 제 엄마 만났데요?”

구산의 아내가 깜짝 놀랄 만큼 큰 소리로 물었다. 구산은 대답
대신 가볍게 미소를 날렸다. 해정이랑 함께 복암사에 다녀왔다
고 하니 마침내 모녀 상봉이 이루어진 것이 아닌가 싶었다.

구산은 안띠구아 커피를 내리려다 말고 유리병에 밀봉해서 냉
장고 안 깊숙이 넣어두었던 크리스탈 마운틴 원두를 꺼냈다. 특
별한 날에 특별한 커피를 마시고 싶어서 아껴둔 것이다. 분쇄를
끝내고 커피 내릴 물을 끓이고 있는데 조 기사 부녀가 들어왔다.
부부는 두 사람의 표정부터 유심히 살폈다. 활짝 핀 부녀 얼굴에
엷은 미소까지 번져있는 것을 보니, 모녀 상봉이 잘 된 것 같아
서 한껏 마음이 놓였다. 구산이 커피를 내리는 동안 아내가 조
기사 부녀를 손 화백에게 소개시켰다. 쥐색 바지에 하늘색 블라
우스 차림으로 대학생이 된 해정이도 갓 피어난 함박꽃처럼 밝은
표정이었다.

“자, 커피 마십시다. 오늘 기분이 좋아서 아주 특별한 커피를
내렸습니다. 쿠바에서 온 크리스탈 마운틴인데 세계에서 가장
맛있는 커피랍니다. 아마 커피숍에서도 1만 5천 원이나 2만 원

은 줘야 마실 수가 있지. 이게 헤밍웨이가 좋아했다는 커피라고. 나도 아까워서 안 마시고 냉장고에 깊이 넣어둔 것을 모처럼 꺼냈으니까 그리들 알라고. 자, 해정이도 맛을 보거라.”

구산은 한껏 기분 좋은 목소리로 말하고 먼저 한 모금 입에 넣어 맛을 음미했다. 그도 모르게 저절로 잔잔한 미소가 흘러나왔다. 모두 활짝 웃는 낯으로 커피잔을 기울였다. 80여 년을 살아오면서 구산이 맛보았던 달고 맵고 시고 떫고 쓴 맛들이 이 한 잔의 커피 속에 모두 담겨 있는 듯했다. 그것은 여러 가지 맛이 한데 어우러진 인생의 깊은 맛이었다.

“손 화백, 커피 맛 어떤가?”

“아, 이건 특별한 우정의 맛이야. 조금 있다 한 잔 더 내려주게나.”

“오늘밤 잠 안 오면 어쩔려고?”

“잠이 대순가. 내가 오늘 큰 결심을 했는데... 며칠 못 자도 좋아. 앞으로는 잠을 못 이루는 불면의 날이 더 많았으면 싶네.”

손 화백이 오랜만에 활짝 웃으며 말했다.

“해정이는 커피 맛이 어떠냐?”

구산은 해정이의 얼굴을 유심히 살펴보았다.

“뭐라고 디테일하게 표현은 못하겠지만... 이젠 신맛이나 단맛을 조금 느낄 수 있어서 좋아요.”

해정이도 한마디 했다.

“오늘 해정이가 커피의 신맛과 단맛을 느꼈다니 다행이다. 네 나이에는 쓴맛보다 단맛을 더 즐겨야 한다. 나한테 커피는 인생의 맛이야. 사랑과 우정의 맛이기도 하고. 지금까지 줄기차게 커피를 마셔본 결과, 그 맛이 때로는 씁쓸했고 때로는 달달했고 때로는 시큼했어. 누구와 언제 어디서 어떤 마음으로 마시느냐에 따라 그 맛이 달라진 것 같아. 어쩐지 오늘은 네가 행복해 보이는구나. 커피 때문은 아니겠지?"

"네 선생님, 오늘 엄마를 만났거든요. 그리워할 대상이 생겼다는 건 행복한 일인 것 같아요."

"암, 누구인가를 그리워하는 것은 행복한 일이지. 그렇다면 조 기사 자네는 기분이 어떤가?"

구산은 의도적으로 조 기사를 빤히 바라보며 나지막이 물었다.

"선생님이 내려주신 커피를 마실 때마다 저는 선생님의 진실한 마음을 느낀답니다. 진실한 사랑은 결코 변하지 않는 것 같습니다."

"진실한 사랑을 하는 사람은 열심히 살아간다고 하지 않던가."

구산은 그렇게 말하며 조 기사의 말뜻을 정확히 파악할 수가 없어 잠깐 애매한 표정을 지어 보였다. 그의 생각에 조 기사의 그 말은 구산에게 하는 것이 아니라, 복암사에 있는 해정이 엄마 연행 스님에게 하는 말로 받아들였다.

"손 화백은 어떤가?"

"그동안 내가 얻은 결론은, 나한테는 이별의 상대가 참으로 소중한 존재라는 것을 깨달았네. 그리고 기억하는 한, 흐르는 것은 사라지는 것이 아닌 것처럼, 이별 또한 헤어짐이나 망각이 아니라, 기다림과 그리움일 수 있다는 것, 우리 삶에서 영원한 이별은 없다는 것을 깨달았네. 그리고 또… 나는 오늘 비로소 영산강을 자연의 대상이 아닌 영적인 존재로 처음 만나게 되었다네.”

“영적인 존재라… 암턴, 우리 모두 손 화백 말처럼 오늘 이 순간을 오래 기억하세.”

“저는 커피를 마실 때는 마음이 따뜻해지는 것을 느껴요. 지금도 심장이 뛰면서 따뜻해지네요. 그래서 기분이 우울할 때는 커피 생각이 더 간절해진답니다.”

구산의 아내도 커피잔을 두 손으로 받쳐 들고 좌중을 둘러보며 한마디 했다.

“내 친구들은 80이 넘으면서부터 하던 일을 하나씩 그만두다가 결국 모든 걸 그만두더라고. 허지만 나는 살아있는 동안 앞으로 커피를 마시면서 계속 앞을 향해 쉬지 않고 달릴 거야. 커피가 내겐 가솔린 같은 거거든. 앞으로 남은 생애에 엔진 같은 내 심장에 오일을 가득 넣고, 중단하지 않고 계속 내게 맞는 속도를 지키며 달리고 싶어. 계속해서 운전도 하고, 영산강변 산책도 하고, 글도 쓰고, 맛있는 것도 먹고, 만나고 싶은 사람 만나고, 꿈도 꾸고, 하찮은 것에도 관심을 갖고, 하고 싶은 말 하고, 여행도 즐기면서 열심히 살 거네.”

구산의 말에 모두 환호하며 손뼉을 쳤다. 구산은 그들에게 크리스탈 마운틴을 두 잔 째 내려주었다. 모두를 위해서 손뼉을 쳐주고 싶은 하루였다. 구산 부부는 아파트 앞까지 나와 그들을 배웅해 주었다.

그들이 웃는 얼굴로 돌아가고 나자 주변에 깊고 무거운 적막이 흘렀다. 구산 부부는 소파에 앉아서 말없이 영산강을 바라보고 있었다. 적막 속에 한 시간쯤 지나 휴대폰 문자 신호가 짧게 울렸다. 조 기사가 복암사에서 세 사람이 함께 찍은 사진을 보내왔다. 암자 마루에서 연행 스님을 가운데 두고 오른쪽에 딸이, 왼쪽에는 조 기사가 가지런히 앉아있는 사진이었다. 세 사람 모두 허리를 펴고 똑바로 앉아 경직된 표정으로 먼 곳을 바라보고 있었다.

"이건 분명 가족사진 맞지?."

구산이 아내한테 사진을 보여주며 물었다.

"스님이 중앙에 앉아있는 거 보면 몰라요? 이건 가족사진이 아니라 부녀가 절 구경 와서 스님과 찍은, 그냥 기념사진일 뿐이지요. 가족사진이라면 해정이가 가운데 앉아야죠."

구산 아내의 표정이 시큰둥해졌다. 그런데 바로 그때 다시 휴대폰에서 딸랑 신호가 울렸고 두 번째 사진이 들어왔다. 이번에는 망일암이 아닌 주황색 단풍이 물든 산을 배경으로 세 사람이 서서 찍은 사진이었다. 첫 번째 사진과는 달리 딸을 가운데 두고 오른쪽이 연행 스님 왼쪽이 조 기사였다. 세 사람이 모두 희미하게나마 미소를 띠고 있는 게 아닌가.

"딸이 가운데 있는 거 보니, 이게 가족사진이네요."

구산 아내는 그러면서 밝게 웃어 보였다. 구산도 아내를 따라 빙긋이 미소를 날렸다.

그로부터 한 달쯤 지나 손 화백한테서 메일이 왔다. 컴퓨터를 열어보았더니 뜻밖에 한 폭의 그림이었다. 산골짜기에서 흐르기 시작한 초록빛 강이 누렇게 물든 평야를 가로질러 도시를 휘감으며 하늘로 솟구쳐 오르고 있었다. 그것은 강과 들과 산과 하늘이 어울려 움직이는 아름답고 신비로운, 또 하나의 거대한 생명체였다. 순간 구산은 마음속으로 탄성을 지르고 말았다.

구산은 이날 영산강을 바라보며 자신에게 보내는 시를 썼다.

여기까지 오느라 고생했다
슬픔과 고단함에 지쳐
주저앉을 때도 많았지만
다시 일으켜 준 것은 눈물이었다
네가 가장 행복했던 날은
자식들과 둘러앉아 아침 먹고
아내와 영산강 바라보며
커피 내려 마실 때였지
이제 적적하고 적적해서
혼자 꿈꾸기에 참 좋겠구나
너는 평생 영혼까지 불태웠고

사랑 남김없이 다 주었으니
다시는 뒤돌아보지 말고
바람 휘감고 춤이나 추다가
망각의 하늘로 펄펄 날거라

그날 밤 구산은 영산포 선창에서 황포돛배에 올랐다. 황포돛배는 그를 기다리고 있었다는 듯 갑판에 발을 들여놓기가 바쁘게 서서히 물살을 가르며 움직이기 시작했다. 훌쩍 높아진 하늘에는 구름 한 점 없고 윤기 자르르한 달빛이 그를 포근하게 감싸안았다. 배 안을 둘러보았으나 구산 혼자뿐이었다. 그런데 이상한 것은 조정하는 사람도 없이 배가 저절로 움직이고 있지 않는가. 그는 전혀 놀라거나 두려워하지 않았다. 배를 움직이는 것은 사람이 아니라 바람이었다. 구산은 두 다리와 아랫배에 힘을 주고 배의 이물에 똑바로 서서 배가 흘러가는 방향으로 멀리 시선을 던졌다. 강변에는 억새꽃이 춤을 추며 물너울처럼 일렁였다. 강변도로에는 자전거가 줄지어 달리고 둑 아래에는 드문드문 낚시꾼들이 보였다. 구산은 낚시꾼들을 향해 소리를 지르며 손을 흔들어주었다. 배가 앙암바위 밑을 휘돌고 있을 때 별봉산 아래 택촌마을 앞 강기슭에 웬 노인이 차양이 넓은 밀짚모자에 캔버스를 세우고 앉아서 그림을 그리고 있는 모습이 눈에 들어왔다. 그를 향해 구산이 손을 흔들자 그도 오른손에 붓을 든 채 날개를 치듯 거칠게 팔을 움직였다. 구산은 혹시 그가 손 화백이 아닌가 싶어

소리를 지르려다가 그만두었다.

돛배는 구진포와 회진 나루터를 지나 강의 중심을 타고 바람처럼 빠른 속도로 흘렀다. 속력이 점점 빨라지면서 산과 구름이 날개를 치듯 휙휙 스쳐 지나갔다. 그러나 구산은 조금도 불안하지 않았다. 오히려 몸이 마른 떡갈나무잎처럼 가벼워지면서 목청껏 노래라도 부르고 싶도록 기분이 좋았다. 하류로 내려갈수록 강폭은 넓어졌으며 둔치의 억새꽃들이 격렬하게 춤을 추면서 그를 반겨주는 듯싶었다. 죽산보 가까이 이르렀을 때 배가 점점 빨라지더니 폭풍처럼 물 위를 거칠게 날았다. 배가 콘크리트 보에 부딪치게 될까 두려웠다. 그러나 구산의 힘으로는 돛배의 방향을 되돌릴 수가 없었다. 그렇다고 배에서 뛰어내릴 수도 없었다. 순간 우레같은 소리를 내며 폭풍처럼 날던 돛배가 거대한 콘크리트 둑에 부딪쳤다. 다행히 배는 동강 나지 않았다. 우르르 꽝, 천둥소리와 함께 콘크리트 둑이 와르르 무너졌고 돛배는 총알처럼 허공으로 날았다. 두 팔로 돛대를 함껏 붙들어 안은 채 얼핏 뒤를 돌아다보았더니, 죽산보가 흔적도 없이 물 밑으로 사라지고 없었다. 돛배는 계속 수면 위쪽을 날아 영상테마파크를 지났다. 이어 오른쪽으로 석관정과 왼쪽으로 금강정을 순식간에 휙휙 스쳐 지나쳤다.

어느덧 돛배는 동강교와 식영정을 지나쳐 몽탄대교에 이르렀다. 배의 속력은 조금도 낮아지지 않았다. 구산은 은근히 고속을 즐기고 있기라도 한 듯 기분이 좋았다. 배는 U자 모양의 느러지를 휘돌 때도 똑 같은 속력을 유지했다. 잠시 후 갑자기 바람이 다시 거칠어지면서 배가 물 위로 무섭게 솟구쳐 올랐고, 느러지를 휘감아 돌자 속력이 빨라지더니 뇌성 같은 굉음을 울리기 시작했다. 순간 눈앞에 거대한 콘크리트 벽이 나타났다. 목포 하구언 너머로 바다가 희끔 보였다. 순간 배가 고물에서 연기를 내뿜더니 로켓처럼 무섭게 날았다. 구산은 너무 놀라 이물 바닥에 털썩 주저앉은 채 질끈 눈을 감았다. 폭발음과 함께 배가 심하게 흔들렸다. 배가 우르르 꽝 소리를 내며 철벽처럼 단단하고 두꺼운 하구언을 뚫자 바닷물이 파도치며 무섭게 거슬러 강으로 밀려오는 것이 보였다. 순간 구산은 그의 몸이 허공으로 솟구치는 듯한 기분에 놀라 두 팔을 휘적거리면서 번쩍 눈을 떴다. 꿈이었다.

침대 머리맡 탁자에서 휴대폰이 다급하게 울렸다. 온몸이 땀에 흥건히 젖은 구산은 여전히 겁에 질린 표정으로 방안을 둘러보다가 손을 더듬어 휴대폰을 들었다. 손 화백의 전화번호가 떴다. 어느새 날이 밝았는지 방 안에 햇살이 가득 고이고 있었다.

"작가 님, 저 손정희입니다. 아버지가 세상을 떠나셨어요. 종일 전화를 받지 않으시기에 기차로 내려와 봤더니... 죄송하지만 친구분들께 알려주십사하고..."

손 화백의 딸은 훌쩍거리면서 말끝을 맺지 못했다.

"아니? 손 화백이?"

구산은 한동안 말을 잊지 못한 채 온몸을 떨고 있었다.

"여보, 손 화백이 떠났는구만."

구산은 떨리는 목소리로 아내를 깨웠다. 아내는 넋을 잃은 사람처럼 아득한 눈빛으로 구산을 바라보고만 있었다. 구산은 순간 얼마 전 손 화백이 그에게 한 말이 생각 나, 어제 도착한 안띠구아 봉지를 뜯어 그라인더에 넣어 갈고 물을 끓인 다음, 커피를 내리기 시작했다. 그는 김이 영혼처럼 가느다랗게 피어오르고 있는 커피잔을 소파 탁자 중앙에 놓았다. 그리고 휴대폰에서 쇼팽의 녹턴 2번을 찾아 볼륨을 키웠다. 강물이 출렁이듯 피아노 소리가 실내를 가득 메웠다. 구산은 휴대폰을 커피잔 옆에 놓고 한참동안 앉아 있다가 천천히 일어나더니, '이보게 가시는 길에 잠시 영산강에 들러 커피나 한 잔 드시게, 라고 마음 속으로 말하고 창문을 훨쩍 열었다. 그리고 영산강을 바라보며 손을 흔들었다. 갑자기 거친 바람 소리와 함께 창문이 심하게 흔들렸다.